está
no
meu
sangue

BIRTHRIGHT: LIVRO DOIS

está no meu sangue

GABRIELLE ZEVIN

tradução
MARIA CLARA MATTOS

Título original
BIRTHRIGHT:
BOOK THE SECOND
BECAUSE IT IS MY BLOOD

Copyright © 2011 *by* Lapdog Books, inc.
Todos os direitos reservados.

Direitos para a língua portuguesa reservados
com exclusividade para o Brasil à
EDITORA ROCCO LTDA.
Av. Presidente Wilson, 231 – 8º andar
20030-021 – Rio de Janeiro, RJ
Tel.: (21) 3525-2000 – Fax: (21) 3525-2001
rocco@rocco.com.br | www.rocco.com.br

Printed in Brazil/Impresso no Brasil

preparação de originais
FLORA PINHEIRO

CIP-Brasil. Catalogação na fonte.
Sindicato Nacional dos Editores de Livros, RJ.

Zevin, Gabrielle
Z61e   Está no meu sangue / Gabrielle Zevin; tradução de Maria Clara Mattos. – Rio de Janeiro: Rocco Jovens Leitores, 2013.
(Birthright; 2)

Tradução de: Because it is my blood
ISBN 978-85-7980-161-7

1. Ficção infantojuvenil. I. Mattos, Maria Clara. II. Título. III. Série.

13-2025   CDD – 028.5   CDU – 087.5

Este livro obedece às normas do
Acordo Ortográfico da Língua Portuguesa.

Para minha mãe linda, AeRan Zevin, que me manda para casa com um lanchinho e faz com que a vida seja maravilhosa.

NO DESERTO

No deserto
Eu vi uma criatura, nua, bestial,
E ela, acocorada no chão,
Ergueu o coração com as mãos,
E comeu-o.
Perguntei: "É bom?"
"É amargo – amargo", respondeu.
"Mas eu gosto
porque é amargo,
E porque é o meu coração."

– Stephen Crane

Chocolate Quente da Casa Marquez

1 pimenta vermelha
½ fava de baunilha
1 pau de canela
3 ou 4 pétalas de rosa amassadas
2 copos de leite
2 ou 3 quadradinhos de chocolate meio amargo sem nozes[*]

Com uma faca, parta a pimenta ao meio. Remova as sementes. Ainda segurando a faca? Se não estiver, qual é o seu problema? Abuela diz que nunca se deve baixar a guarda numa cozinha. Ok. Ainda com a faca na mão, pique a fava de baunilha no sentido vertical. Quebre o pauzinho de canela. Vai ser difícil – use a raiva a seu favor para realizar essa tarefa. Esmague as pétalas de rosa com punhos cerrados, como se fosse uma adolescente de coração partido. (Você conhece o sentimento.)

Jogue a pimenta, a baunilha, os pedacinhos de canela e as pétalas amassadas dentro do leite. Aqueça tudo até o ponto de pré-fervura. Deixe ferver por dois minutos no máximo. Um segundo a mais, o leite talha e, segundo Abuela, tudo o mais será certamente um desastre.

Raspe o chocolate, derrame-o na mistura do leite e espere até que derreta.

Retire do fogo e deixe descansar por dez minutos. Depois, aqueça novamente. Há quem goste dele morno, mas não você, Anya.

Serve duas porções. Como sua avó costumava dizer – que ela descanse em paz: "Compartilhe com alguém que você ama."[**]

---

[*] O Chocolate Meio Amargo Balanchine é o ideal, mas você pode utilizar o que estiver à mão.
[**] AVISO: Não é doce. Beba por sua conta e risco.

Sumário

I. sou liberada para viver em sociedade 13

II. enumero minhas bênçãos 45

III. retomo a escola: minhas preces são atendidas; o dinheiro faz o mundo girar 69

IV. sou surpreendida; sou surpreendida novamente 81

V. tiro férias 106

VI. no mar, fico amiga do balde; desejo minha própria morte 126

VII. começo um novo capítulo; na Granja Mañana 128

VIII. recebo uma visita inesperada com um pedido inesperado 164

IX. recebo cartas de casa 177

X. colho o que planto 188

XI. aprendo o preço das amizades; o dinheiro ainda faz o mundo girar 203

XII. confinada, reflito sobre a natureza curiosa do coração humano 228

XIII. como recreação, aprendo a fazer chocolates; recebo dois bilhetes e um embrulho 242

XIV. encontro um antigo inimigo; recebo outra proposta; Win olha por baixo da embalagem 253

XV. vou ao rickers 272

XVI. vou à igreja 284

XVII. tenho dúvidas 308

XVIII. vou à festa de fim de ano do colégio; ninguém leva tiro 319

XIX. eu me formo e assisto a mais uma proposta 327

XX. planejo o futuro 358

1. sou liberada para viver em sociedade

– Pode entrar e se sentar, Anya. Estamos enredadas numa situação – cumprimentou-me Evelyn Cobrawick, abrindo parcialmente os lábios de batom vermelho e revelando um dente amarelado. Isso seria um sorriso? Eu esperava que não. Todas as minhas colegas internas do Liberty Children's Facility achavam que a sra. Cobrawick era muito mais perigosa quando sorria.

Era a noite anterior à minha liberação, e fui chamada à sala da diretora. Graças à minha cuidadosa atenção às regras – a todas, menos uma, uma única vez –, consegui evitar a mulher durante todo o verão.

– Uma situação... – comecei a dizer.

A sra. Cobrawick me interrompeu.

– Você sabe do que eu mais gosto no meu trabalho? Das meninas. Ver as meninas crescendo e transformando suas vidas. Gosto de saber que faço parte dessa reabilitação. Realmente sinto que tenho milhares de filhas. É quase uma compensação pelo fato de eu e meu ex-marido, o sr. Cobrawick, não termos sido abençoados com filhos nossos.

Eu não tinha muita certeza de como responder à nova informação.

— A senhora disse que existia uma situação.

— Seja paciente, Anya. Vou chegar lá. Eu... Veja bem, eu me sinto muito mal pela maneira como nos conhecemos. Acho que você pode ter tido uma impressão errada de mim. As medidas que tomei no outono passado visavam exclusivamente ajudá-la a se adaptar à vida no Liberty. E acredito que você vai concordar que minha conduta foi absolutamente correta, porque veja só que verão esplêndido você passou aqui! Você foi submissa, obediente, uma interna modelo em todos os sentidos. Ninguém imaginaria que você vem de uma família de criminosos.

Isso tudo era supostamente um elogio, então agradeci. Olhei de relance pela janela da sala. A noite estava clara, dava para distinguir a silhueta de Manhattan. Só faltavam dezoito horas para eu voltar para casa.

— De nada. Estou convencida de que o tempo que passou aqui vai contribuir muito para o seu futuro. O que nos remete, é claro, à nossa situação.

Virei o rosto para encarar a sra. Cobrawick. Desejei com todas as forças que ela parasse de dizer "nossa situação".

— Em agosto, você recebeu uma visita — disse ela. — Um jovem.

Menti, dizendo que não tinha muita certeza se sabia de quem ela estava falando.

— O rapaz Delacroix — respondeu ela.

– Certo. Ele foi meu namorado no ano passado, mas já acabou.

– O guarda encarregado naquela ocasião insistiu que vocês haviam se beijado. – Ela me olhou profundamente nos olhos. – Duas vezes.

– Eu não devia ter feito isso. Ele tinha se ferido, como a senhora provavelmente leu no meu dossiê, e acho que fiquei emocionada quando vi que estava recuperado. Peço desculpas, sra. Cobrawick.

– Sim, você infringiu as regras – respondeu a sra. Cobrawick. – Mas sua infração é compreensível, acredito, e até mesmo humana. Pode ser deixada de lado. Provavelmente você vai se surpreender ao ouvir alguém da minha idade dizendo isso, mas eu não sou uma pessoa sem sentimentos, Anya. Antes de você vir para o Liberty, em junho, o dr. Charles Delacroix me deu instruções muito específicas sobre seu tratamento aqui. Gostaria de saber quais foram?

Eu não tinha muita certeza, mas fiz que sim.

– Foram somente três. A primeira, que eu evitasse qualquer contato pessoal desnecessário com Anya Balanchine. Acho que você concorda comigo que segui à risca essa instrução.

Isso explicava o motivo de minha estada ter transcorrido em relativa paz. Se eu encontrasse Charles Delacroix mais alguma vez na vida (e desejava não ter motivos para isso), certamente agradeceria a ele.

– A segunda, que Anya Balanchine não deveria ser mandada a uma cela em hipótese alguma.

– E a terceira? – perguntei.

– A terceira era que o contatasse imediatamente caso o filho viesse visitar você. Ele disse que um acontecimento como esse poderia tornar necessária uma revisão tanto da duração quanto da natureza da pena de Anya Balanchine no Liberty.

Senti um estremecimento ao ouvir a palavra *duração*. Eu tinha bastante consciência da promessa feita a Charles Delacroix em relação ao seu filho.

– Então, quando o guarda me trouxe a notícia de que o menino Delacroix estava visitando Anya Balanchine, sabe o que resolvi fazer?

Ela – que horror! – sorriu para mim.

– Resolvi não fazer nada. Pensei com meus botões: "Evie, no final do ano você vai deixar o Liberty, e não terá mais que fazer o que mandam..."

Interrompi a conversa que ela estava tendo consigo mesma para perguntar:

– A senhora está indo embora?

– Sim, parece que fui forçada a uma aposentadoria precoce, Anya. Eles estão cometendo um erro grave. Não é qualquer um que pode comandar este meu reino.

Ela acenou com a mão para mudar de assunto.

– Mas, como eu estava dizendo antes... Eu disse para mim mesma: "Evie, você não deve nada àquele monstro do Charles Delacroix. Anya Balanchine é uma boa menina, apesar de ter uma família ruim, e não pode controlar quem vem ou não visitá-la."

Agradeci com cautela.

– Ora, de nada – respondeu ela. – Talvez um dia você possa retribuir esse favor.

Estremeci.

– O que a senhora quer, sra. Cobrawick?

Ela riu, pegou minha mão e apertou com força, até estalar um dos meus dedos.

– Só... Gostaria de poder chamar você de amiga.

Meu pai sempre disse que não existia bem mais precioso ou volátil do que a amizade. Fitei os olhos escuros dela:

– Sra. Cobrawick, posso dizer honestamente que jamais vou esquecer essa prova de amizade.

Ela soltou minha mão.

– Acontece que Charles Delacroix é um grande tolo. Se minha experiência com crianças problemáticas me ensinou alguma coisa, foi que afastar duas pessoas que se amam não traz nenhum bem. Quanto mais se insiste na separação, mais força o casal faz para estar junto. É como na armadilha chinesa de dedo, e a armadilha de dedo sempre vence.

Nisso a sra. Cobrawick estava errada. Win só tinha me visitado uma vez. Eu o beijei, depois disse que ele nunca mais devia voltar. Para minha total irritação, ele me obedeceu. Já se passara pouco mais de um mês e, desde então, eu não recebera nenhuma notícia dele.

– Como você vai nos deixar amanhã, esta também será nossa entrevista de liberação – disse a sra. Cobrawick. Ela abriu meu dossiê.

– Vejamos, você chegou aqui sob acusações de... – Pesquisou o arquivo. – Porte de armas?

Fiz um gesto afirmativo.

A sra. Cobrawick colocou os óculos de leitura que ficavam pendurados numa correntinha em volta do pescoço.

– Verdade? Foi isso? Acho que me lembro de você ter atirado em alguém.

– Atirei, mas foi autodefesa.

– Bem, não importa, sou educadora, não juíza. Você se arrepende de seus crimes?

A resposta para isso era complicada. Eu não me arrependia do crime do qual fora acusada – o de portar a arma do meu pai. Não me arrependia do crime em si: atirar em Jacks depois de ele ter atirado no Win. E também não me arrependia do acordo feito com Charles Delacroix, que garantira a segurança dos meus dois irmãos. Não me arrependia de nada. Mas dava para perceber que se eu dissesse isso seria malvista.

– Sim – respondi. – Eu me arrependo completamente.

– Ótimo. Então, quanto a amanhã... – A sra. Cobrawick consultou o calendário. – Dia 17 de setembro de 2083, a cidade de Nova York considera Anya Balanchine absolutamente reabilitada. Boa sorte para você, Anya. Que as tentações do mundo não a encaminhem à reincidência.

As luzes já estavam apagadas quando voltei para o dormitório. Assim que cheguei ao beliche que dividira com Mouse durante os últimos oitenta e nove dias, ela acendeu um fósforo e gesticulou para que eu fosse me sentar ao seu lado na cama de baixo. Estendeu o bloquinho de notas. *Preciso fazer uma pergunta antes de você ir embora*, escreveu numa das suas preciosas páginas. (Só tinha permissão para usar vinte e cinco por dia.)

– Claro, Mouse.

Vão me deixar sair antes do tempo.

Eu disse que isso era uma grande notícia, mas ela fez que não com a cabeça. E me entregou mais um bilhete.

Antes do feriado de Ação de Graças, ou mais cedo ainda. Bom comportamento, ou talvez seja porque gasto muito papel. A questão é que eu preferia ficar aqui. Meu crime me impede de voltar para casa. Quando eu sair, vou precisar de um emprego.

– Queria muito poder ajudar, mas...

Ela tapou minha boca com a mão e me deu mais um bilhete previamente escrito. Aparentemente, minhas respostas eram bastante previsíveis.

NÃO DIGA NÃO! Você pode. É muito poderosa. Pensei muito sobre isso, Anya. Quero ser revendedora de chocolate.

Eu ri, porque não poderia imaginar que ela estivesse falando sério. A garota tinha um metro e meio e era completamente muda! Olhei para ela, e sua expressão me dizia que não estava brincando. Naquele momento, o fósforo apagou e ela acendeu outro.

– Mouse – sussurrei –, eu não me envolvo com os negócios dos chocolates Balanchine. E, mesmo que me envolvesse, não entendo por que você ia querer esse tipo de trabalho.

Tenho dezessete anos. Sou muda. Criminosa. Não tenho ninguém no mundo, nem dinheiro, nem educação de verdade.

Bem, não deixava de ser verdade. Assenti, e ela me entregou outro bilhete.

Você foi a única amiga que fiz aqui. Sei que sou pequena e fraca, mas não sou covarde e posso fazer coisas difíceis. Se me deixar trabalhar com você, vou ser leal para o resto da vida. Eu morreria por você, Anya.

Eu disse que não queria que ninguém morresse por mim e apaguei o fósforo.

Desci da cama dela, subi para a minha e peguei no sono rapidamente.

De manhã, quando ela me escreveu novamente e eu me despedi, não mencionou o fato de ter pedido minha ajuda para se tornar revendedora de chocolate. A última coisa que escreveu antes que os guardas viessem me chamar foi: *A gente se vê, A. Ah, meu nome verdadeiro é Kate.*

– Kate – falei. – Foi um prazer conhecer você.

Às onze da manhã fui levada para trocar o uniforme do Liberty pela minha roupa normal. Apesar de ter sido expulsa do colégio, estava usando meu uniforme do Trinity quando me entreguei. Estava acostumada a vestir aquilo. Mesmo depois de três meses de expulsão, quando vestia a saia sentia meu corpo querendo voltar ao colégio, especificamente ao Trinity, onde as aulas tinham começado sem mim, na semana anterior.

Depois de mudar de roupa, fui levada à sala de liberação. Muito tempo antes, eu encontrara Charles Delacroix naquele mesmo cômodo, mas, hoje, quem me esperava eram meus advogados, Simon Green e dr. Kipling.

– Estou com cara de quem estava cumprindo pena? – perguntei.

O dr. Kipling olhou para mim, examinando-me antes de responder:

– Não – disse ele. – Você me parece muito em forma.

Do lado de fora, sob o ar pegajoso de meados de setembro, tentei não sentir a perda do verão. Eu teria muitos outros verões. Teria muitos outros namorados também.

Respirei fundo, tentando absorver todo o ar fresco nos meus pulmões. Sentia cheiro de feno, e, ao longe, de alguma coisa apodrecendo, algo sulfuroso, talvez queimado.

– A liberdade tem um cheiro diferente do que eu me lembrava – comentei com meus advogados.

– Não, Anya, é só o Hudson River. Está em chamas novamente – disse o dr. Kipling, bocejando.

– O que foi dessa vez? – perguntei.

– O de sempre – respondeu o dr. Kipling. – Alguma coisa a ver com o nível da água e contaminação química.

– Não precisa ter medo, Anya – acrescentou Simon Green. – A cidade está quase tão abandonada quanto quando você a deixou.

Quando chegamos ao meu prédio, o elevador estava quebrado, então disse ao dr. Kipling e Simon Green que eles não precisavam me levar até a porta de casa. Nosso apartamento era no último andar – o décimo terceiro –, mas o elevador se referia a ele como décimo quarto. Fosse o décimo terceiro ou o décimo quarto, era uma longa subida, e o coração do dr. Kipling ainda estava frágil. Já o meu estava em excelente forma, porque eu passara o verão inteiro no Liberty praticando esporte três, às vezes quatro vezes por dia. Eu estava magra e forte, era capaz de subir as escadas correndo. (*Aliás, seria demais acrescentar que, apesar de meu coração-músculo estar em excelente forma, meu coração-coração certamente já estivera melhor? Ah, provavelmente sim, mas... Não me julguem, por favor.*)

Como tinha deixado minhas chaves (e outros pertences de valor) em casa, tive que tocar a campainha.

Imogen, que estava encarregada de cuidar da minha irmã, abriu a porta.

– Anya, não ouvimos você chegar. – Ela indicou o hall com a cabeça. – Onde estão Simon Green e o dr. Kipling?

Expliquei o que tinha acontecido com o elevador.

– Meu Deus, isso deve ter acabado de acontecer. Talvez se conserte sozinho, será? – disse ela, com voz animada.

Alguma vez, na minha vida, eu já vira algo se consertar sozinho?

Imogen disse que Scarlet estava me esperando na sala.

– E Natty? – perguntei. Ela já devia estar de volta do acampamento de gênios havia quatro semanas.

– Natty está... – Imogen hesitou.

– Aconteceu alguma coisa com Natty? – Dava para sentir os pulos do meu coração.

– Não. Ela está bem. Foi passar a noite na casa de uma amiga. – Imogen balançou a cabeça. – Um trabalho para a escola que precisavam fazer.

Tentei com todas as forças não demonstrar ressentimento.

– Ela está com raiva de mim?

Imogen pressionou os lábios, tensa.

– Um pouco, sim, eu acho. Ela ficou chateada quando descobriu que você mentiu sobre a ida para o Liberty. – Imogen balançou a cabeça. – Você sabe como são os adolescentes.

– Mas Natty não... – Quase disse que Natty não era uma adolescente, mas lembrei a tempo que ela era. Completara treze anos em julho. Mais uma coisa que eu perdera graças à prisão.

Uma voz familiar veio do corredor.

– É a voz da mundialmente famosa Anya Balanchine que estou ouvindo?

Scarlet veio correndo e se jogou de braços abertos sobre mim.

– Anya, onde foram parar os seus peitos?

Afastei o corpo.

– Deve ser culpa da comida supernutritiva do Liberty.

– Quando eu ia lá visitá-la, você estava sempre com aquele macacão azul marinho, mas, agora, com o uniforme do Trinity, é mais fácil ver que você está...

– Horrível – completei.

– Não! – exclamaram Imogen e Scarlet ao mesmo tempo.

– Não é como da outra vez que você foi para o Liberty – continuou Scarlet. – Você não está com cara de doente. Só está...

Scarlet desviou o olhar para o teto. Lembrei que no meu primeiro ano de Ciência Forense aprendi que, quando uma testemunha olha para cima daquele jeito, significa que está pensando em uma mentira. Minha melhor amiga estava prestes a mentir.

– Você está mudada... – disse, de modo gentil.

Scarlet me puxou pela mão.

– Vamos para a sala. Tenho que lhe contar tudo que anda acontecendo. E, também, espero que não se importe, Gable está aqui. Ele queria muito ver você e é meu namorado, Anya.

Eu me importei um pouco, mas Scarlet era minha melhor amiga, então o que eu podia fazer?

Fomos para a sala, onde Gable esperava perto da janela. Apesar de usar muletas, não havia nenhuma cadeira de rodas à vista. Em certos aspectos, ele também melhorara muito. A pele estava para lá de pálida, quase branca, mas nenhuma cicatriz era visível. Luvas de couro cobriam suas mãos, portanto não pude ver o que aconteceu com seus dedos danificados.

– Arsley, você está andando de novo! – cumprimentei-o.

Scarlet aplaudiu.

– Eu sei – disse ela. – Não é o máximo? Estou tão orgulhosa dele!

Com alguma dificuldade, Gable veio até mim.

– É, não é maravilhoso? Depois de meses de fisioterapia e cirurgias incontáveis e dolorosas, agora eu consigo fazer o que qualquer bebê de dois anos faz melhor. Não é um milagre da medicina moderna?

Scarlet deu um beijo no rosto dele.

– Não comece com essa amargura, Gable. Fique na luz, comigo e com a Anya!

Gable riu da piada da Scarlet e deu um beijo nela, e então Scarlet sussurrou alguma coisa em seu ouvido. Ele sorriu, ela o ajudou, e os dois se sentaram juntos na poltrona.

AMD, como diria minha avó, Scarlet e Gable pareciam realmente apaixonados! Por um segundo, quase senti inveja deles. Não que eu quisesse voltar com Gable – com certeza, não! Depois de tudo que Scarlet fez por minha família, eu não podia cobiçar o namorado dela. A simples verdade era que eu sentia falta de ser parte de um casal.

Enrosquei o corpo na poltrona cor de vinho que me era tão familiar.

– Sério, Gable – falei. – Você parece incrivelmente bem.

– Você está horrível – respondeu ele.

– Gable – repreendeu Scarlet.

– O que foi? Ela parece um menininho ou um corredor de maratona. Eles não serviam comida lá? – continuou Gable. – E seu cabelo está de dar medo.

Meu cabelo estava, é verdade, bastante embolado e cheio de frizz. No Liberty, não havia condicionador, gel ou mesmo uma escova de cabelos decente. Assim que Gable e Scarlet fossem embora, eu ia cuidar disso.

– Como vão as coisas no Trinity? – perguntei, para mudar de assunto. Gable estava repetindo o último ano porque perdera a maior parte dele durante a doença.

– Muito sem graça, agora que você não está lá – disse Gable, dando de ombros. – Há meses que ninguém leva um tiro nem é envenenado.

Uma das qualidades do Gable era o senso de humor.

– Gable Arsley – disse Scarlet, franzindo as sobrancelhas. – Você está sendo desagradável e fazendo com que eu me arrependa de ter trazido você aqui, hoje.

– Desculpe, Anya, se a ofendi.

Falei que estava tudo bem, que ultimamente era muito difícil alguém me ofender.

Scarlet se levantou.

– Acho melhor a gente ir embora. Imogen nos fez prometer que não ficaríamos muito tempo.

Ela estendeu a mão para Gable, e ele ficou de pé com alguma dificuldade. Foi então que me lembrei do elevador. Já era difícil para Gable andar na sala. Nunca conseguiria descer treze andares de escada usando muletas.

Depois de consultar Imogen, que por sua vez consultou o supervisor do prédio, ficou determinado que o elevador não seria consertado até de manhã. Gable teria de passar a noite na minha casa, o que não me deixava muito animada. Se ficasse, os pais da Scarlet não deixariam que ela ficasse também, e da última vez que ele quase passou a noite no meu apartamento as coisas não tinham ido muito bem.

Decidi que Gable devia dormir no sofá. Não queria que se alojasse no antigo quarto de Leo.

Terminados os preparativos, finalmente pude escapar para o meu quarto. Queria tomar um banho, mas, em vez de fazer isso, caí na cama e peguei no sono. Quando acordei eram duas da manhã e o apartamento estava em silêncio. Saí do quarto e atravessei o corredor para tomar uma chuveirada.

Não queria nem saber se a água estava cara. Imaginei que me deviam uns três ou quatro banhos. Claro que dei atenção especial ao meu cabelo. Condicionador – que palavra horrível para uma coisa tão linda!

Depois do banho, desembaracei o cabelo, passei um produto eficiente, e, quando me olhei no espelho, achei que minha aparência estava quase normal outra vez. Enrolei a toalha florida em volta do corpo e voltei para o meu quarto.

Quando abri a porta, encontrei Gable sentado na cadeira ao lado da cama. Estava vestindo um pijama de Leo que Imogen provavelmente emprestara para ele, e as muletas estavam apoiadas na cômoda.

– Arsley – disse eu, conferindo se a toalha estava bem presa debaixo dos braços. – Você não devia estar aqui.

– Ah, Anya, deixe de ser paranoica – disse ele. – Ouvi que você estava acordada, eu também estava, então pensei em lhe fazer companhia.

– Eu não gosto de companhia depois do banho, Arsley.

– Eu... eu não vou tentar nada com você, Anya, juro. Só não me peça para levantar. Preciso ficar sentado aqui um pouco. Prometo fechar os olhos enquanto você troca de roupa.

– Eu estava na prisão, Arsley, se você tentar alguma coisa...

Abri a porta do armário para poder vestir meu pijama discretamente atrás dela. Depois, sentei de pernas cruzadas na cama.

– Então... – falei.

– Eu estava pensando na última vez que nós dois estivemos juntos no seu quarto – começou Gable. – Sei que você acha que me comportei mal, e me sinto péssimo por isso. Eu queria dormir com você naquela noite, mas nunca teria forçado nada.

Balancei a cabeça.

– Você está me pedindo desculpas?

– É, acho que sim. Estou quase feliz porque o elevador quebrou. Se não fosse isso, eu nunca teria ficado sozinho com você, e quero dizer essas coisas já faz algum tempo. Aliás, está quente aqui dentro.

Gable tirou as luvas de couro e pude ver que três dos dedos dele tinham pontas de prata. Ele parecia um robô.

– Arsley, seus dedos!

Gable riu de mim.

– Você devia fingir que não reparou.

– Mas eles ficaram incríveis.

Ele acenou com os dedos.

– Você gostaria de tocar neles, Anya?

Eu até que gostaria, mas não achei boa ideia tocar em qualquer parte do corpo do Gable, mesmo que fosse biônica.

– Anda, Anya, aperta a minha mão. Amigos podem apertar as mãos, não podem?

Nós não éramos amigos.

– Deixe de ser chata, Anya – respondeu Gable. – Já sabe para que colégio você vai?

– Qualquer um que me aceite, eu acho.

– É uma idiotice não deixarem você voltar – disse Gable. – Você salvou a vida de Win Delacroix.

Não tinha passado despercebido para mim o fato de que Scarlet evitara o assunto "Win" a tarde toda. Eu não queria notícias sobre Win vindas justamente da boca de Gable Arsley. Mesmo assim, era melhor do que nada.

– Win... – falei, tentando soar casual – voltou para o Trinity?

Gable revirou os olhos.

– Ah, estou vendo o quanto você não está nem aí para ele. Você sempre foi a pior mentirosa do mundo, Anya. Vocês não estão mais se falando?

– A gente não tem permissão.

– Isso não me impediria.

Gable passou os dedos de metal no cabelo.

– Ele não almoçou comigo e com a Scarlet este ano, o que, por mim, tudo bem. Sempre achei esse cara bonzinho demais, irritante. Como você conseguiu ficar com ele depois de mim foi uma coisa que eu nunca entendi.

Eu queria fazer mais perguntas, mas não queria ter que perguntar, se é que você me entende. Por sorte, Gable estava feliz da vida em me dar informações.

– Olha só, Scarlet disse que não era para contar ainda, mas você vai acabar descobrindo de qualquer jeito. Win está com Alison Wheeler.

Respirei fundo e tentei não sentir nada.

– Eu sei quem ela é.

Win a levara ao Baile de Outono no ano anterior. Dissera que eram só amigos, mas isso não parecia provável agora. Não era de estranhar que a gente não se visse há tanto tempo.

– Como assim "eu sei quem ela é"? – perguntou Gable. – É claro que você sabe. A gente frequenta a mesma escola há anos.

Eu queria evitar dizer alguma coisa mais reveladora sobre o assunto.

– E como foi que rolou? – perguntei.

– Menino e menina se encontram. Ela estava dando uma força na campanha do pai dele, acho. Alguma coisa assim. Mas até que ela não é feia. Eu ficaria com ela.

Estreitei os olhos.

– Se não estivesse com Scarlet, você quis dizer.

– Isso já está implícito, Anya.

– É melhor você ir dormir – falei para ele.

– Por quê? Para você poder chorar no travesseiro por causa de Win? Chega aqui. Eu deixo você chorar no meu ombro.

– Vai logo – falei.

– Você me ajuda?

Ofereci minha mão e, ao ficar de pé, ele sussurrou no meu ouvido:

– Você é mais bonita que a Alison Wheeler, e Win Delacroix é um idiota.

Gable era detestável, mas mesmo uma pessoa detestável pode fazer uma garota se sentir melhor de vez em quando.

– Obrigada – respondi.

Eu já tinha conseguido, finalmente, colocá-lo para fora do quarto quando ele se virou:

– Por acaso você tem algum chocolate por aí?

– Não acredito que você está me perguntando isso!

– O quê? Não como um chocolate há meses – respondeu Gable. – Além do mais, não foi o chocolate que me fez mal. Foi o Fretoxin. Você deveria saber melhor do que ninguém que não tem nada de errado com o chocolate em si.

Eu disse que era tarde demais para ter certeza de qualquer coisa.

– Quer que eu o ajude a ir até a sala, ou consegue ir sozinho?

– É mais legal se você vier junto – disse Gable.

– Não para mim. – Fechei a porta do quarto, apaguei a luz e deitei na cama. Apesar de estar quente no quarto, puxei as cobertas até cobrir a cabeça.

Eu era capaz de imaginar Win com Alison Wheeler só para despistar o pai do fato de que estava se encontrando comigo. O único problema dessa teoria era que ele *não estava* se encontrando comigo. Como já falei, a gente não se via nem se falava havia mais de um mês. A conclusão lógica era que ele realmente estava saindo com Alison Wheeler.

Talvez fosse melhor assim, não? Se eu ainda estivesse com Win, colocaria Natty e Leo em risco. Era mais fácil desse jeito, certo? Meu plano com Charles Delacroix era um sucesso. Aquele momento em agosto fora uma anomalia. Talvez aquilo tivesse sido, de fato, um adeus.

Então, tudo certo. Todo mundo seguiu com a vida. Ninguém saiu (muito) ferido. Eu cumpri minha pena. Era uma mulher livre. E Win, obviamente, era um homem livre.

Desejei que minha avó estivesse ali. Ela me aconselharia a abraçar minha liberdade. Ou talvez a comer uma barra de chocolate.

De manhã, fui acordada pelo som de uma gargalhada. Vesti meu robe e fui até a sala. Imaginei que Scarlet tivesse chegado cedo para escoltar o namorado até em casa, e fiquei agradecida. Estava mais do que ansiosa para me livrar do meu hóspede.

Gable estava sentado no sofá. Gesticulava com a mão de dedos prateados enquanto falava:

– Espera, você já está rindo antes de eu contar a melhor parte.

Olhei para a poltrona vinho. Uma garota estava sentada ali, mas não era Scarlet.

– Annie! – Natty se levantou e veio me abraçar.

De pé, ela estava um pouco mais alta que eu, e isso era perturbador.

– Disse para mim mesma que ia dar um gelo em você, Annie, mas não consigo. Por que mentiu para mim, não contou que ia para o Liberty?

– Eu só queria que você se divertisse no *campus* – disse para ela.

– Eu não sou mais criança. Posso lidar com coisas difíceis, sabia? – perguntou Natty.

– Verdade – acrescentou Gable. – Com certeza, ela não é mais uma criança.

Mandei Gable calar a boca.

– Ela só tem treze anos. E você tem namorada.

Ainda assim, Gable tinha razão. A mudança na minha irmã era inegável. Mantive-a à distância de um braço para poder olhar para ela. Durante o verão, Natty crescera talvez uns quatro centímetros, e sua saia estava um pouco curta demais. As pernas que costumavam parecer patinhas de aranha agora estavam torneadas. Ela tinha seios, quadris e uma espinha no queixo. Só tinha treze anos, mas parecia ter duas vezes mais. Não gostei da maneira como Gable olhava para ela. Eu me perguntei se devia bater com o abajur na cabeça dele.

Nesse momento, Scarlet chegou.

– Seu cabelo deu uma boa melhorada – disse ela, dando-me um beijinho no rosto. – Bom dia, Natty, meu amor! Ela não está parecendo uma adulta, Anya?

– Com certeza – respondi.

– Ainda bem, agora que ela pulou para o primeiro ano – continuou Scarlet.

– Oi? Como assim? – perguntei.

– Eu disse para Imogen que queria contar pessoalmente – explicou Natty.

Scarlet assentiu.

– Vamos, Gable. O elevador já voltou a funcionar. Melhor a gente ir embora antes de você acabar mais uma noite preso aqui. – Scarlet virou-se para mim. – Espero que ele tenha se comportado.

– Não vale mentir, Anya! – disse Gable.

Contei para Scarlet que Gable havia se comportado exatamente como eu esperava, comentário em que Scarlet escolheu acreditar.

Scarlet ajudou seu terrível namorado a ficar de pé, e finalmente os dois foram embora.

Olhei para minha irmã:

– Você pulou duas séries?

Natty cutucou a espinha no seu queixo com o dedo mindinho.

– A professora Bellevoir e o pessoal do *campus* acharam que era uma boa ideia, e, bem... – Sua voz ganhou um tom gelado. – Você não estava por aqui para debater o assunto.

Minha irmã mais nova no ensino médio do Holy Trinity?

Sentei no sofá, que ainda cheirava à colônia do Gable. Depois de um tempo, Natty sentou ao meu lado.

– Senti saudade de você – disse ela.

– Teve pesadelos durante o verão? – perguntei.

– Só um, dois, três ou quatro, mas, quando eles começavam, eu fingia que era você. Corajosa feito você. E dizia: "Natty, você só está sonhando. Pode voltar a dormir." E funcionou! – Ele me abraçou. – Eu realmente odiei você quando descobri que tinha ido para o Liberty. Fiquei com tanta raiva, Annie. Por que fez isso?

Expliquei da maneira mais simples possível meu acordo com Charles Delacroix para proteger ela e Leo. Natty quis saber se terminar com Win fazia parte do combinado. Sim, respondi, era parte do combinado.

– Pobre Annie. Essa deve ter sido a parte mais difícil – disse Natty.

Sorri.

– Bem, eu diria que o Liberty não foi tão divertido quanto o *campus*. E certamente não ajuda se as pessoas ficarem dizendo que estou com uma cara péssima.

Natty estudou meu rosto. Segurou-o entre as mãos de dedos longos.

– Você está com uma expressão forte, Annie. Só isso. Mas você sempre foi forte.

Era uma boa menina, a minha irmã.

– Arsley disse que Win está namorando.

– Está – admitiu Natty. – Mas não sei, não. Win está tão diferente. Parece sentir raiva o tempo todo. Tentei conversar com ele no primeiro dia de aula. Queria saber se tinha notícias suas, mas ele me deu um fora.

Lembrei minha irmã que ela prometera odiar Win Delacroix pelo resto da vida.

– Isso foi antes de eu saber que você tinha mentido sobre sua ida para o Liberty – disse ela. – De qualquer forma, parece que a perna dele ficou boa. Ainda usa bengala, mas não está feito Gable.

– Natty – falei. – Diga honestamente: você não estava paquerando Gable hoje de manhã, estava?

– Que nojo, Annie – respondeu Natty. – Nós dois estamos na mesma turma de matemática. Ele estava me contando uma história sobre a professora. Eu estava rindo para ser educada.

– Graças a Deus! – respondi. Acho que não seria capaz de suportar Natty paquerando Gable Arsley. Mais tarde, depois de já estar em casa há mais tempo, Natty e eu precisaríamos ter uma conversa séria sobre garotos.

Natty levantou e me ofereceu a mão.

– Vamos – disse ela. – A gente precisa ir ao mercado. Não tem mais quase nada em casa. E, segundo Imogen, eu sou nova demais para ir sozinha.

– Ela está certa – respondi.

– Você ia, quando tinha treze anos, não ia? – insistiu Natty.

— Eu já tinha quase catorze. E só fazia isso porque não tinha ninguém para ir comigo.

Eu e Natty pegamos o ônibus para o mercado de sábado da Union Square. Lá se podia comprar ou trocar quase todo tipo de coisa. De papel higiênico a camisetas, de nabos a Tolstói. Coisas que começam com qualquer letra do alfabeto. Como sempre, estava uma loucura. Mesas e tendas em toda parte. Todo e qualquer espaço tomado por seres humanos, todos os seres humanos querendo coisas, querendo coisas imediatamente. Ou, na verdade, para ontem. De vez em quando, alguém morria numa confusão. Vovó me contou uma vez que quando era jovem existiam lojinhas e minimercados onde se podia comprar todo tipo de coisa, sempre que se quisesse. Agora, tudo o que tínhamos eram mercados irregulares. A melhor pedida era, de fato, o mercado de sábado.

Naquele dia, nossa lista incluía: sabão em pó, condicionador de cabelo, macarrão, uma garrafa térmica, frutas (se fosse possível), uma saia nova (e maior) de lã para Natty e um livro de papel para Imogen (ela completaria trinta e dois anos na semana seguinte).

Dei um montinho de dinheiro para Natty e cupons racionados. Depois, encarreguei-a de encontrar a saia e o livro. Em geral, o preço desses itens não variava, portanto não era necessário ser bom negociante. Eu cuidaria do resto. Fora até lá armada com várias barras de Balanchine Special Dark, que encontrei, para minha surpresa, ao pegar nosso dinheiro estocado na despensa vazia. Apesar de ter perdido o gosto para chocolate, ele ainda podia ser útil em negociações.

Enquanto caminhava pela multidão até onde normalmente ficavam os produtos de casa e limpeza, passei por um grupo de universitários que fazia uma passeata. (Atividades políticas eram comuns nos mercados.) Uma garota subnutrida, de cabelo castanho oleoso e saia comprida e florida, me entregou um panfleto amassado.

– Um para você, irmã – disse ela.

Olhei o panfleto. Na frente havia a foto do que parecia ser de uma árvore de cacau, e a frase: *Pela legalização imediata do cacau!*

– Tudo o que dizem sobre chocolate é mentira – continuou ela. – Chocolate não é mais viciante do que água.

– Pode acreditar em mim, eu sei disso – respondi, enquanto enfiava o papel na bolsa. – Onde vocês conseguiram papel para os panfletos?

– A falta de papel é outra mentira, minha amiga – respondeu um homem barbado. – Eles só estão tentando nos controlar. Sempre há papel o bastante para as boas e velhas notas de dólar americano, não é?

Esse era o tipo de gente para quem tudo era mentira. Melhor seguir meu caminho, antes que um desses camaradas pró-chocolate percebesse quem eu era.

Adiantei-me e consegui encontrar tudo na primeira tenda em que parei, menos as frutas e o macarrão. Achei um vendedor de massas um pouco mais à frente, e ele me deu uma boa quantidade de penne depois que joguei na sua mão um cupom para carne e uma barra de chocolate. Troquei duas barras por um buquê de rosas com uma florista – era uma extravagância, mas eu precisava de alguma coisa colorida e cheirosa depois do verão que tivera. Só faltavam as frutas frescas. Estava prestes a me contentar com as enlatadas quando avistei um cartaz que dizia:

Cítricos da Jane
Laranjas cultivadas aqui mesmo, em Manhattan

Fui até a barraca. Laranja era, definitivamente, minha fruta favorita, e era o tipo de coisa que não serviam no Liberty.

A mãe de Win me viu antes que eu a visse.

– Bem que eu achei que era você. Eu sou Jane Delacroix.

Dei um passo atrás.

– Eu já estou indo embora – falei. Se o marido dela estivesse por perto, haveria uma confusão.

– Anya, espere! Charlie não está aqui. Ele está em campanha. Eu não queria que todas as laranjas que cultivei no verão fossem para o lixo, por isso estou aqui. Eu sou fazendeira, não mulher de político. Além do mais, pessoas de verdade vão ao mercado. Estamos tentando parecer um casal de pessoas de verdade, sabia?

O rosto bonito de Jane Delacroix estava mais marcado do que quando eu a vira pela última vez.

– Ah – respondi.

– Por favor – disse ela. – Pegue uma. Win me disse uma vez que você gosta de laranja. Ele vai voltar a qualquer momento. Foi trocar as frutas por alguns sacos. As pessoas trazem as próprias embalagens, é claro, mas as laranjas precisam respirar. Não se pode jogá-las em qualquer embrulho. Fique   ordenou ela.

Win estava lá? Olhei para a multidão: rostos incontáveis, mas nenhum era o dele.

Ela estendeu uma laranja e, quando fui pegá-la, segurou minha mão.

– Como você está?

Considerei a pergunta.

– Feliz por estar livre, eu acho.

Jane Delacroix concordou.

– É, a liberdade é uma coisa muito boa. – A mãe de Win tinha lágrimas nos olhos. – Leve duas laranjas, por favor. Um saco inteiro – disse. Soltou minha mão e começou a encher seu último saco de rede vermelha com laranjas.

Eu falei que estava prendendo a fila de sua tenda. E era verdade. Não havia tempo para trocas emocionais no mercado, e Jane Delacroix negociava um produto valioso.

Ela empurrou o saco de laranjas para mim.

– Nunca vou esquecer que você salvou a vida do meu filho. – Segurou meu rosto e beijou minhas bochechas. – Perdão por tudo. Eu sei que você é uma boa menina.

Por cima do ombro, vi Win entrar pelos fundos da tenda. Ele carregava sacos de rede de várias cores.

Respirei fundo, lembrando a mim mesma de que Win tinha uma namorada, e não era eu.

– Eu preciso ir embora – falei. – Tenho que encontrar minha irmã! – Abri caminho entre as pessoas, afastando-me de Win.

Encontrei Natty na banca de livros de papel, que se chamava 451 Livros. Diferentemente das barracas de outros produtos, estaria vazia não fosse minha irmã. Ela me mostrou dois livros.

– O que você acha, Annie? Qual deles Imogen vai preferir? *Casa Abandonada*, de Charles Dickens, ou *Anna Kariênina*, de Tolstói? Um é sobre, tipo, um processo judicial, eu acho. E o outro é sobre uma história de amor, é isso? Não tenho certeza.

– O que é sobre o processo judicial – respondi. Meu coração batia loucamente. Coloquei a mão sobre o peito como se pudesse fazê-lo desacelerar.

– Então levamos *Casa Abandonada* – disse Natty, afastando-se para pagar.

– Espere, vamos levar os dois. Um presente de cada uma. Você dá o da história de amor. Eu dou o do processo.

Natty concordou.

– Tudo bem, ela é legal com a gente, não é?

Respirei fundo, conferindo se estava com todos os meus pacotes. Detergente, ok. Condicionador, ok. Massa, ok. Flores, ok. Garrafa térmica, ok. Laranjas... Deus! Não sei como, mas havia deixado as laranjas na banca da mãe do Win. Nem pensar em voltar para buscar.

Saímos da banca de livros e, apesar de minha irmã estar muito velha para isso, segurei a mão dela.

– Você conseguiu alguma fruta fresca? – perguntou.

Respondi que não. Devo ter dito isso com uma cara realmente desanimada, porque Natty sentiu necessidade de me confortar.

– Tudo bem. A gente ainda tem abacaxi em lata. Talvez até umas amoras congeladas – disse ela.

Estávamos quase na Union Square quando senti uma mão no meu ombro.

– Você esqueceu isso – disse ele. Antes mesmo de me virar eu já sabia de quem se tratava. Claro que era Win. – Minha mãe insistiu para que eu viesse atrás de você...

Qual era o problema da mãe de Win?

– Oi, Natty – continuou ele.

– Oi, Win – respondeu ela, friamente. – Você não usa mais chapéu. Gostava mais de você de chapéu.

Peguei o saco de laranjas e não disse nada.

– Quase não alcanço vocês duas. Acho que não sou tão rápido quanto antigamente – disse Win.

– Como está sua perna? – perguntei.

Win sorriu.

– Ainda dói à beça. Como foi o restante do seu verão?

Sorri também.

– Terrível. – Balancei a cabeça para me proteger dele. – Fiquei sabendo que você está namorando Alison Wheeler.

– É, Anya, estou – respondeu, depois de uma pausa. – As notícias correm rápido.

E os corações mais ainda.

– Uma vez eu disse que você ia me esquecer mais rápido do que eu ia esquecer você, e eu estava certa.

– Anya... – disse ele.

Eu sabia que tinha soado amarga, e qual o sentido disso? A verdade era que eu merecia qualquer dor que ele estivesse me causando agora. Era realmente um feito – ter aberto mão de alguém tão devotado como Win tão depressa.

Disse que estava feliz por ele. Não fui sincera, mas eu estava tentando fingir que era adulta. (Adultos não mentem assim?) Ele olhou para mim como se quisesse explicar a história da Alison, mas eu realmente não queria saber. Normalmente, eu gostava de saber tudo a respeito de tudo, mas, nesse caso, tudo bem ser deixada no escuro. Win facilitara as coisas para mim, não? Mas acabei me inclinando para abraçá-lo, imaginando que seria a última vez.

– Cuide-se – falei. – A gente provavelmente não vai se ver muito por aí.

– Não – concordou ele. – Provavelmente não.

Acho que estava muito sentimental. Ainda tinha uma barra do Balanchine Special Dark e lhe dei. Fiz com que prometesse não mostrar para o pai. Ele pegou o chocolate sem dizer uma palavra, nem mesmo uma piadinha sobre a possibilidade de estar envenenado. Eu me senti grata. Ele simplesmente enfiou a barra no bolso e desapareceu na multidão. Mancava um pouco, e fiquei feliz por tê-lo deixado com algo mais que aquele manquejar. Com certeza ele se julgava mais sortudo do que Gable Arsley.

Natty e eu pegamos o ônibus com nossas sacolas.

– Por que Alison Wheeler? – perguntou Natty, depois que já estávamos no ônibus havia alguns minutos. – Ele ama você.

– Eu terminei com ele, Natty.

– É, mas...

– E fiz com que levasse um tiro.

– Mas...

– E talvez ele tenha se cansado de mim. Da nossa família. Da dificuldade disso tudo. Às vezes eu também fico cansada de mim.

– Não Win – disse Natty com voz suave, mas decidida. – Não faz o menor sentido.

Suspirei. Natty podia parecer ter vinte e cinco anos, mas seu coração ainda tinha doze (treze!) e isso era reconfortante para mim.

– Não posso mais pensar nele. Preciso encontrar um colégio. Preciso ir ver o primo Mickey. Preciso ligar para Yuji Ono. Mas, daqui para frente, nós vamos ao mercado do Columbus Center – falei. – Não importa se teremos que atravessar o parque!

Quando entramos em casa, o telefone estava tocando. Ouvi Imogen atender a ligação.

– É, acho que Anya acabou de chegar. Um segundo.

Fui até a cozinha arrumar as compras, e Imogen estendeu o telefone na minha direção.

– É Win – disse ela, com um sorriso bobo no rosto.

– Viu? – respondeu Natty, com aquele olhar irritante de "eu sabia".

Imogen passou o braço em volta de Natty.

– Vamos, meu amor – sussurrou. – Vamos dar privacidade à sua irmã.

Respirei fundo. Enquanto atravessava a cozinha até o telefone, tive a sensação de que o sangue nas minhas veias esquentava. Peguei o aparelho.

– Win – falei.

– Bem-vinda de volta, Anya. – A voz era familiar, mas definitivamente não era de Win.

Minhas mãos congelaram.

– Quem está falando?

– É o seu primo – disse ele, depois de uma pausa. – Jacks. Jakov Pirozhki.

Como se eu conhecesse outro Jacks.

– Por que você fingiu ser Win? – perguntei.

– Porque senão você não atenderia. A gente precisa conversar – disse Jacks.

Respondi que não tínhamos nada para falar.

– Vou desligar agora.

– Se você fosse desligar, já teria desligado.

Ele estava certo, mas não falei nada. Meu silêncio deve ter deixado meu primo nervoso, porque quando falou novamente seu tom estava mais grave.

– Escute uma coisa, Annie. Eu não tenho muito tempo. Só posso dar um telefonema por semana, e não é de graça, sabe?

– Como vai a vida na prisão, primo?

– É indizível – respondeu Jacks, depois de uma pausa.

– Espero que seja um inferno.

– Por favor, Annie. Quero que você venha me ver no Rikers. Preciso contar umas coisas, e não pode ser pelo telefone. Nunca se sabe quem está escutando.

– E por que eu visitaria você? Envenenou um dos meus namorados e atirou no outro quando estava tentando atingir meu irmão. Fui expulsa do colégio e mandada para o Liberty por sua causa.

– Não seja ingênua – disse ele. – Essas coisas já estavam acontecendo antes de mim. Por favor. No fundo do seu coração, você não pode acreditar honestamente que eu... As coisas não são o que parecem ser... Eu já falei demais. Você precisa vir me visitar. – Baixou a voz. – Acho que você e sua irmã estão correndo muito perigo.

Por um segundo, senti medo, mas passou. Quem se importava com o que Jacks dizia? Ele diria ou faria qualquer coisa para conseguir o que queria. Não foi exatamente essa técnica que ele usou para manipular Leo? Dizendo que Natty e eu corríamos perigo, para poder controlar meu irmão?

– Parece-me, Jacks, que a pessoa que colocou minha família em risco foi você. E você, primo querido, vai ficar preso por vinte e cinco anos. Pessoalmente, nunca me senti tão segura na vida. Por favor, não ligue mais – falei. Quando desliguei, pensei ter escutado Jacks dizer alguma coisa sobre meu pai, mas não consegui distinguir o que era. Ele diria mesmo qualquer coisa.

Natty e Imogen esperavam por mim na sala.

– O que Win disse? – perguntou Natty, com olhos brilhando de felicidade.

Olhei para ela. Não poderia protegê-la disso.

– Não era Win. Era Jacks.

Imogen se levantou do sofá.

– Anya, me desculpe. Ele disse que era Win, e acho que não conheço bem o suficiente a voz dele para saber a diferença.

Garanti que não era culpa dela.

Natty balançou a cabeça.

– Isso foi horrível. O que é que ele queria?

Não consegui repetir exatamente o que Jacks dissera sobre o perigo que nós duas corríamos. Sentei ao lado de Natty e abracei-a. Eu faria qualquer coisa para mantê-la em segurança e me perguntei como me permitira sofrer por Win. Natty era o amor da minha vida, não ele. Naquele momento, o amor da minha vida se desvencilhou do meu abraço – será que ela estava ficando velha demais para essas coisas? – e me perguntou pela segunda vez o que nosso queridíssimo primo queria.

Então, menti.

– Dar as boas-vindas.

II. enumero minhas bênçãos

Na manhã de domingo, Natty e eu fomos à igreja. O padre novo era um orador chatíssimo, mas a homilia não me passou despercebida: era sobre como nos concentramos naquilo que não temos em vez de pensarmos naquilo que temos. Eu certamente era culpada de comportamentos desse tipo. Para passar o tempo, decidi contar minhas bênçãos.

1. Eu estava fora do Liberty.
2. Natty e Leo, até onde eu sabia, estavam seguros.
3. Win facilitara minha barganha com o pai dele.
4. Tínhamos saúde e uma boa situação financeira.
5. Tínhamos Imogen Goodfellow, Simon Green e o dr. Kipling...

Quando cheguei ao seis, estávamos prestes a receber a comunhão.

Quando eu e Natty estávamos saindo da igreja, alguém me chamou. Voltei-me. Era Mickey Balanchine com a mulher, Sophia.

– Olá, primas! – cumprimentou-nos carinhosamente. Mickey nos deu beijinhos no rosto.

– Desde quando você vem à igreja? – perguntei, já que nunca o vira ali antes. Eu e Natty frequentávamos a igreja católica por causa da minha mãe, mas todo o lado da família do meu pai ia à Igreja Cristã Ortodoxa, se é que ia.

– Desde que se casou com uma católica – respondeu Sophia Balanchine, naquele sotaque estranho dela. Apesar de falar inglês muito bem, era óbvio que não era seu idioma nativo. – Bom dia, Anya. Nataliya. Nós nos falamos rapidamente no meu casamento. Bom ver vocês tão bem. – Ela também nos beijou no rosto. – Difícil dizer qual de vocês é a mais velha.

Mickey apontou para mim.

– Você deveria ter ido me visitar assim que saiu do reformatório.

Disse que estava em casa há poucos dias, desde a tarde de sexta-feira, e planejava ir vê-lo na semana seguinte.

– Mickey, você precisa deixar a menina respirar – disse Sophia. Depois, fez exatamente o contrário, abraçando a mim e Natty, insistindo para que nos juntássemos a eles para tomar café da manhã. – Vocês ainda não comeram – acusou –, e nós moramos a poucos quarteirões daqui. Devíamos parar com essa cena na porta da catedral.

Ela não era russa, mas alguma coisa nela me lembrava da vovó. Levei uns instantes observando Sophia Balanchine. Eu a achara muito comum no casamento, mas talvez tenha sido dura demais com ela. Ela tinha cabelo e olhos castanhos, um nariz grande, meio de cavalo. É verdade, tudo nela era grande – as mãos, os lábios, os olhos, as bochechas –, e era vários centímetros mais alta que o marido. (Mickey era tão baixinho que sempre suspeitei que usasse sapatos com palmilha.) Sophia Balanchine parecia poderosa. De alguma forma, eu gostava um pouquinho mais do meu primo por saber que era casado com aquela mulher.

Apesar de Natty e eu tentarmos dar uma desculpa educada, Sophia insistiu para que fôssemos ao brunch na casa deles, na East Fifty-Seventh, não muito longe da casa de Win.

Sophia e Mickey ocupavam os dois pisos inferiores de um pequeno prédio de três andares. A cobertura era usada pelo pai dele, Yuri Balanchine, e suas enfermeiras. Esperavam que morresse a qualquer momento, informou Sophia Balanchine.

– Vai ser um descanso – disse ela.

– Com certeza – concordou Natty. Tenho certeza de que estava se lembrando da vovó.

Durante a refeição, mantivemos assuntos amenos. Descobri de onde vinha o sotaque incomum de Sophia – o pai dela era alemão e a mãe, mexicana –, e Mickey e Sophia perguntaram qual eram meus planos para o colégio no próximo ano letivo. Disse a eles que não tinha certeza do que ia fazer. A terceira semana do semestre estava prestes a começar, e eu temia não conseguir encontrar uma escola aceitável, que também me achasse uma aluna aceitável, considerando a minha ficha criminal.

Natty suspirou.

– Eu queria que você simplesmente voltasse para o Trinity.

No fundo, eu estava feliz de não voltar para o Trinity. Era uma oportunidade de me libertar de velhos hábitos, velhas pessoas. Ou pelo menos era isso que dizia para mim mesma.

– Depois de tudo que você passou, acho que é bom mudar um pouco – comentou Sophia, fazendo eco aos meus próprios pensamentos. – Apesar de ser difícil entrar para uma escola nova no último ano.

– É um insulto – disse Mickey. – Aqueles canalhas não tinham motivos para expulsar você.

Ele estava errado. A administração tivera uma excelente razão: eu levara uma arma para o colégio.

A discussão então se voltou para o período de Natty no *campus*, assunto sobre o qual eu mesma ouvira falar pouco. Ela passara o verão trabalhando num projeto para tratar a água na própria casa das pessoas. Ao descrever seu trabalho, Natty parecia inteligente, expressiva, genuinamente feliz, e eu percebi imediatamente que tinha feito a coisa certa ao garantir que ela fosse para o acampamento. Estava tão orgulhosa da minha irmã, até mesmo um pouco orgulhosa de mim mesma, por ter feito uma coisa boa e certa por ela. Senti um nó na garganta. Levantei e me ofereci para tirar a mesa.

Sophia me seguiu até a cozinha. Disse onde eu deveria deixar os pratos e depois tocou no meu ombro.

– Eu e você temos um amigo em comum – disse ela.

Encarei-a.

– Temos?

– Yuji Ono, é claro – disse Sophia. – Talvez você não saiba que ele e eu estudamos na mesma escola internacional na Bélgica. Yuji é meu amigo mais antigo e mais querido no mundo.

Fazia sentido. Os dois eram da mesma idade, vinte e quatro anos, e, na verdade, tinham uma maneira parecida de falar. Por isso ele fora ao casamento dela, não simplesmente para fazer média com a minha família. Esse pensamento me deixou desconfortável.

– Foi Yuji – continuou ela – quem me apresentou a meu marido.

Eu não sabia disso.

– Ele me pediu que mandasse lembranças a você quando nos encontrássemos.

Nosso encontro na igreja não tinha sido acidental?

– Mas você não sabia que ia me encontrar hoje – falei, depois de uma pausa.

– Eu sabia que em algum momento nos encontraríamos – explicou ela imediatamente. – Meu marido foi visitar você no Liberty, não foi?

Quem era essa Sophia Balanchine? Tentei lembrar o nome dela de solteira. Bitter. Sophia Bitter. Desejei que minha avó ainda estivesse viva para poder fazer uma consulta. Ela sabia tudo sobre todo mundo.

Sophia riu.

– Yuji tem você em tão alta conta que, às vezes, fico até com ciúme. Andava morta de curiosidade para conhecer Anya, a Incrível.

Lembrei a ela de que na verdade já tínhamos nos encontrado.

– No casamento? Aquilo não foi exatamente um encontro! – protestou ela. – Eu quero conhecer você, Anya. – Encarou-me com seus olhos muito escuros.

Perguntei quais suas impressões a meu respeito até agora.

— A única impressão que posso ter é física, e, fisicamente, você é atraente o bastante, mas seus pés são enormes – disse Sophia.

— E na verdade qual a importância real das aparências?

— Você só diz isso porque é bonita – respondeu ela. – Posso garantir que aparência importa muito.

Sophia Balanchine era uma mulher estranha.

— Você e Yuji já foram namorados? – perguntei.

Ela riu novamente.

— Você está me perguntando se sou sua rival, Anya? Sou uma mulher casada, não sabia?

— Não, eu e Yuji não temos esse tipo de relação. – Senti meu rosto corar. – Só fiquei na dúvida. Desculpe se fui rude – falei.

Ela balançou a cabeça, mas percebi um ligeiro sorriso em seu rosto.

— Essa é uma pergunta bastante americana – disse ela. Suspeitei que estava sendo insultada. – Amo muito o Yuji. E tudo o que interessa a ele me interessa também. Isso significa que espero que eu e você sejamos grandes amigas.

Minha irmã e o marido de Sophia foram nos fazer companhia na cozinha.

— Minha priminha brilhante disse que precisa ir para casa estudar – informou Mickey. – Eu estava pensando, Anya: você gostaria de dar um "oi" para papai antes de ir embora?

— Venha me visitar na semana que vem, depois de resolver esse assunto da escola – disse Mickey, enquanto subíamos os dois lances de escada até o andar em que meu tio estava morrendo. – Ele teve outro derrame esse verão, e por isso está um pouco difícil entender o que diz. Ele pode não estar acordado, e, se estiver, talvez não a reconheça. Os médicos estão dando tantos remédios para ele!

Eu me acostumara a lidar com moribundos.

As cortinas estavam fechadas, e o quarto tinha um cheiro doce e fétido, muito parecido com o da minha avó antes de morrer. Mas meu tio estava de olhos abertos e pareceu se iluminar ao me ver. Estendeu um dos braços para mim.

– Ahhhh! – disse meu nome com a língua pesada demais. Quando me aproximei, pude ver que metade de seu rosto estava paralisada e uma das mãos, permanentemente cerrada. Ele acenou com a boca na direção de Mickey e da enfermeira que estava no quarto. – Vão! Ahhhh.

Mickey traduziu para mim:

– Papai quer conversar a sós com você.

Sentei na cadeira ao lado da cama do tio Yuri.

– Ahhhh. – Sua boca trabalhava furiosamente. – Ahhh, vão parrr...

– Desculpa, tio, mas não sei o que você quer.

– Tu.... beeee.

Meu rosto estava coberto de cuspe, mas não quis insultá-lo limpando-o.

– Meeee.... poooo... garoooo... O iaaa...

Esforcei-me para entender o que ele queria dizer. Balancei a cabeça. Vi um tablet ao lado da cama. Coloquei-o em frente ao meu tio.

– Que tal se você escrevesse?

Yuri fez sinal afirmativo. Por alguns instantes, ele tentou mover o dedo pelo tablet, mas quando olhei só vi garranchos.

– Desculpe, tio. Talvez a gente devesse chamar o Mickey. Ele entende você melhor do que eu.

Tio Yuri balançou vigorosamente a cabeça.

– Ahhh, não.... nãaaao!

Tio Yuri segurou minha mão e levou-a ao coração. Ele transpirava, e pude ver lágrimas de frustração em seus olhos.

– Ammmmm....

– Amor? – perguntei. Ainda não fazia ideia do que estava tentando dizer, mas ele concordou, aliviado por eu ter traduzido pelo menos uma palavra. Com minha mão livre, peguei um lenço de papel na cabeceira e sequei o suor de sua testa.

– Ammmmm – repetiu ele. – Aaaaaaa.

Senti sua mão enfraquecer e seu corpo relaxar. Pensei, preocupada, que estava morto, mas só havia adormecido. Coloquei sua mão sobre o peito e escapei do quarto. Mais uma vez, escapara da morte.

Ao longo da caminhada de cerca de três quilômetros até a minha casa, acrescentei mais bênçãos à minha lista:

6. Eu era jovem o bastante para corrigir meus erros.
7. Era forte, e minhas pernas podiam me levar a qualquer lugar.
8. Eu ainda podia dizer qualquer coisa que quisesse a alguém vivo.

– Você não disse uma palavra desde que a gente saiu. O que é que você anda remoendo, Annie? – perguntou Natty.

Tínhamos acabado de alcançar a ponta sul do parque. (Era inegável que o lugar andava de alguma forma mais seguro desde que Charles Delacroix trouxera para a cidade sua política de julgamento até mesmo de crimes menores.) Encarei minha irmã. Apesar de não ter tido um pequeno derrame, como meu tio Yuri, ainda achava difícil expressar o que estava acontecendo dentro do meu coração. Queria dizer a ela que a amava, que ela era a pessoa mais importante do mundo para mim, que eu realmente sentia muito ter mentido sobre o Liberty. Em vez disso, perguntei o que ela queria jantar.

– Jantar, já? – perguntou ela. – A gente acabou de comer.

Segunda-feira, enquanto Natty e todos os outros não delinquentes estavam no colégio, fui tentar encontrar uma nova escola para mim. O dr. Kipling achava que eu devia esperar até estar fora do Liberty para formalizar o começo desse processo. Sua teoria era de que seria melhor demonstrar que meu período de reclusão ficara para trás.

De acordo com as pesquisas preliminares de Simon Green, existiam doze escolas particulares comparáveis ao Holy Trinity, e, dentre essas, oito não admitiam alunos no último ano escolar. Isso nos deixava com um total de quatro colégios que considerariam minha entrada. Outra questão era que eu era, nas palavras de Simon Green:

– A infame Anya Balanchine. Desculpe, Anya, mas é verdade.

A mídia provavelmente descobriria qual escola me aceitara, o que traria má publicidade à instituição. Depois de fazer várias averiguações, Simon Green só conseguiu uma opção real: A Leary Alternative School, no East Village, pertinho do bar clandestino do meu primo. O dr. Kipling me acompanharia à reunião marcada naquela tarde.

Normalmente, eu usava meu uniforme do Trinity para ir a qualquer lugar, mas não achei que o traje fosse apropriado para uma entrevista em outra escola. Resolvi usar o terninho que vestira no casamento de Mickey e Sophia.

Então, Leary. Era mesmo um pouco alternativa, se é que vocês me entendem. Ninguém usava uniforme. Muitas das salas de aula nem tinham mesas e cadeiras, os alunos sentavam em roda no chão. Muitos dos professores tinham barba. Vi uma professora descalça. O lugar tinha um perfume diferente – argila? Ervas? Obviamente, não estava acostumada com um colégio assim, mas disse a mim mesma que aquilo não era, necessariamente, algo ruim.

O dr. Kipling deu meu nome na secretaria, e apontaram na direção de um amontoado de pufes.

– Lugar interessante – comentou o dr. Kipling, enquanto esperávamos. Ele baixou a voz. – Você consegue se imaginar estudando aqui, Anya?

Que alternativa eu tinha? Havia escolas públicas, mas as boas tinham listas de espera enormes, e muitos dos meus créditos talvez nem contassem. Eu corria o risco de ficar no ensino médio até completar vinte anos.

Depois de meia hora, o diretor, um homem de cabelo encaracolado e terno marrom de veludo, saiu da sua sala.

– Pode entrar, Anya. Stuart.

Estremeci ao ouvir o dr. Kipling sendo chamado pelo primeiro nome.

– Desculpem-me por deixá-los esperando. Demorei para começar minha meditação da tarde. Sou o diretor da escola, Sylvio Freeman. Todos me chamam de Syl.

Entramos na sala dele, onde nos deparamos com um tapete kilin em tons de vermelho e laranja e com mais nada: não havia mobília alguma.

– Sentem-se. – O diretor Syl indicou o tapete.

Syl nos serviu chá de alcaçuz.

– Li tudo a seu respeito, Anya. Seu histórico escolar é desigual, mas você precisa saber que não trabalhamos com notas aqui. – Fez uma pausa. – Ciência Forense. Você parece ter uma queda por essa matéria, certo?

Fiz que sim.

– Não temos isso no nosso currículo, mas sempre se pode estudar de modo independente. De qualquer forma, adoraria ter você conosco.

– Ah, isso é maravilhoso – disse o dr. Kipling.

– Já discuti a ideia com o Conselho – continuou o diretor Syl. – O fato de Anya ser "filha do chocolate" não foi um problema para eles. Temos alunos de antecedentes variados. Infelizmente, bem... Somos todos comprometidos com a paz aqui. E essa história de porte de arma. Bem, isso não pode ser ignorado. Meu Conselho não quer esse tipo de coisa no Leary.

– Nós viemos até aqui só para ouvir isso? – perguntou o dr. Kipling.

– Eu queria conhecer Anya pessoalmente. E não perca as esperanças, Stu. Meus colegas do Conselho concordaram que ano que vem, quando mais tempo tiver passado, ficarão felizes em reconsiderar a matrícula dela. – Syl sorriu para nós. – Tire um ano de férias, Anya. Trabalhe como voluntária em algum lugar. Faça algumas aulas de Ciência Forense na universidade. Depois, volte a nos procurar.

Um ano era uma eternidade. Todos os meus amigos já teriam se formado, até mesmo Gable Arsley. Eu me levantei e agradeci ao diretor Syl pelo seu tempo. O dr. Kipling estava tendo dificuldade para ficar de pé, então ofereci minha mão.

Quando estava me encaminhando para a porta de saída, o diretor Syl segurou meu braço. Ele baixou a voz até um sussurro de conspiração.

– Estou envolvido no movimento pró-cacau. Talvez você pudesse dar um depoimento em uma de nossas manifestações. Tenho certeza de que suas reflexões serão muito profundas.

Enfim, o motivo real daquele encontro. A verdadeira razão de termos sido forçados a cruzar a cidade para que eu fosse rejeitada. Aquele homem não era melhor do que meu professor de História, o sr. Beery.

– Tenho evitado chamar a atenção ultimamente, senhor... é, Syl – falei.

– Entendo – respondeu ele. – Mas eu me pergunto... – Syl franziu o cenho. – Você é conhecida, para o bem ou para o mal, e isso significa poder, minha amiga. Se tem um tabuleiro de xadrez, por que jogar damas?

Syl me ofereceu sua mão. Apertei-a.

– Talvez nos encontremos novamente, Anya Balanchine.

Eu duvidava seriamente disso.

– De qualquer forma, não achei aquele lugar apropriado para você – disse o dr. Kipling, no caminho de volta ao seu escritório. Chovia fraquinho, e a careca do advogado estava úmida e brilhosa. – Eles não trabalham com notas. E aquele cheiro esquisito. Que espécie de diretor não tem móveis na sala? – Paramos, esperando o sinal abrir. – Não se preocupe, Anya. Nós vamos encontrar uma escola para você. Melhor do que essa.

– Honestamente, dr. Kipling, se o Leary Alternative não me quer, que colégio vai querer? Não existe uma escola nesta cidade com reputação mais liberal que o Leary, e até eles acham que eu não presto. Provavelmente, estão certos.

Eu estava de pé numa esquina, a uma e meia da tarde de uma segunda-feira, e não queria estar ali. Queria estar no Trinity. Queria estar fingindo praticar esgrima ou reclamando da lasanha de tofu. Não tinha me dado conta do quanto minha identidade estava amarrada àquele uniforme, àquela escola. Sentia como se não pertencesse a lugar nenhum. Apesar da minha resolução de enumerar minhas bênçãos, estava começando a sentir autopiedade.

– Ah, Annie. Gostaria de poder tornar as coisas mais fáceis para você. – O dr. Kipling segurou minha mão. A chuva apertou, o sinal ficou verde para pedestres, mas nenhum de nós se moveu. – A única coisa que posso dizer é que isso também vai passar.

Olhei para meu conselheiro de longa data. Se ele tinha uma fraqueza, talvez fosse o fato de me amar muito e esperar que o resto do mundo compartilhasse sua opinião. Beijei-o na cabeça careca.

– Obrigada, dr. Kipling.

Dr. Kipling enrubesceu.

– Pelo quê, Annie?

– Você sempre acredita em mim. Agora tenho idade suficiente para apreciar isso.

De volta ao escritório do dr. Kipling, nos juntamos a Simon Green, e nós três repassamos minhas opções.

– Da maneira como vejo as coisas – disse Simon Green –, ainda existem algumas escolas em Manhattan que podemos procurar...

Interrompi-o.

– Mas você não acha que provavelmente as outras vão ter ainda mais objeções a mim do que a Leary Alternative?

Simon Green considerou o que eu disse por um tempo.

– Não sou capaz de ler mentes e, é claro, não estou dizendo que concordo com eles, mas acho que sim.

– Talvez aquele diretor hippie esteja certo – disse o dr. Kipling. – Talvez você devesse tirar um ano de férias...

– Mas eu não quero um ano de férias – protestei. Eu teria praticamente dezenove anos quando me formasse, e quase dezenove é perigosamente quase vinte, ou seja, velha. – Quero me formar com todo mundo.

– Então vamos procurar escolas fora de Nova York – sugeriu Simon Green. – As pessoas não vão saber quem você é. Podemos pensar em escolas na Europa, em programas preparatórios para a universidade, até mesmo colégios militares.

– Colégio militar! Eu... – Não consegui nem chegar ao fim do pensamento.

– Simon, Anya não vai para um colégio militar – disse calmamente o dr. Kipling.

– Eu só estava lançando ideias – desculpou-se Simon Green. – Pensei que uma escola militar pudesse ser flexível o bastante para admitir uma aluna depois de já ter dado início ao semestre letivo. Mesmo considerando o... histórico da Anya.

Meu histórico. Ingenuamente, talvez, eu pensara que o pior teria passado depois de encerrado meu período no Liberty, mas estava enganada. Fui até a janela. O escritório dava vista para o Madison Square Park. Depois que escurecia, todos os revendedores de chocolate iam ao parque. Eu ia para lá com meu pai quando era pequena. Ali se podia conseguir qualquer tipo de chocolate – belga, amargo, recheado, e, claro, Balanchine. Isso foi na época em que chocolate era meu sabor preferido no mundo, antes que tivesse levado embora quase todo mundo que eu amava, além de ter arruinado a minha vida. Apoiei a testa no vidro.

– Odeio chocolate – sussurrei.

Simon Green colocou a mão no meu ombro.

– Não fale isso, Anya – disse ele, baixinho.

– Por que não? O chocolate é marrom, feio, esteticamente nada atraente. Não é saudável, vicia, é ilegal. Amargo quando é bom e doce quando é fajuto. Honestamente, não consigo entender por que as pessoas ligam tanto para isso. Se eu acordasse amanhã e não existisse mais chocolate no mundo, seria uma pessoa mais feliz.

O dr. Kipling colocou a mão no meu ombro.

– Você pode odiar chocolate hoje se quiser. Mas eu não faria disso uma regra. Seu avô era do ramo do chocolate. Seu pai era do ramo do chocolate. E você, minha menina, é do ramo do chocolate.

Virei o rosto para encarar meus advogados.

– Procurem todas as opções de escola, tendo em mente que eu realmente não posso abandonar Natty. Se não encontrarmos nada, talvez eu procure um emprego.

– Emprego? – perguntou Simon Green. – Que qualificações você tem?

– Não faço ideia – respondi, depois disse a eles que voltaríamos ao assunto na próxima semana e me encaminhei para a porta.

Ainda esperava o ônibus no ponto quando Simon Green me alcançou.

– O dr. Kipling me pediu que acompanhasse você até sua casa.

Respondi que preferia ficar sozinha.

– O dr. Kipling está muito preocupado com você, Anya – continuou ele.

– Estou bem.

– Vou ter problemas se não acompanhá-la.

O ônibus chegou. Na lateral, havia um anúncio que dizia: CHARLES DELACROIX (D) PARA PROMOTOR PÚBLICO. Seu rosto de super-herói envelhecido se dissolvia no slogan da campanha. Grandes cidades precisam de grandes líderes. Aquilo tudo me deu nojo. Eu teria esperado por outro ônibus, mas os horários eram irregulares. O Expresso Charles Delacroix era minha única opção.

Simon Green sentou do meu lado num banco no fundo do ônibus.

– Você acha que Delacroix vai ganhar? – perguntou.

– Honestamente, não pensei muito sobre isso – respondi.

– Mas pensei que você e ele eram grandes amigos – brincou Simon Green.

Não consegui rir.

– Acho que a campanha tem sido mais dura do que ele imaginava. Mas, vou falar uma coisa: não acho que ele seja terrível – disse Simon Green, depois de uma pausa. – Quero dizer, acho que ele tem um bom coração.

– Coração? – falei, com escárnio. – Aquele homem não tem coração.

– A verdade, Anya, é que acho que ele pode ser muito bom para nós. Ele fala muito sobre a necessidade de leis para garantir a segurança de uma cidade. E isso faz sentido.

– Não quero saber.

– Mas deveria – reiterou ele. – Eu sinto muito por você ter perdido seu namorado nessa confusão toda, mas tem muita coisa importante em jogo nisso. Charles Delacroix é muito mais do que simplesmente pai de Win Delacroix, e, imaginando que ele vença, a promotoria com certeza não é o fim da linha para ele. Ele poderia ser prefeito, governador, até mesmo presidente.

– Que maravilha.

– Um dia, talvez eu queira entrar para a política – disse Simon Green.

Revirei os olhos.

– Você acha realmente que a melhor maneira de alcançar esse objetivo é sendo conselheiro legal de uma filha do crime organizado?

– Acho – respondeu ele. – Acho, sim.

– Um dia você vai ter que me explicar isso.

A gargalhada de Simon Green foi abafada por um grito pavoroso, seguido de uma pancada. Minha cabeça bateu no acento do banco da frente. Mais e mais gritos, e o ônibus finalmente parou. Simon Green segurou meu braço.

– Anya, tudo bem com você?

Meu pescoço doía um pouco, mas, fora isso, estava bem.

– O que aconteceu?

– A gente deve ter batido em alguma coisa – disse Simon Green, com a voz trêmula. Olhei para ele. Havia um pouco de sangue na sua têmpora direita, no lugar onde os óculos feriram a pele.

– Dr. Green, o senhor está sangrando!

– Meu Deus – disse Simon Green, sem forças.

Mandei que ficasse com a cabeça para trás. Depois, tirei meu casaco e usei-o para estancar o sangramento.

– Ninguém sai do ônibus! – gritou o motorista. – Houve um acidente.

Óbvio. Olhei pela janela. Deitada no meio da Madison Avenue, estava uma menina de mais ou menos a minha idade, inconsciente. Seus membros, contorcidos em ângulos catastróficos. A pior parte era a cabeça, quase arrancada do pescoço. Somente um pequeno pedaço de pele impedia que fosse decapitada.

– Simon – falei. – Acho que ela não vai sobreviver.

Simon inclinou-se sobre mim para poder ver a cena.

– Meu Deus – sussurrou, antes de desmaiar.

No hospital, esperei até que examinassem Simon Green. Os médicos determinaram que, fora a perda de sangue, não havia nada de errado com ele. Deram pontos na ferida da têmpora. Como ele desmaiara, quiseram que passasse a noite no hospital em observação.

Liguei para o dr. Kipling, e ele me assegurou de que estava a caminho. Simon Green e eu assistimos ao noticiário no tablet dele enquanto esperávamos o dr. Kipling. A notícia principal era sobre o acidente do ônibus: "No centro da cidade, hoje, várias pessoas ficaram feridas quando um ônibus municipal exibindo a propaganda de campanha de Charles Delacroix atropelou uma pedestre."

– Ah – disse Simon Green. – Péssima publicidade. O pessoal de Charles Delacroix deve estar furioso.

A matéria cortava para uma entrevista com um passante.

– A menina, ela devia ter uns dezesseis, dezessete anos, estava atravessando a rua, quando, BUM. Quando vi, ela estava deitada no chão, com a cabeça praticamente decapitada. Pobrezinha. A gente sempre sente pena dos pais em casos assim.

O repórter assumiu novamente:

"A adolescente morreu no local do acidente. Os passageiros feridos foram levados para o Hospital Monte Sinai. A coincidência atípica é que Anya Balanchine, filha do notório chefe do crime organizado, Leonyd Balanchine, também estava no ônibus. Acredita-se que esteja gravemente ferida."

– Isso é tão irritante! – gritei para a tela. – Não estou ferida. Estou bem!

Simon Green deu de ombros.

– Eles não têm o direito de citar meu nome – resmunguei.

"Na última primavera, Anya Balanchine foi presa por atirar no próprio primo, que tentara atirar no namorado da moça, William Delacroix, filho do promotor Charles Delacroix."

– O nome dele é Win – objetei.

"Apesar de Charles Delacroix estar liderando as pesquisas, no mês passado, sua maior desafiante, a candidata do Partido Independente, Bertha Sinclair, diminuiu a diferença para cinco pontos. Ainda é cedo para saber se o acidente influenciará a opinião dos eleitores."

– Como se fosse culpa dele um ônibus com sua propaganda atropelar aquela moça – comentou Simon Green.

Uma enfermeira bateu à porta.

– O senhor tem visita – disse. – Posso deixar entrar?

– Pode. Estamos esperando por ele.

Sentei na beirada da cama de hospital. O dia inteiro fora ridiculamente frustrante, e, ainda assim, eu tinha que contar minhas bênçãos. Aquela menina era da minha idade, e tenho certeza de que ela não acordou de manhã imaginando que ia morrer. Bênção número nove: eu não fora atropelada e decapitada por um ônibus. Mesmo com tudo isso, comecei a rir.

– Qual é a graça? – perguntou Simon Green.

– Eu só estou feliz... – comecei a dizer, mas Simon Green me interrompeu.

– Ei, não é o dr. Kipling.

Virei o rosto. Através da janelinha da porta do quarto de Simon Green, avistei Win. Ele estava com o uniforme do Trinity. Acenou para mim.

– Não vou demorar – falei para Simon Green.

Levantei, ajeitei a saia e me encaminhei para o corredor.

– Você parece muito bem para uma garota que está seriamente ferida – cumprimentou-me Win, em tom casual. – Você estava com essa roupa no casamento do seu primo.

Olhei para o meu paletó, manchado com o sangue de Simon Green.

– Eu nunca mais vou poder vestir isso.

Não seria a primeira (nem a última) roupa minha a ter o mesmo fim. Ofereci minha mão para que ele apertasse, mas em vez disso Win me abraçou. Foi um abraço forte, que machucou meu pescoço já dolorido da pancada, e durou mais do que deveria.

– Eu estava no ônibus, mas eles entenderam tudo errado – falei.

– Estou vendo.

– O que você veio fazer aqui? – perguntei.

Win balançou a cabeça.

– Eu estava aqui perto quando ouvi a notícia do acidente. E quis ter certeza de que você não estava morrendo. Ainda somos amigos, não somos, Anya?

Eu não sabia se ainda éramos amigos.

– Cadê sua namorada?

Ele me disse que ela estava na recepção.

– E ela não se importa de você estar aqui?

– Não. Allie sabe que você é importante para mim.

Allie. O "L" duplo substituía o "N" duplo, e era como se eu nunca tivesse existido.

– Você não devia estar aqui – falei.

– Por quê?

– Porque... – Não consegui me forçar a dizer as razões. Porque a gente não pertencia mais um ao outro. Porque doía estar perto dele. Porque eu fizera uma promessa para seu pai. Porque esse pai podia tornar minha vida muito difícil se eu não mantivesse a promessa.

– Anya, se você pensasse que eu estava morrendo, você não iria me ver? – perguntou Win.

Eu ainda estava considerando a pergunta quando o dr. Kipling chegou. Quando viu Win, o dr. Kipling ficou mais que perplexo.

– O que *você* está fazendo aqui? – disparou o advogado.

– Eu já estou de saída – respondeu Win.

– Cuidado na saída, meu filho. Os *paparazzi* acabaram de chegar. Provavelmente, estão querendo uma foto de Anya Balanchine ferida, mas aposto que se contentariam com uma do filho do promotor. E você sabe o que levaria todos ao mais puro deleite? Uma foto de você e Anya juntos.

Win respondeu que conhecia uma saída secreta do hospital, por causa da época em que ficara internado, e que ele e Alison sairiam por ali.

– Ninguém vai ficar sabendo que estive aqui.

– Ótimo. Faça isso. Agora – ordenou o dr. Kipling. – Anya, vou ver como está Simon Green, mas não quero que você vá para casa sem mim. Eu preciso estar junto para protegê-la dos repórteres.

O dr. Kipling foi até o quarto de Simon Green.

– Bem... – começou a dizer Win quando ficamos sozinhos. Ele se empertigou e segurou minha mão. – Fico aliviado por você estar bem – disse de maneira estranhamente formal.

– Ok. Estou aliviada... sabendo que você está aliviado.

Ele soltou minha mão. Quando se virou para ir embora, tropeçou de leve na própria bengala.

– Esperava fazer uma saída mais elegante – falou.

Sorri, lembrando a mim mesma de que não o amava nem um pouquinho, depois voltei para o quarto de Simon Green.

Eram quase nove da noite quando eu e o dr. Kipling entramos no elevador para sair do hospital.

– Tem um carro nos esperando. Se os repórteres ainda estiverem aí fora, deixe que eu falo com eles – disse o dr. Kipling.

– Lá está ela!

Provavelmente eram poucas câmeras, mas, como estava escuro, ainda assim os flashes cegavam.

– Anya, você está feliz por deixar o hospital? – gritou um dos repórteres.

O dr. Kipling tomou a minha frente.

– Anya está feliz por não ter se ferido seriamente – disse ele. – Ela teve um dia longo e gostaria apenas de ir para casa.

Ele me encaminhou até a calçada, onde o carro estava estacionado.

– Anya, Anya, como foi a temporada no Liberty? – gritou outro repórter.

– Uma palavra sobre Charles Delacroix! Você acha que ele é culpado pelo acidente do ônibus? Acha que ele vai vencer as eleições?

O dr. Kipling já tinha entrado no carro, e eu estava prestes a fazer o mesmo quando algo me impediu.

– Espere – falei. – Eu quero dizer uma coisa.

– Anya – sussurrou o dr. Kipling. – O que é que você está fazendo?

– A menina que morreu hoje tinha a minha idade – disse para os repórteres. – Estava atravessando a rua e, de repente, se foi. Sinto pelos amigos, pela família e, especialmente, pelos pais dela. É uma tragédia. Espero sinceramente que o fato de uma pessoa infame estar naquele ônibus não desvie a atenção desse terrível acontecimento.

Entrei no carro e fechei a porta.

O dr. Kipling me deu um tapinha no ombro.

– Boa declaração, Anya. Seu pai ficaria orgulhoso.

Quando cheguei em casa, Imogen e Natty estavam à minha espera, e muitas lágrimas foram derramadas pela minha chegada em segurança. Disse a elas que estavam exagerando, mas era bom saber que minha ausência não passara despercebida. Não se poderia negar que se preocupavam comigo. Sentiam a minha falta. Eu era amada. Sim, eu era amada. E nisso, pelo menos, eu era abençoada.

III. retomo a escola: minhas preces são atendidas; o dinheiro faz o mundo girar

Na segunda-feira seguinte, Charles Delacroix estava dois pontos abaixo nas pesquisas, o que o colocava oficialmente em pé de igualdade com Bertha Sinclair, e eu ainda não estava nem perto de encontrar uma escola. O dr. Kipling e eu discutimos os dois assuntos no nosso telefonema diário. Mantínhamos as conversas sempre curtas, por conta dos custos, mas a crescente regularidade dessas ligações era um sinal do quanto o dr. Kipling estava preocupado comigo.

– Você acha que foi por causa do ônibus?

– Isso e... Você não vai gostar de ouvir o que vou dizer, Anya, mas o fato de você estar dentro do ônibus fez com que o comitê de Sinclair trouxesse à tona novamente a velha história envolvendo você, Charles Delacroix e o filho. Há quem ache que sua pena no Liberty foi leve demais e demonstra favoritismo, e a campanha de Sinclair está explorando isso muito bem.

– Leve demais? Obviamente, nenhuma dessas pessoas já esteve lá – respondi.

– Verdade, verdade.

– Você sabe, Simon gosta dele. De Charles Delacroix, eu quis dizer.

O dr. Kipling riu.

– Sim, acho que meu jovem colega tem uma ligeira paixonite. Desde que falou com ele, setembro passado, para acertar os detalhes da sua liberação. – Ele fez uma pausa. – Anya, espero que você não enxergue isso como invasão de privacidade, mas eu gostaria de fazer uma pergunta. – Respirou fundo. – Por que Win foi até o hospital?

Respondi que não fazia a menor ideia.

– Se vocês ainda estão juntos, como seu advogado, essa é uma coisa que eu deveria saber.

– Dr. Kipling, Win tem uma namorada nova, apesar de eu achar que ele tem a ideia equivocada de que nós dois ainda somos amigos – expliquei. Contei sobre Alison Wheeler e a retomada do romance enquanto trabalhavam juntos na campanha de Charles Delacroix.

– Eu sinto muito, Anya, mas confesso que estou aliviado.

Eu enrolara o fio do telefone em volta do pulso. Minha mão estava começando a ficar branca pela falta de sangue.

– Mas vamos em frente! Vamos falar das escolas – continuou, animado, o dr. Kipling.

– Conseguiu achar alguma coisa?

– Não, mas tive uma ideia que gostaria de dividir com você. O que acha de estudar em casa?

– Escola domiciliar? – perguntei.

– Isso, você terminaria seu último ano em casa. A gente contrataria um tutor, ou mais de um. Você faria seus exames de aplicação para as universidades... – O dr. Kipling falou sem parar sobre a educação em casa, mas deixei de escutar. Esse tipo de educação não era para desajustados sociais? Os párias? Bem, acho que eu estava a caminho de me tornar as duas coisas.

– Então? – perguntou o dr. Kipling.

– Parece-me uma forma de desistir – respondi, depois de uma pausa.

– Não é desistir. É só um recolhimento até conseguirmos uma solução melhor.

– Bem, vendo pelo lado positivo, imagino que me formarei como a melhor da turma.

– É esse o espírito, Annie.

Eu e o dr. Kipling nos despedimos, e desliguei o telefone. Eram só dez da manhã, e eu não tinha nada para fazer o resto do dia, a não ser esperar que Natty chegasse em casa. Não consegui deixar de pensar em Leo, depois de perder o trabalho no ano anterior. Será que foi assim que ele se sentiu? Esquecido, descartado, um pária?

Senti saudade do meu irmão.

Natty e eu não tínhamos ido à igreja no último domingo, então, por falta de outro plano, resolvi ir.

Se não mencionei antes, a igreja que eu e Natty costumamos frequentar é a St. Patrick's Cathedral. Eu amava aquele lugar, mesmo caindo aos pedaços. Já vira fotos da igreja cem anos antes, quando ainda tinha torres e nenhum buraco no teto. Mas, na verdade, eu era fã daquele buraco. Gostava de poder ver o céu enquanto rezava.

Coloquei algum dinheiro na cestinha para a campanha de restauração da catedral e entrei na nave. Era muito triste ver o tipo de gente que frequentava uma igreja numa cidade decadente, no meio de uma manhã de segunda-feira – gente idosa, sem lar. Eu era a única adolescente ali.

Sentei num dos bancos e fiz o sinal da cruz.

Fiz minhas orações de sempre para minha mãe e meu pai. Pedi que Deus cuidasse do meu irmão, Leo, no Japão. Agradeci por ter sido capaz de manter minha família a salvo até agora.

Então, pedi algo para mim.

– Por favor – sussurrei. – Ajude-me a descobrir uma maneira de me formar a tempo.

Eu sabia que era um desejo tolo, considerando os problemas mais complexos da minha vida e do mundo em geral. Só para deixar registrado: também achei golpe baixo usar uma oração dessa maneira – Deus não era Papai Noel. Mas eu sacrificara muita coisa, e, bem, o coração tem suas vontades. Às vezes, o que ele quer é cruzar o auditório da escola no dia da formatura.

Quando voltei da igreja, o telefone estava tocando.

– Aqui é o sr. Rose. Sou secretário do Holy Trinity. Gostaria de falar com Anya Balanchine.

Então, o Trinity finalmente contratara um secretário novo. Até que foi rápido, só demoraram dois anos.

– Sou eu.

– A diretoria está solicitando sua presença para uma audiência, amanhã às nove. Você está livre?

– Qual é o assunto? – perguntei. Talvez tivesse algo a ver com minha irmã mais nova.

– A diretoria prefere discutir os detalhes pessoalmente.

Não contei para Natty nem Scarlet sobre minha reunião e também não vesti meu uniforme do Trinity. Não queria presumir o que desejava tão desesperadamente – que de alguma maneira o conselho administrativo do Holy Trinity tivesse revisto sua decisão, que tivesse pena de mim e permitisse meu retorno para completar meu último ano de escola.

O dr. Kipling se ofereceu para me acompanhar à reunião, mas achei melhor ir sozinha. Não queria lembrar à diretora de que eu era o tipo de garota que levava um advogado em lugar do que seria normal, o pai ou a mãe.

Desde minha última ida ao colégio, em maio, detectores de metal haviam sido instalados na entrada principal. Concluí que aquilo tinha algo a ver comigo. Que maneira de deixar marcas num lugar, Anya.

Fui direto para a sala da diretoria, onde o sr. Rose me cumprimentou.

– É um prazer conhecer você – disse-me o sr. Rose. – A diretora estará com você em alguns minutos.

A familiaridade daquela sala era quase insuportável. Ali eu descobrira que meu irmão atirara em Yuri Balanchine. Ali eu fora acusada de envenenar Gable Arsley. Ali eu conhecera Win.

A diretora apareceu na porta.

– Pode entrar, Anya.

Segui-a até a sala, e ela fechou a porta depois que entrei.

– Fiquei feliz ao saber que você não se feriu naquele acidente do ônibus – disse a diretora. – E devo parabenizá-la. Você se saiu muito bem na entrevista rápida a que assisti no noticiário.

– Obrigada – respondi.

– Nós nos conhecemos há muito tempo, Anya, então não vou fazer rodeios. Um doador anônimo fez uma contribuição financeira substancial ao Holy Trinity. A única condição foi que Anya Balanchine tivesse permissão para continuar seus estudos.

– Eu... isso é novidade para mim.

A diretora me olhou nos olhos.

– É?

Olhei-a de volta.

– É.

– O doador, se não é você mesma ou alguém da sua família, diz ter visto sua entrevista e ficado impressionado com sua graça. Creio que foi essa a palavra. A doação foi tão substancial que o conselho e eu sentimos que não podíamos ignorar ou devolver tal valor sem falar com você primeiro. Como sabe, ninguém quer você com suas armas e drogas de volta a este colégio.

Concordei.

– Você já encontrou outra escola? – perguntou a diretora cautelosamente.

– Não. Os lugares que procurei pensam o mesmo que vocês sobre mim. E também tem o fato de eu estar no último ano...

– Sim, imaginei que isso tornaria as coisas ainda mais difíceis. Aqui nós também não admitimos alunos novos no último ano. – A diretora recostou-se na cadeira e suspirou. – Se eu fosse permitir a sua volta, sua liberdade aqui teria de ser muito limitada. Tenho pais a quem responder também, Anya. Todas as manhãs você teria de passar na minha sala para que o sr. Rose inspecionasse sua bolsa e revistasse você. Além disso, não poderia participar das atividades sociais ou extracurriculares das tardes. Você acha que poderia viver assim?

– Sim. – Eu teria concordado com qualquer coisa àquela altura.

– Qualquer violação às regras resultaria na sua suspensão imediata.

Eu disse a ela que compreendia.

A diretora franziu o cenho.

– É uma questão de relações públicas. Se você fosse eu, o que diria aos pais dos alunos?

– Que a Holy Trinity é, antes de mais nada, uma escola católica. E escolas católicas devem praticar o perdão. Diria que vocês estão fazendo um ato de caridade comigo, quando nenhuma escola me aceitou.

A diretora fez gesto afirmativo.

– Parece uma resposta razoável. Sem mencionar a doação.

– Exatamente.

– E você gostaria de voltar para cá? – perguntou-me a diretora num tom muito mais gentil do que usara até então. – Esses anos não foram exatamente felizes para você, foram?

Eu disse a ela a verdade.

– Sinto muito se de alguma forma fiz com que parecesse o contrário, mas eu adoro o Holy Trinity, diretora. A escola tem sido a única coisa boa e consistente da minha vida, apesar de tudo.

– Nós nos vemos amanhã, Anya – disse a diretora, depois de uma longa pausa. – Não faça com que eu me arrependa da minha decisão.

Quando voltei para casa, liguei para o dr. Kipling para descobrir se ele fizera a doação ao Holy Trinity.

– Não estou sabendo de nada – respondeu o dr. Kipling. – Vou colocar você no viva-voz para Simon Green poder ouvir a ligação.

– Como você está? – perguntei a Simon Green.

– Muito melhor – respondeu ele. – Sua diretora disse qual o valor da doação?

– Só disse que era bastante substancial.

– Anya, eu teria muito cuidado nesse caso. Alguém pode ter um motivo escuso – avisou o dr. Kipling.

Perguntei se ele estava me aconselhando a não voltar.

– O fato é que ainda não temos outra opção viável. – O dr. Kipling suspirou fundo. – Não, eu só quero que você fique de olhos abertos, atenta a qualquer coisa que possa parecer estranha. Alguém quer você de volta ao Trinity, e isso me deixa mais do que nervoso, porque não sabemos quem é nem por que motivo.

– Vou tomar cuidado – prometi.

– E nem é preciso dizer que você deve manter distância de Win Delacroix – acrescentou o dr. Kipling.

Jurei que faria isso.

– Está feliz, Anya? – perguntou Simon Green. – Você vai se formar com a sua turma.

– Acho que sim – respondi. E, pela primeira vez em muito tempo, me permiti ficar feliz, mesmo que fosse só um pouquinho.

Naquela noite, telefonei para Scarlet para contar que estava de volta ao colégio. Precisei afastar o fone da orelha. (*Juro que os gritos da Scarlet poderiam ser ouvidos até o Brooklyn.*)

Então, eu estava de volta ao Trinity. Fora a revista diária – o sr. Rose e eu estávamos desenvolvendo um relacionamento bastante íntimo -, era como se eu nunca tivesse ido embora.

Tudo bem, havia certas mudanças, algumas para melhor, outras nem tanto. Scarlet definitivamente melhorara na esgrima sem mim para ajudá-la. Natty agora tinha aulas no prédio dos mais velhos, então nos víamos várias vezes por dia. Win estava na minha sala de Ciência Forense III, mas sua parceira ali, como em todos os outros lugares, era Alison Wheeler. Ele era simpático comigo, mas mantinha distância. No almoço, eu sentava com Scarlet e Gable, tentando não sentir que estava segurando vela. Mas, bem, com certeza existiam coisas piores na vida do que segurar vela. O professor Beery anunciou que a peça da escola seria *Romeu e Julieta*. Quando Scarlet sugeriu que eu fizesse teste, fiquei feliz de informar a ela que a escola me proibira de participar das atividades extracurriculares. Não foi um grande sacrifício. Apesar do meu triunfo no ano anterior como bruxa mestre em *Macbeth*, eu não era atriz. Além do mais, já havia drama demais na minha vida.

Mantive a promessa ao dr. Kipling e fiquei atenta a qualquer sinal de conspiração, mas não vi nada, talvez porque não quisesse. Como vocês devem lembrar, já tivera tal atitude no passado. Ignorei mensagens de Mickey Balanchine que, provavelmente, não deveriam ser ignoradas. Em minha defesa, já perdera muitas aulas e achava que haveria tempo suficiente para que eu assumisse o meu lugar de direito na família.

Estava de volta à escola havia quase duas semanas quando Alison Wheeler me encurralou na biblioteca, onde eu almoçava fazendo um teste de segunda chamada. A biblioteca era um dos poucos lugares em que havia livros de papel, apesar de nunca serem usados por ninguém. Estavam ali realmente como decoração.

No verão, Alison cortara seu cabelo ruivo de conto de fadas e agora o usava bem curtinho, o que fazia com que seus olhos verdes parecessem grandes demais. Sentou-se na minha frente. Durante todos aqueles anos, desde que nos conhecêramos, não me lembrava de uma só vez que tivéssemos conversado.

– Está errado – disse ela, indicando uma de minhas respostas. (Vocês talvez lembrem que ela era a primeira aluna da minha sala.)

Instintivamente, puxei meu tablet para perto de mim. Eu não queria ser expulsa por colar.

– É difícil achar você sozinha – comentou Alison. – Sempre com Scarlet ou Gable, ou sua irmã, ou na sala da diretoria sendo revistada... é isso que eles fazem com você, lá, não é?

Não respondi.

– O que eu acho – disse Alison Wheeler – é que, às vezes, as coisas não fazem sentido porque não têm sentido. – Seus olhos verdes me encararam.

Fechei meu tablet e coloquei-o na bolsa.

– Acho que eu e Win devíamos comer com você, Scarlet e Gable Arsley. Acho que é isso que a gente deveria fazer.

– Por quê? Para eu ver bem de perto o garoto que eu namorava com sua nova namorada?

Alison inclinou a cabeça e estudou meu rosto.

– É isso que você acha que estaria vendo? – perguntou, depois de uns instantes.

– É, é isso.

Alison fez um gesto afirmativo.

– Claro, eu devo ser muito cruel.

Não falei nada.

– Ou talvez eu ache bom Win ter seus próprios amigos. A campanha do pai é muito pesada para ele, Annie.

Eu preferiria que ela não me chamasse de Annie. Eu estava começando a detestar Alison Wheeler.

No dia seguinte, tirei B no meu teste, e na hora do almoço Win e Alison se juntaram à nossa mesa.

Apesar de eu ter tentado desencorajar Alison Wheeler, o almoço foi mais animado do que costumava ser apenas com Gable e Scarlet. Scarlet ficou menos entediante, Gable, menos aborrecido. Alison Wheeler era esquisita, mas inteligente e perspicaz também. E Win, bem, vocês sabem o que eu sentia por ele, já que detalhei essas emoções exaustiva e pateticamente. Basta dizer que era o mais perto que chegávamos um do outro desde o hospital. E talvez vocês pensem que seria uma tortura para mim, mas não foi. Ver Win com sua nova namorada era mais fácil do que imaginá-lo com sua nova namorada.

Eu nem mesmo fiquei a sós com ele até sexta-feira. Todos os outros terminaram o almoço mais cedo, por uma razão ou por outra, e eu e Win nos vimos sozinhos, separados somente pelas bandejas com restos de lasanha e a mesa de madeira.

– Eu vou indo – disse ele, mas não se moveu.

– Eu também – respondi, mas também não me mexi.

– Você deve... – começou a dizer.

– Como vai... – falei ao mesmo tempo.

– Você primeiro – disse ele.

– Eu ia perguntar como vai a campanha do seu pai – falei. Win sorriu.

– Não era nada disso que eu ia falar, mas, já que você perguntou, acho que ele vai ganhar. – Ele me encarou. – Você provavelmente despreza o meu pai.

Meus sentimentos por Charles Delacroix eram quase tão complexos quanto meus sentimentos pelo filho dele. De alguma forma, eu admirava o pai de Win. Ele era um adversário à altura. Mas também o detestava. Como isso me pareceu uma coisa grosseira de dizer para o filho de alguém, decidi ficar de boca calada.

– Eu gostaria de poder ter ódio dele, mas é meu pai – disse Win. – E acho que, apesar de tudo, ele vai ser um ótimo promotor público. Campanhas... – A voz dele foi sumindo.

– O quê?

– As campanhas parecem durar para sempre, mas elas não duram, Annie.

De repente, ele esticou o braço em cima da mesa e pegou minha mão. Puxei-a imediatamente.

– Amigos não podem apertar as mãos? – perguntou Win.

– Acho que você sabe por que não posso apertar sua mão.

Levantei e peguei minha bandeja. Joguei-a no lugar das bandejas usadas, e um pouco do molho respingou no meu suéter.

O sino tocou. Quando eu estava saindo do refeitório, senti uma mão no meu ombro. Virei o corpo. Era a professora Lau, de Ciência Forense. Ela era a única professora que falara em minha defesa na primavera passada, e, não por coincidência, a única que parecia feliz com a minha volta.

– Anya – disse ela –, eu não faria isso.

– Não faria o quê? – perguntei, inocente.

Caminhei até a sala de História do Século XXI, matéria na qual acabáramos de começar a estudar os eventos que levaram à segunda proibição. Vários daqueles nomes em negrito me eram familiares.

IV. sou surpreendida; sou surpreendida novamente

Noite de sexta-feira. Meu plano era ficar em casa, mas Scarlet insistiu para que eu saísse com ela e Gable.

– Você não sai desde que voltou do Liberty – falou no caminho de volta do colégio para casa. – Não pode passar o resto da vida trancada com Natty e Imogen. A gente vai colocar uma roupa bacana e vai para algum dos lugares de antigamente. Que tal o bar do seu primo Fats?

Não existia lugar aonde eu menos quisesse ir, a não ser o Little Egypt.

– Talvez você prefira o Little Egypt? – perguntou Scarlet.

– O bar do Fats está bom – respondi.

– Achei que você ia dizer isso. A gente se encontra lá às oito. E... Anya? – acrescentou, logo antes de nos despedirmos. – Não é para ir de uniforme do colégio!

Por volta das sete e meia, troquei de roupa, seguindo as instruções de Scarlet, e peguei um ônibus para o centro da cidade.

– E aí, garota? – cumprimentou-me Fats. – Seus amigos estão no salão dos fundos.

Fats perdera bastante peso desde a última vez que o vira.

– Você está magro – falei.

– Parei de comer açúcar – respondeu ele.

– Cacau, também?

– Não, cacau, nunca, Annie.

– Talvez a gente devesse parar de chamar você de Fats.

– Não, fica com uma boa pontada de ironia agora.

Fui até o salão dos fundos.

– *Surpresa*!

O lugar estava lotado, e precisei de um segundo para me dar conta de que eu conhecia todo mundo ali. Scarlet, Gable, Imogen, Mickey e Sophia Balanchine, dr. Kipling e a mulher, Simon Green, Chai Pinter e vários outros colegas de turma. Até Alison Wheeler estava lá, apesar de ter ido sozinha.

Como vocês já sabem, eu não era fã de festas surpresa, nem de festas em geral. Mesmo assim, não pude deixar de apreciar o fato de que tanta gente saíra de casa por minha causa. Scarlet se aproximou e me beijou no rosto.

– Que espécie de melhor amiga seria eu se deixasse você voltar para o Trinity sem uma festa?

Circulei pelo lugar para cumprimentar as pessoas e agradecer pela presença delas.

– Win queria muito vir – sussurrou Alison Wheeler no meu ouvido.

No fundo do salão, um pouco afastados do resto, estavam Mickey e Sophia Balanchine. Conversavam com uma terceira pessoa. Como eu não tinha notado a presença dele antes?

– Yuji Ono! – exclamei, abraçando-o de maneira que não tive muita certeza de ser digna ou apropriada. Mas, bem, ele salvara a vida do meu irmão.

Ele sorriu para mim timidamente.

– O que você está fazendo aqui?

– Negócios, é claro – respondeu ele.

– Se você tivesse retornado algum dos meus telefonemas, saberia disso – repreendeu-me Mickey Balanchine.

Yuji Ono me encarou. Percebi que estava desapontado comigo.

– Demorou mais do que eu imaginava para resolver minha situação escolar – expliquei. Mesmo enquanto pronunciava a frase, sabia o quanto soava patética.

Voltei-me para Yuji Ono. Queria perguntar sobre o meu irmão, mas não na frente de Mickey e Sophia.

– Você não quer me fazer uma visita em casa amanhã?

– Não sei se vou ter tempo – respondeu ele. – Só fico três dias na cidade e estou bastante ocupado.

– Eu poderia ir encontrar você, então. Onde está hospedado?

– Eu tento ir até você – disse, friamente, Yuji. Fiquei irritada com o fato de ele não confiar o bastante em mim para dizer onde estava, já que eu confiara a ele toda a minha vida.

– Não seja tão duro com a garota, Yuji – provocou Sophia.

Eu não gostava de ser chamada de garota.

– Como você quiser – respondi. Voltei-me para Mickey. – Como está o seu pai?

– Qualquer dia é dia agora – respondeu Mickey, melancólico. Sophia segurou a pequena mão dele dentro da sua grande.

Agradeci aos três pela presença e fui falar com Simon Green, que não conseguira se misturar ao restante dos convidados.

– Você parece absolutamente desconfortável – disse a ele.

Simon Green riu.

– Não sou muito de festas.

– Eu também não – falei. – Qual é o seu motivo?

Simon Green tirou os óculos, limpando-os na manga da camisa.

– Acho que tive uma infância muito solitária. Nunca me acostumei a estar com pessoas.

– Comigo foi o oposto. Tudo estava sempre cheio de gente. Acho que chamam meu caso de síndrome do filho do meio.

Simon Green fez um gesto de cabeça, indicando o canto do salão.

– Aquele é Yuji Ono?

– É. – Eu não queria falar sobre ele.

– E quem é aquela? – apontou para Alison Wheeler, que dançava com uma menina da minha turma de História.

– Ah, aquela é a namorada nova do meu ex-namorado. Nós somos amigas. Tudo muito adulto e civilizado.

– Ela? – O tom de Simon Green era de total incredulidade. – Estamos falando da ruiva de cabelo curtinho?

– Isso, ela mesma. – Fiz uma pausa. – Por que não ela?

– Não era o que eu esperava.

Tentei convencê-lo a explicar melhor o que quis dizer, mas Simon Green se recusou.

Continuei meu tour pelo salão. Antes que me desse conta, eram onze e vinte da noite, e os únicos ainda presentes eram Scarlet e Gable. Scarlet me disse para ir para casa, mas eu fiquei. Sabia que Gable não seria de muita ajuda para arrumar as coisas no final.

– Até que não foi terrível, foi? – perguntou Scarlet. – Você não passou a noite inteira me odiando?

– Claro que não, sua boba. – Beijei Scarlet no rosto. – Nunca tive uma amiga tão boa e fiel como você.

– Que emoção – disse sarcasticamente Gable. – Será que agora a gente pode ir para casa?

Perguntei a Scarlet se ela queria pegar o ônibus de volta comigo. Ela respondeu que estava planejando passar a noite na casa de Gable.

– Scarlet! – A menina de colégio de freiras que havia dentro de mim estava escandalizada.

– Não tem problema, está tudo bem – insistiu ela. – Gable não gosta que eu volte para casa sozinha tão tarde, e os pais dele não se importam se eu dormir no quarto de hóspedes.

Como estava tarde – faltavam só dez minutos para o toque de recolher da cidade –, meu primo Fats insistiu em me levar até o Upper East Side.

Estávamos esperando o ônibus quando um carro preto parou no meio-fio. A porta foi aberta. Por uns segundos, considerei a possibilidade de levar um tiro; talvez aquele fosse o meu fim. (*Mas estamos ainda no início do segundo volume da minha vida, então, com certeza não é o meu fim.*)

Fats colocou a mão no bolso. Caso precisasse atirar, suponho.

Yuji Ono saltou do carro.

– Carona, Anya?

Fiz um gesto afirmativo para que Fats soubesse que eu concordava e entrei no carro.

Eu tomara várias xícaras de café naquela noite, tentando criar a impressão de que era possuidora de uma personalidade vibrante e festiva. Assim que sentei, comecei a sentir os efeitos da cafeína no meu corpo. Meu coração batia aceleradamente. Eu estava corada, corajosa, com a língua afiada. Mais parecida com Scarlet do que comigo mesma.

– Achei que você estivesse com raiva de mim – falei para Yuji.

– E estou – disse ele. – Irado.

Não consegui saber se ele estava falando sério.

– Como vai o meu irmão? – perguntei.

– Muito bem – prometeu Yuji. – Tenho um presente para você, mas só dou depois que me explicar por que está fugindo de Mickey Balanchine.

Papai costumava dizer que apenas os fracassados inventavam desculpas.

– Foi mais difícil voltar do Liberty do que eu imaginava.

– Você está falando da procura de colégio? – Yuji Ono fez uma careta. – Por que você acha que precisa de um diploma de ensino médio?

– Você preferiria que eu não tivesse educação? Que eu fosse uma tonta?

– Não é isso que estou dizendo. Mas as coisas que você precisa saber **não** vai aprender na escola.

– Toda vez **que** a gente se encontra, você me faz um sermão – reclamei.

– Isso significa que estou contando com você, Anya. Acho que vai concordar que tenho feito grandes sacrifícios por você.

– Claro, Yuji.

– Você é meu investimento.

– Mas eu não pertenço a você.

O carro estava passando pela parte sudeste do parque. Yuji enfiou a mão no bolso. Ele pegou a minha e fez com que a abrisse. Na minha palma, ele colocou um pequeno leão de madeira.

– Foi Leo quem fez isso? – perguntei baixinho.

– Foi, ele começou a esculpir.

Olhei para o leão, meu milagre em miniatura. Leo tocara naquilo. Ele estava a salvo. Sorri para Yuji e tentei não chorar.

– Ele é bom nisso.

Voltei-me para agradecer. Estava prestes a beijá-lo no rosto quando o carro passou em cima de um bueiro e acabei beijando Yuji na boca. Não foi nem um pouco romântico.

– Desculpe – falei. – Estava mirando sua bochecha. Buracos, sabe? Esta cidade!

Yuji corou.

– Eu sei, Anya. – Ele me olhou com os olhos escuros. – Você nunca iria tentar beijar na boca um homem velho como eu.

– Yuji, você não é velho – protestei.

– Comparado a você, sou. – Ele se virou para olhar pela janela. – Além do mais, ouvi dizer que você ainda se encontrando secretamente com seu antigo namorado. O filho do político.

Virei-me para encará-lo.

– O quê? Isso não é verdade! Quem disse isso?

– Mickey e Sophia têm essa suspeita.

– Eles mal me conhecem! Deviam ficar de boca calada.

– Você voltou para seu antigo colégio, não foi? – perguntou Yuji.

– Só porque nenhuma outra escola me aceitou. Yuji, é impossível para mim estar com o Win. E você deveria saber que até mesmo uma suspeita desse tipo pode ser desastrosa para a minha vida.

Yuji deu de ombros. Acho que ele era a pessoa mais irritante que já conheci.

– Sophia Bitter já foi sua namorada? – perguntei.

Yuji sorriu.

– Hoje é a noite da arqueologia?

– Isso não é resposta.

– Ela foi principalmente minha amiga de colégio – disse Yuji, depois de uma pausa longa. – Minha melhor amiga do colégio.

– Por que você não me contou isso no casamento? – perguntei.

– Porque não era relevante.

– Então, minha vida pessoal também não é.

Atravessamos a Madison Avenue em silêncio.

Fechei a mão em volta do leão, deixando suas pontas e imperfeições em contato com a minha pele. Yuji segurou meu punho cerrado.

– Viu? Nossas vidas estão entrelaçadas.

Sua mão era um pedaço de gelo em volta da minha, mas a sensação não era de todo desagradável.

O carro parou na East Ninetieth Street, onde eu morava, e abri a porta.

– Desculpe-me por termos discutido – disse ele. – Eu... a verdade é que vejo você como... parte de mim mesmo. Embora não devesse.

Saltei do carro e subi. Fui até o quarto de Natty. Ela já estava dormindo, mas a acordei mesmo assim.

– Natty – sussurrei.

– O que foi? – perguntou ela, sonolenta.

Estendi a palma da minha mão para que ela visse o leão de madeira.

– Leo? É de Leo, não é? – Seus olhos agora estavam vivos e brilhantes.

Fiz um gesto afirmativo.

Ela pegou o leão de madeira e beijou sua cabeça.

– Será que vamos ver nosso irmão de novo?

Respondi que esperava que sim, depois fui para o meu quarto.

Eu mal tinha começado a dormir quando acordei com batidas na porta do apartamento.

– Polícia!

O relógio marcava cinco e doze da manhã. Vesti meu robe e fui até a porta. Olhei pelo olho mágico. De fato, dois homens com uniforme policial estavam de pé do outro lado. Abri a porta, mas deixei a corrente de segurança trancada.

– O que vocês querem?

– Estamos aqui para falar com Anya Balanchine – disse um deles.

– Sou eu.

– Precisamos que você abra a porta, por favor. Estamos aqui para levá-la de volta ao Liberty – continuou o policial.

Ordenei a mim mesma que mantivesse a calma. Ouvi Natty e Imogen vindo pelo corredor atrás de mim.

– Annie, o que está acontecendo? – perguntou Natty.

Ignorei minha irmã. Eu precisava manter o foco.

– Qual a acusação? – perguntei.

– Violação dos termos de liberdade.

– Que violação? – questionei.

O policial explicou que não tinha tal informação – somente instruções para me levar de volta para o Liberty.

– Por favor, senhorita, precisamos que venha conosco.

Disse a eles que iria, mas precisava de um minuto para me trocar.

– Cinco minutos – respondeu o oficial.

Fechei a porta e atravessei o corredor. Tentei pensar nas minhas opções. Não podia fugir; não havia outra saída do apartamento, fora o suicídio. Além do mais, eu não queria fugir. Pelo que sabia, isso podia muito bem ser um equívoco. Decidi acompanhar os policiais e descobrir o restante depois. Imogen e Natty permaneceram no fim do corredor. As duas pareciam aguardar minhas instruções.

– Imogen, você tem que ligar para o dr. Kipling e para Simon Green.

Imogen fez um gesto de concordância.

– E o que eu devo fazer? – perguntou Natty.

Beijei-a na testa.

– Tentar não se preocupar.

– Vou rezar por você – disse Natty.

– Obrigada, meu anjo.

Corri até meu quarto. Tirei a camisola e vesti o uniforme do colégio. Fui ao banheiro, onde perdi alguns instantes escovando os dentes e lavando o rosto. Olhei meu reflexo no espelho. Deus não nos dá nada que não possamos suportar.

Ouvi mais batidas na porta.

– Está na hora! – gritou o policial.

Voltei para o hall de entrada, onde Natty e Imogen me olharam, chocadas.

– Vejo vocês logo, logo – falei para elas.

Fui até a porta, destravei a corrente de segurança.

– Estou pronta – disse.

O policial estava segurando um par de algemas. Eu sabia como funcionavam as coisas. Estendi os punhos.

No Liberty, não fui levada à sala de entrada como acontecera nas duas primeiras vezes. Nem mesmo me fizeram vestir o macacão do Liberty. Em vez disso, fui entregue a uma guarda, alguém que não conhecia, e encaminhada a um corredor.

Um corredor que levava a vários lances de escada.

Eu conhecia o caminho, e ele só poderia significar uma coisa.

A solitária.

Já estivera lá uma vez, e isso quase me matara. Pelo menos, quase me levara à loucura.

Já sentia o cheiro de umidade e excrementos. O medo tomou conta do meu coração. Parei de repente.

– Não – disse. – Não e não. Eu preciso falar com meu advogado.

– Eu tenho ordens a cumprir – disse a guarda, sem emoção.

— Eu juro pela minha mãe e pelo meu pai, mortos, que não fiz nada de errado.

A guarda me empurrou, e caí de joelhos. Senti os arranhões quando a pele encontrou o concreto. Já estava escuro ali, e o cheiro era terrível. Resolvi que, se não me levantasse, eles não poderiam me levar para a solitária.

— Menina — disse a guarda. — Se não ficar de pé, vou apagar você e levá-la no colo.

Juntei as mãos.

— Não posso. Não posso. Não posso. — Agora eu implorava. — Não posso. — Agarrei a perna da guarda. Já abrira mão da dignidade.

— Assistência! — gritou ela. — Prisioneira não obedece!

Um segundo depois, senti uma seringa sendo enfiada no meu pescoço. Não desmaiei, mas minha cabeça ficou vazia, e senti como se meus problemas tivessem me abandonado. A guarda me pendurou no próprio ombro, como se eu não pesasse um grama, e me carregou por dois ou três lances de escada. Quase não senti quando ela me colocou na cela. A porta mal tinha se fechado quando finalmente perdi a consciência.

Quando acordei, todas as partes do meu corpo doíam, e meu uniforme do colégio estava absurdamente úmido.

Fora da minha pequena cela pude ver um par de pernas cruzadas sob uma calça de veludo caro e dois pés enterrados em sapatos recentemente engraxados. Questionei se não seria uma alucinação — nunca soube que havia luz na solitária. O facho de uma lanterna se moveu na minha direção.

— Anya Balanchine — cumprimentou-me Charles Delacroix. — Estou esperando você acordar há quase dez minutos. Sou um homem muito ocupado, você sabe disso. Terrível este lugar. Tenho que me lembrar de fechá-lo.

Minha garganta estava seca, provavelmente resultado de alguma droga que me deram.

– Que horas são? – perguntei, num fio de voz rouca. – Que dia é hoje?

Ele enfiou uma garrafa térmica por entre as grades, e eu bebi avidamente.

– Duas da madrugada – disse-me ele. – Domingo.

Eu dormira por quase vinte horas.

– Você é a razão de eu estar aqui? – perguntei.

– Você me dá muito crédito. Que tal meu filho? Ou você mesma? Ou as estrelas? Ou seu precioso Jesus Cristo? Você é católica, não é?

Não respondi.

Charles Delacroix bocejou.

– Trabalhando até tarde? – perguntei.

– Muito.

– Obrigada por separar um tempo na sua agenda ocupada para me ver – falei, com sarcasmo.

– Muito bem, Anya, sempre fomos honestos um com o outro, então aqui vai – começou a dizer. Tirou um tablet do bolso e ligou-o. Virou-o para mim. Uma fotografia de mim com Win no refeitório do Trinity. Win segurava minha mão em cima da mesa. Fora tirada na sexta. Quanto tempo ele segurara minha mão? Menos de dois segundos, até que eu me desvencilhasse.

– Isso não é o que parece – falei. – Win estava apertando minha mão. Estávamos tentando ser... amigos, eu acho. E não durou nem um segundo.

– Eu acredito em você, mas, infelizmente para nós dois, essa indiscrição durou tempo bastante para que alguém a fotografasse – disse Charles Delacroix. – Na segunda-feira, sairá uma notícia com a seguinte manchete: "Charles Delacroix e suas conexões com a máfia: quem ele conhece e o que isso significa para os eleitores." Nem preciso dizer que isso não é o ideal para mim. Nem para você.

Verdade, eu conseguia enxergar isso.

– A doação generosa e anônima ao Trinity...

– Não tive nada a ver com isso!

– Anya, disso eu já sei. Mas você nunca suspeitou de quem pode ter feito essa doação?

Balancei a cabeça. Meu pescoço estava dolorido no lugar da injeção.

– A verdade, dr. Delacroix, é que não me importa. Eu só queria voltar para o colégio. Tentei encontrar outra escola, mas ninguém me aceitou, por conta das acusações de porte de arma.

Charles Delacroix sorriu simpaticamente.

– Nosso sistema dificulta a vida de quem está em liberdade condicional.

– Quem fez a doação? – perguntei.

– A doação foi feita por... – Ele fez uma pausa dramática. – Pelos Amigos de Bertha Sinclair.

– Bertha Sinclair? – O nome me era familiar, e se minha cabeça não estivesse latejando talvez eu até tivesse conseguido me situar.

– Ah, Anya. Estou terrivelmente desapontado. Você não está acompanhando a campanha? A sra. Bertha Sinclair é candidata do Partido Independente à promotoria. Talvez até me vença, do jeito como as coisas estão caminhando.

– Bom.

– Me dói ouvir você dizer isso. Você está sendo cruel – disse Charles Delacroix.

– Qual de nós dois está numa cela que não comporta nem mesmo um cachorro?

– Mas voltando aos Amigos de Bertha Sinclair. A campanha adorável de Bertha começou a ganhar volume depois daquele acidente desafortunado com o ônibus. Que bom que você está bem, aliás. E, por acaso, você sabe quando esse momento de crescimento teve início?

Acenei afirmativamente com a cabeça, bem devagar. Foi o que o dr. Kipling dissera.

– Quando os noticiários ligaram meu nome ao de Win novamente. E nosso relacionamento fez com que você parecesse corrupto. E você é, supostamente, o sr. Incorruptível.

– Bingo. Você é a adolescente mais inteligente que conheço. E os amigos de Bertha Sinclair, não sendo um bando de estúpidos, conceberam uma estratégia para juntar novamente você e meu pobre filho. Eles só estavam esperando as fotos dos dois juntos. Um beijo. Um encontro. Mas você e Win não lhes deram isso, então pegaram o que conseguiram. Um segundo de indiscrição, quando Win segurou sua mão sobre a mesa do almoço.

Minhas bochechas coraram diante da lembrança. Fiquei agradecida pela pouca luz do ambiente.

– Francamente, estou impressionado por ele ter resistido tanto tempo. Win não é conhecido por seu comedimento.

O menino é igual à mãe – só coração, razão alguma. Alexa, irmã dele, era parecida comigo. Corajosa e sensata. Era como você também. Na verdade, é provavelmente por isso que meu menino acha você tão atraente.

Não respondi.

– Então, para concluir. Toda vez que uma história envolvendo você e meu filho for noticiada, a mídia tenderá a me classificar como corrupto sem que o pessoal da Sinclair precise dizer uma palavra.

– Mas acabou agora – protestei. – A fotografia sai amanhã. E isso é tudo. Você vai levar uma pancada relativamente pequena, e todo mundo vai esquecer o assunto.

– Não, Anya. Isso é só o começo. Eles vão esperar por você todos os dias depois da aula. Vão tentar tirar fotos suas em sala de aula. Seus colegas, como são jovens e sem juízo, vão encontrar maneiras de viabilizar isso. Win não precisa nem segurar sua mão para que eles recorram à mesma história. Ele pode estar de pé ao seu lado. Podem informar que vocês dois estão no mesmo prédio. Essa foto muda todo o jogo, não vê?

– Mas Win tem uma namorada. Você não pode dizer isso para eles?

– Eles vão dizer que as fotos não mentem e que Alison Wheeler é um disfarce.

– Um disfarce?

– Uma farsa. Uma fraude. Uma pessoa contratada pela minha campanha para fazer parecer que você não está com ele.

– Mas eu *não* estou com ele!

– Eu acredito em você. E se as pesquisas estivessem melhores para mim... – Charles Delacroix me encarou com olhos cansados. – Eu pensei sobre o que fazer, e só consegui imaginar uma coisa que dá um fim a essa história.

– Me jogar de volta aqui? Mas eu nem violei o nosso acordo! E você não pode prender alguém por namorar o seu filho. Vou mandar o dr. Kipling procurar a imprensa, e você vai parecer um monstro.

Charles Delacroix não parecia me ouvir.

– Mas você quebrou várias regras depois que saiu do Liberty, não?

Voltou o tablet na minha direção. Primeiro, uma foto minha negociando várias barras de chocolate na Union Square. Depois, outra fotografia minha bebendo café no bar de Fats. Finalmente, eu saindo do carro de Yuji Ono. A hora marcada na foto: meia-noite e vinte e cinco. Depois do toque de recolher, em outras palavras. Todas infrações menores. Infelizmente, eu estava sentada diante do Rei das Penas às Infrações de Menores.

– Você mandou me seguirem!

– Eu precisava de garantias, caso você não honrasse nosso acordo. Você é, seja isso certo ou errado, considerada uma delinquente. E, como bem sabe, a sentença leve, de três meses, que recebeu, só se sustenta se você não se mantiver na delinquência. Se eu colocá-la no Liberty por um ano, digamos, isso resolve dois dos meus problemas. Ninguém vai poder dizer que demonstrei favoritismo, e não ouviremos mais histórias envolvendo você e Win.

– Não posso ficar aqui um ano inteiro – sussurrei.

– Que tal seis meses? As eleições já terão terminado.

– Eu não posso. – Eu não choraria na frente de Charles Delacroix. – Simplesmente não posso.

– Em troca, prometo que ninguém vai perturbar sua irmã mais nova, se é essa sua preocupação.

– Você está me ameaçando? – perguntei.

– Ameaçando, não, negociando. Estamos negociando, Anya. Não esqueça, eu tenho razões legítimas para trazer você de volta ao Liberty. Posse de chocolate. Consumo de cafeína. Infração do toque de recolher.

Senti-me um animal enjaulado.

Eu *era* um animal enjaulado.

Queria falar com o dr. Kipling, mas, de certa forma, ele não poderia me proteger contra isso. Eu tivera pouca sorte, sim, mas também fora inacreditavelmente tola.

– As eleições terminam na segunda semana de novembro. Por que você não me deixa sair no Natal? Seriam só três meses.

Charles Delacroix considerou minha oferta.

– Fiquemos com quatro. Final de janeiro me parece simpático. Poderia parecer impróprio se você saísse logo após a eleição.

Concordei. Charles Delacroix enfiou a mão entre as barras da cela e, depois de alguns instantes, apertei-a. Meu pulso estava bastante dolorido e gemi.

Charles Delacroix ficou de pé.

– Sinto muito por isso. Tomarei providências para que você não seja mandada para cá novamente. Só quis garantir que poderíamos conversar sem sermos observados.

– Obrigada – respondi, com voz fraca. Mas eu sabia que ele estava mentindo. Mandar que me colocassem na solitária fora uma forma bastante específica de me intimidar.

Ele estava prestes a sair quando se virou e se ajoelhou para que ficássemos cara a cara.

– Anya – sussurrou. – Por que você não tornou nossas vidas mais fáceis e desapareceu por um ano? Podia ter visitado seus parentes na Rússia. Eu sei que tem amigos no Japão. Uma jovem como você provavelmente tem amigos em todos os cantos do mundo.

– Nova York é meu lar, e eu queria terminar o ensino médio – disse com simplicidade.

– Seu advogado nunca deveria ter permitido que você voltasse para o Trinity.

– O dr. Kipling não queria. Tudo o que aconteceu foi por minha causa. Eu deveria ter sido mais atenta.

– Não no caso do acidente de ônibus – disse Delacroix. – Aquilo foi pura falta de sorte. Para nós dois, eu quis dizer.

– Principalmente para aquela menina que morreu, não é?

– É, você tem razão, Anya. Principalmente para ela. Ela se chamava Elizabeth. – Charles Delacroix passou a mão por entre as barras para tocar no meu rosto. – Este lugar é atroz. Existem buracos. Se por acaso você cair num deles em uma ou duas semanas, duvido que sentirão sua falta.

– Você está tentando me assustar.

– Pelo contrário, Anya. Estou tentando ajudar você.

Eu estava começando a entender o que ele queria dizer.

– Como eu vou voltar?

Ele ficou de pé e pegou sua garrafa térmica.

– Você tem um amigo que vai ser o novo promotor de Nova York. Um amigo que acha que as leis proibitivas são absolutamente equivocadas e não fizeram outra coisa senão arruinar vidas. Um amigo que lembra que você salvou a vida do filho dele. Um amigo que será mais capaz de ajudar quando essa campanha chegar ao fim.

– Nós não somos amigos, sr. Delacroix.

Charles Delacroix deu de ombros.

– No momento, talvez não. Mas, quando você tiver vivido tanto quanto eu, ficará confortável com a ideia de que seu inimigo do ano passado pode ser o amigo deste ano. A recíproca é verdadeira também. Boa noite, Anya Balanchine. Fique bem.

Mais ou menos quinze minutos depois que Charles Delacroix foi embora, uma guarda apareceu para me levar para a sala de internações. Mesmo sendo quase três da madrugada, a sra. Cobrawick e a dra. Henchen estavam me esperando.

– Eu sinto muito ver você de volta aqui, Anya – disse a sra. Cobrawick. – Mas não posso dizer que esteja surpresa.

A sra. Cobrawick conferiu meu arquivo em seu tablet.

– Meu Deus. Múltipla violação de condicional. Você é uma moça muito ocupada. Consumo de cafeína, infração de toque de recolher e negociações com chocolate.

Eu não disse nada.

– Você nunca vai aprender a seguir as normas de conduta?

Continuei sem dizer uma palavra. Eu estava muito cansada. Pensei que fosse desmaiar.

– Podemos começar. Anya, por favor, tire suas roupas para descontaminação – ordenou a sra. Cobrawick.

Ela se voltou para a dra. Henchen e disse:

– Receio que essas peças não possam ser recuperadas. Estão absolutamente imundas.

Tirei a saia. Enquanto me abaixava, senti uma dor estranha no peito, depois caí no chão, batendo com a cabeça no azulejo. Meus músculos abdominais entraram em convulsão vigorosa, e vomitei. A dra. Henchen correu para o meu lado.

– O coração dela disparou e ela está ficando roxa. Precisamos levá-la para a clínica.

Quando me dei conta, estava numa maca, atravessando a ilha do Liberty em direção à área médica. Nunca estivera lá antes, mas o lugar era surpreendentemente limpo e moderno, se comparado ao restante das instalações. Uma médica rasgou meu uniforme e colocou sensores no meu peito nu. Nem mesmo me preocupei em ficar envergonhada. Depois, pela segunda vez em menos de vinte e quatro horas, desmaiei.

Quando acordei no dia seguinte, tentei me sentar, mas meu pulso estava algemado à beirada da cama.

Um médico entrou no quarto.

– Bom dia, Anya. Como você está se sentindo?

Considerei a pergunta.

– Dolorida. Exausta. Mas, no geral, nem tão mal assim.

– Bom, bom. Você teve um episódio cardíaco na noite passada.

– Tipo um enfarto?

– Quase, mas bem menos severo. Não há nada de errado com seu coração. Você teve uma reação alérgica. Pode ter sido alguma coisa que comeu, ou até mesmo que alguém tenha feito você tomar, apesar de não em quantidade alta o bastante para matar. Não poderemos afirmar nada até que cheguem os resultados dos testes toxicológicos. A causa pode ser simples estresse. Imagino que tenha andado sob bastante estresse, ultimamente.

Fiz um gesto afirmativo.

– Mas, no caso de ser algo mais sério, você terá que ficar aqui por alguns dias, para monitoramento.

– As guardas do Liberty me deram um sedativo no sábado de manhã. Pode ter sido isso?

O médico balançou a cabeça.

– Duvido. O tempo entre uma coisa e outra não faria sentido, mas é bom saber disso. Então, descanse, srta. Balanchine, e cuide-se. Você tem vários visitantes no corredor, morrendo de vontade de entrar. Se concordar, vou dizer a eles que podem entrar.

Sentei na cama, da melhor maneira que pude, e ajeitei minha roupa de doente, para que as partes importantes ficassem cobertas.

Dr. Kipling, Simon Green, Scarlet, Imogen e Natty entraram no quarto. Contaram a eles a história oficial – que eu descumprira os termos da minha condicional, cometendo aqueles crimes menores. Como era esperado, Natty chorou um pouco, e Scarlet chorou muito. Depois, pedi que todos – menos o dr. Kipling e Simon Green – saíssem. Assim que terminei de relatar os pontos principais da minha conversa com Charles Delacroix, Simon Green suspirou e o dr. Kipling se levantou e foi dar murros na mesa.

– Mas isso faz muito mais sentido. Estava me perguntando por que estariam incomodando você por consumo de café, toque de recolher... – disse Simon Green. – Então, o que quer fazer, Anya?

– Acho que devo sair de Nova York – resolvi enquanto falava.

– Tem certeza? – perguntou dr. Kipling.

– Não posso ficar no Liberty. Quem sabe quanto tempo Charles Delacroix vai querer me deixar aqui? Agora ele fala em janeiro, mas não confio mais nele. Sem falar que não sei se vou sobreviver aqui. Alguém pode ter tentado me envenenar ontem à noite. Eu preciso ir embora. Não tem outra saída.

O dr. Kipling fez um gesto afirmativo para Simon Green.

– Então, ajudaremos você a montar uma estratégia.

Simon Green baixou a voz.

– Na minha opinião, a melhor oportunidade de tirar você daqui é enquanto ainda estiver no hospital. Depois, você vai ficar entrincheirada no Liberty, e teremos menos acesso.

– Basicamente, precisamos fazer duas coisas. Determinar a melhor forma de tirar você daqui. Depois, decidimos para onde você vai – disse o dr. Kipling.

– Japão? – sugeriu Simon Green.

– Não. Definitivamente, não. – Eu não queria que a minha família soubesse onde o meu irmão estava.

– Os Balanchine têm muitos amigos no mundo todo. Encontraremos um lugar adequado – disse o dr. Kipling.

Concordei.

– Preciso montar um esquema para Imogen e Natty, é claro.

– Claro – disse o dr. Kipling. – Prometo que Simon Green ou eu estará com elas todos os dias. Mas, na verdade, não vejo razão para que as coisas mudem.

– Mas e se os meus parentes ou a imprensa resolverem se interessar pela questão da guarda da minha irmã enquanto estou longe?

Dr. Kipling considerou minha colocação.

– Posso me tornar guardião legal da Natty, se você quiser.

– Você faria isso por mim?

– Faria. Há muito tempo, me preocupei, achei que isso complicaria nossa relação, mas ando pensando nessa possibilidade desde que Galina morreu, e acho que é a melhor maneira de ajudar você. Teria feito a mesma oferta no ano passado, mas as coisas aconteceram rápido demais depois que Leo atirou em Yuri Balanchine. E, depois, não me pareceu necessário, já que você tinha resolvido tudo com Charles Delacroix. Mas talvez essa seja a melhor maneira de organizar as coisas de uma vez por todas.

– Obrigada – respondi.

Simon Green olhou para o dr. Kipling.

– A outra coisa que podemos fazer é mandar Natty para um internato fora do estado ou do país. Isso pode ser mais simples em curto prazo. Perdoe-me, Stuart, mas você tem um coração com problemas e as circunstâncias da sua aplicação para a função podem levantar suspeitas.

Uma enfermeira entrou no quarto.

– A srta. Balanchine precisa descansar agora.

O dr. Kipling me deu um beijo no rosto.

– Sinto muito não ter sido melhor conselheiro.

– Você tentou, dr. Kipling. Disse que eu não deveria voltar para o Trinity. Disse que deveria evitar Win. Eu não quis dar ouvidos. Sempre me acho tão inteligente, tão esperta, mas acabo cometendo muitos erros.

O dr. Kipling segurou minhas mãos algemadas.

– Isso tudo não é totalmente culpa sua, Anya. Não mesmo.

– Quando é que vou parar de estar errada o tempo todo?

– Você tem um bom coração. E uma boa cabeça também. Mas é jovem e humana, afinal de contas, e precisamos perdoar certas coisas.

V. tiro férias

Passei os cinco dias seguintes algemada à cama, planejando minha fuga do Liberty. No hospital, as visitas não eram muito restritas, e isso era incrivelmente útil. Um dia, eu teria que agradecer a quem quer que tenha me envenenado. Talvez um dia fizesse isso. (*Sim, leitores, eu fora envenenada e, se tivesse tido tempo para refletir sobre o assunto, o responsável ficaria absolutamente óbvio.*)

Passei o tempo da seguinte maneira: terça-feira de manhã, a primeira pessoa que veio me visitar foi Yuji Ono.

– Como vai seu coração? – perguntou, como uma forma de cumprimento.

– Ainda batendo – respondi. – Pensei que você ia embora na segunda.

– Encontrei motivos para prolongar minha estadia.

Ele se curvou, depois se ajoelhou do lado da cama, de forma que seus lábios ficassem na altura do meu ouvido. Sussurrou:

– Simon Green me disse que você quer sair de Nova York. Isso é bom. Acho que deve ir para algum lugar onde possa aprender a arte dos negócios.

– Não posso ir para o Japão – falei.

– Sei disso, mas, por razões particulares, gostaria que fosse diferente. Acho que tenho uma alternativa para você. A família da Sophia Bitter tem uma fazenda de cacau na costa oeste do México. Lá, você pega um barco, e a conexão com o Chocolate Balanchine não é tão óbvia para que alguém pense em procurar você ali.

– México – falei. – Sou uma garota de cidade grande, Yuji.

Uma fazenda no México me parecia distante de tudo que eu conhecia.

– Você não acha que seu pai gostaria que você visse onde se cultiva o cacau? – perguntou Yuji.

Eu não fazia ideia se meu pai gostaria ou não, nem tinha certeza se isso me importava.

– Você mesma não tem vontade de conhecer a fonte desse sofrimento todo? – Yuji acenou com a mão enluvada, indicando o quarto cinza de hospital.

Respondi que nunca pensara muito nisso.

– Você confia em mim, Anya? – Ele segurou minha mão algemada. – Você acredita que eu, dentre todas as pessoas, quero o melhor para você?

Pensei sobre isso. E decidi que sim, que confiava nele tanto quanto em qualquer pessoa.

– Eu confio em você – respondi.

– Então, saiba que falo sério quando digo que é para lá que quero que vá. Você vai ser mais capaz de dirigir a Balanchine

Chocolate um dia se souber um pouco sobre o cultivo do cacau. E isso fará de você uma parceira melhor para mim. Uma parceira de negócios, quero dizer. – Ele soltou minha mão e se aproximou ainda mais. – Não tenha medo, Anya.

– Não tenho. – Encarei-o. – Nada mais me assusta, Yuji.

– O sol e o calor farão bem a você, e não estará sozinha, porque a família da Sophia é muito gentil. Se é que isso importa, vai ser mais fácil para mim inventar motivos para ir visitar você.

Que diferença faria para onde eu fosse na verdade? Estava deixando o único lar que conhecia.

– Eu não falo espanhol – respondi, com um suspiro. Estudara mandarim e latim no colégio.

– Muita gente fala inglês lá – disse Yuji.

Então estava decidido. Eu entraria de férias antes do amanhecer de domingo.

A tarde de terça-feira trouxe Scarlet, e ela estava chorando de novo. Disse que, se chorasse toda vez que me visse, eu não ia mais querer que me visitasse. Ela soluçou e declarou dramaticamente:

– Tive que terminar com Gable.

– Scarlet, eu sinto muito – falei. – O que aconteceu?

Ela me mostrou seu tablet. Na tela havia uma foto minha com Win no refeitório, sob a manchete que Charles Delacroix me mostrara dois dias antes: "As conexões mafiosas de Charles Delacroix."

– Eu é que sinto muito, Annie. Gable tirou essa foto, e, pior, vendeu!

– Como assim?

– Ele ganhou um telefone com câmera com zoom no aniversário de dezoito anos – começou a dizer Scarlet.

(*Vocês devem lembrar que menores não tinham permissão para usar telefones com câmeras.*)

– E quando eu vi a foto, ontem de manhã, tive certeza de que alguém do colégio tinha tirado. Duvidei que fosse um dos professores, então, só sobravam os alunos com mais de dezoito. Perguntei para Gable: "Quem faria uma coisa dessas com a Annie? Quem seria tão baixo? Ela já não sofreu o suficiente?!" E ele não me respondeu. Então, tive certeza! Aí, empurrei Gable com toda força. Tanta que ele quase perdeu o equilíbrio e caiu no chão. Fui pra cima dele, gritando: "Por quê?" E ele respondia: "Eu amo você, Scarlet. Não faça isso!" E eu: "Responda, Gable. Basta me dizer por quê." Finalmente, ele suspirou e disse que não tinha nada contra você ou contra Win. Disse que fez por dinheiro. Alguém foi atrás dele algumas semanas atrás, dizendo que pagaria uma grana preta se ele conseguisse uma fotografia de Anya Balanchine e Win Delacroix em situação comprometedora. Aí ele tentou se justificar, dizendo que você devia a ele esse dinheiro, por conta de tudo o que perdeu por sua causa, tipo o pé, a beleza, essas coisas. Depois disse que, de qualquer forma, outra pessoa tiraria aquela foto, se não fosse ele.

Nesse momento, Scarlet começou a chorar novamente.

– Estou me sentindo tão idiota, Annie!

Respondi que não era culpa dela.

– Queria saber quanto ele ganhou.

– Eu não sei. Mas odeio Gable. Odeio com todas as forças!

Ela estava perto da porta, corpo inclinado, aos soluços. Queria confortá-la, mas eu não tinha muita mobilidade por conta das algemas.

– Scarlet, vem aqui.

– Não posso. Tenho nojo de mim. Deixei aquela cobra entrar de novo na sua vida. Você me alertou. Mas eu simplesmente nunca imaginei que você sairia ferida.

– A verdade, Scarlet, é que eu não deveria ter me colocado naquela situação com Win.

– Que situação? Você estava almoçando. – Scarlet sempre ficava do meu lado em tudo.

– Win não deveria ter segurado a minha mão, e eu não deveria ter permitido. Provavelmente, nunca deveria ter voltado para o Trinity também. E Gable tem razão numa coisa: alguém teria tirado aquela foto, pode acreditar. Isso aconteceria com ou sem o envolvimento de Gable. Um dia, eu vou poder explicar tudo isso melhor.

Scarlet se aproximou da cama.

– Você precisa saber que eu não tive nada a ver com isso.

– Scarlet, eu nunca pensaria uma coisa dessas!

Ela baixou a voz.

– Eu nunca contei para ele o que a gente fez por Leo.

– Nunca achei que você tivesse falado.

Scarlet deu um pequeno sorriso. De repente, ela atravessou correndo o quarto até o banheiro e vomitou. Ouvi o som da descarga e da torneira sendo ligada.

– Acho que peguei uma virose – disse ela ao voltar.

– É melhor você ir para casa – falei.

– Venho visitá-la de novo assim que estiver me sentindo melhor. Amo você, Annie. Eu a beijaria, mas não quero que fique doente.

– Eu não me importo. Pode me beijar, mesmo assim – falei. Caso ela não voltasse ao Liberty até o próximo domingo, queria ter certeza de termos nos despedido apropriadamente.

– Ok, Annie. Como você quiser.

Ela me beijou e segurei sua mão.

– Não se culpe por nada disso, Scarlet. Eu sinto muito que as tragédias que tomaram conta da minha vida tenham feito você sofrer também. O que eu disse depois da festa... você realmente é e tem sido a amiga mais leal que alguém pode querer. Quando penso nesses últimos anos, não consigo imaginar o quanto as coisas seriam piores se você não existisse.

Scarlet enrubesceu, ficou da cor do próprio nome. Ela fez um sinal positivo e foi embora.

O resto da semana passou muito rápido, com visita de quase todos e planos para a minha fuga.

Na quinta, Simon Green e eu deixamos tudo combinado. Eu teria alta no domingo de manhã. Sábado à noite, comecinho da madrugada de domingo, bem depois de a última enfermeira conferir meu estado, eu sairia da cama e improvisaria uma maneira de sair do hospital. Depois, pularia a cerca que contorna Liberty Island. Ali, um barco a remo me transportaria até Ellis Island. Em Ellis Island, encontraria outro barco que me levaria a Newark Bay, onde eu pegaria um navio para a costa oeste do México. De manhã, quando as enfermeiras chegassem para me levar de volta ao dormitório do Liberty, eu já estaria longe.

Simon me deixara uma cópia da chave da algema, que enfiei debaixo do lençol. A única coisa que não tínhamos planejado era como eu passaria pelos guardas no final do corredor.

– Você conhece alguém que possa servir de distração? – perguntou Simon Green.

Com alguma resistência, pensei em Mouse e sua declaração de que era capaz de fazer "coisas difíceis". Apesar de eu precisar de ajuda, não queria que ela se envolvesse em mais confusão por minha causa, mas eu não tinha muitas opções.

Mandei uma mensagem para ela, pedindo que viesse me visitar, e, naquela tarde, ela veio. Estava com um olho roxo. Perguntei o que acontecera.

Ela deu de ombros. Depois, escreveu: *Cotovelada. Rinko.*

Expliquei o que precisava. Ela concordou. Depois, fez mais gestos afirmativos de cabeça, antes de levar o lápis à folha de papel. *Vou pensar em alguma coisa. Sinto-me honrada por você ter me procurado, A.*

– Depois que eu tiver ido embora, certamente descobrirão que me ajudou. Você sabe que isso significa que não vai mais sair em novembro, certo?

Sei. Não importa. Não tenho para onde ir. Melhor ter amigos daqui a um ano ou dois do que não ter nenhum, nem casa ou dinheiro em novembro.

– Sinto-me uma egoísta pedindo para você me ajudar – falei. – Fazendo com que fique mais tempo aqui, quando estou tentando evitar exatamente isso.

Mouse deu de ombros novamente.

Nossas situações são diferentes. Eu sou criminosa. Você é famosa. Além do mais, eles são estúpidos e talvez nem descubram. E, de qualquer forma, você vai ficar me devendo. Aposto em você, se você apostar em mim. Por volta de duas da manhã, certo?

– Isso. Pode procurar meu advogado, Simon Green, quando sair daqui. Ele vai ajudar você no que precisar.

Ela fez um sinal de ok.

– Obrigada, Kate – falei.

Ela fez um cumprimento de cabeça e saiu do quarto. Ninguém a vira entrar, ninguém a vira sair. Eu me perguntei se poderia contar com uma garota tão silenciosa para distrair alguém.

Sábado de manhã, Natty e Imogen foram me visitar. Elas não sabiam dos meus planos, então tentei manter o humor leve. Abracei Natty com mais força do que de costume. Afinal, quando a veria novamente?

Eu e Simon Green havíamos decidido que eu não deveria receber visitas durante a tarde. Eu precisava descansar para enfrentar a longa noite que tinha pela frente.

Ainda assim, não consegui dormir. Estava ansiosa e não conseguia nem mesmo andar para me acalmar. Comecei a desejar não ter impedido que as pessoas me visitassem.

Olhei para o relógio. Cinco da tarde. De qualquer maneira, as visitas não eram permitidas depois das seis.

Fechei os olhos.

Estava meio dormindo, quando alguém entrou no quarto.

Virei na cama. Um garoto alto, de cabelo louro cheio de *dreads* e óculos de armação preta. Não o reconheci até que ele falasse:

– Annie – disse Win.

– Você está ridículo – respondi, mas não pude evitar um sorriso. – Cadê a sua bengala?

Ele veio na minha direção, eu me esforcei para sentar na cama e toquei na peruca dele.

– Não queria que ninguém descobrisse que eu era.

– Você não queria piorar as coisas pro seu pai.

– Eu não queria piorar as coisas para você! – Ele baixou a voz. – Meu pai disse que você seria transferida do hospital amanhã. Que, já que eu insistia em ver você, hoje era o melhor dia. E que, já que eu precisava agir de maneira tão tola, que pelo menos usasse um disfarce. Por isso a peruca.

Balancei a cabeça e me perguntei quantos planos meus Charles Delacroix desvendara.

– E por que ele faria isso?

– Meu pai é um mistério.

Ele puxou um banquinho até a cama. Esfregou o quadril.

– Foi Arsley quem tirou a foto.

– Eu sei – disse Win, baixando a cabeça. – Eu não devia ter feito aquilo. Segurado a sua mão. Não num lugar público.

Ao dizer isso, ele afagou a pontinha dos meus dedos.

– Você não poderia saber o que ia acontecer.

– Eu sabia, Annie. Sabia. Já tinha sido avisado. Pelo meu pai. Pelo diretor da campanha. Por Alison Wheeler. Até por você. Mas não quis saber.

– Como assim, por Alison Wheeler?

Win me encarou.

– Anya, você não adivinhou ainda?

Balancei a cabeça negativamente.

– Fui eu que pedi para Alison ir falar com você na biblioteca.

– E por que ela faria isso?

– Bem, ela não queria, mas sabia que eu queria estar perto de você. E convenci Alison de que o almoço seria sempre um bom momento, porque ela, Scarlet e Arsley também estariam lá.

Eu ainda estava confusa.

– E por que a sua namorada faria isso?

– Anya! Não me diga que você não desconfiou!

– Desconfiar de quê?

— Alison é minha amiga, mas ela também trabalha na campanha do meu pai. Perguntaram se ela se passaria por minha namorada durante a campanha, para que parecesse que eu tinha deixado meu relacionamento com Anya Balanchine, *você*, para trás. Era julho, nós dois não estávamos juntos, e, apesar de tudo, eu queria ajudar meu pai. Como eu poderia dizer não? Ele é meu pai, Anya. Eu amo meu pai. Como amo você.

Se Anya Balanchine – *eu* – não estivesse algemada à cama, ela teria saído correndo do quarto. Senti que meu cérebro ia explodir e meu coração também. Ele passou a mão por cima da grade da cama e secou meu rosto com a manga da camisa. Acho que eu estava chorando.

— Você realmente não desconfiou?

Balancei negativamente a cabeça. Minha garganta estava inútil, com um nó.

— Achei que você estivesse cansado de mim – disse, com a voz tão ininteligível quanto a do meu tio Yuri.

— Annie – disse ele. – Annie, isso nunca vai acontecer.

— A gente vai ficar sem se ver por um bom tempo – sussurrei.

— Eu sei – respondeu ele, também sussurrando. – Meu pai me disse que esse talvez fosse o caso.

— Talvez anos.

— Eu espero.

— Não quero que você faça isso – falei.

— Nunca existiu ninguém para mim, além de você.

Ele olhou por cima do ombro, para ver se alguém nos vigiava. Inclinou o tronco sobre a cama e segurou minha cabeça.

— Eu amo seu cabelo – disse.

– Vou cortar.

Simon Green e eu pensamos que eu ficaria menos reconhecível durante a viagem sem minha juba. Uma tesoura estava à minha espera em Ellis Island.

– É uma pena. Fico feliz por não ver isso.

Ele me puxou mais para perto e me beijou, e, apesar de provavelmente estar desafiando a minha sorte, beijei-o de volta.

– Como eu posso ficar em contato com você? – perguntou.

Pensei sobre o assunto. E-mail não era seguro. Eu não podia dar o endereço da fazenda de cacau para ele, mesmo que eu soubesse. Talvez Yuji Ono pudesse entregar uma carta para mim.

– Daqui a um ou dois meses, você procura Simon Green. Ele vai saber como chegar a mim. Mas não vá atrás do dr. Kipling.

Win fez um gesto afirmativo.

– Você vai me escrever?

– Vou tentar – respondi.

Ele colocou a mão no meu coração.

– No noticiário estavam dizendo que ele quase parou.

– Algumas vezes desejei que tivesse parado.

Win balançou a cabeça.

– Não diga isso.

– De todos os namorados no mundo, você é o menos apropriado para mim.

– Digo o mesmo. Única *namorada*, quero dizer.

Ele apoiou a cabeça no meu peito e ficamos em silêncio até acabar o horário de visita.

Enquanto caminhava até a porta, Win ajeitou a peruca ridícula.

– Se você conhecer alguém, eu vou entender – falei. Tínhamos dezessete anos, pelo amor de Deus, e nosso futuro era incerto. – Não devemos fazer promessas difíceis demais de cumprir.

– Você realmente acredita nisso?

– Estou tentando – respondi.

– Existe alguma coisa que eu possa fazer por você? – perguntou.

Pensei.

– Talvez dar uma olhadinha em Natty de vez em quando. Ela adora você, e eu sei que vai se sentir só sem mim.

– Eu posso fazer isso.

E então ele foi embora.

Tudo o que me restava era esperar.

Por volta de dez para as duas da madrugada, ouvi enfermeiras e guardas andando no corredor. Gritei para uma das enfermeiras:

– O que aconteceu?

– Briga num dos dormitórios femininos – disse ela. – Estão trazendo meia dúzia de meninas seriamente feridas. Preciso ir!

Fiz um gesto afirmativo. *Obrigada, Mouse*. Rezei para que ela não estivesse muito machucada.

Estava na hora. Tirei a chave escondida debaixo do colchão e abri as algemas. Meus punhos estavam feridos, mas não havia tempo para me preocupar com isso. Descalça e ainda com a roupa de hospital aberta nas costas, atravessei o corredor e escapuli pela saída de incêndio. Desci as escadas com as pernas ainda um pouco duras, por ter passado a semana de cama. No térreo, espiei o saguão. Uma guarda empurrava macas para o corredor. Era agora ou nunca, mas eu não sabia como chegaria à saída sem ser notada pelas guardas ou pelas meninas nas macas. De uma delas, Mouse levantou a cabeça. Estava com os dois olhos roxos, uma ferida na testa e seu nariz parecia quebrado. Com o olho menos inchado, ela me viu. Acenei. Ela fez um gesto de anuência e balbuciou algo como "Agora". Um segundo depois, gritou. Eu nunca ouvira a voz dela antes, e lá estava ela gritando por mim. Seu corpo começou a revirar e convulsionar. Os braços pareciam balançar no ar sem controle, mas do meu ponto de vista consegui entender seu propósito. Mouse se debatia para acertar as outras meninas e qualquer um que estivesse perto o suficiente.

– Essa menina está tendo uma convulsão! – gritou uma guarda.

Quando todas as atenções se voltaram para Mouse, consegui escapar sem ser vista por ninguém.

Corri para fora com os pés descalços. Era fim de outubro e talvez estivesse fazendo doze graus ao ar livre, mas mal reparei no frio. Simon Green prometera subornar a guarda do portão, mas, por precaução, me dera uma seringa com uma dose de tranquilizante junto com a chave das algemas. Esperei não precisar usá-la, mas, se fosse necessário, sabia que deveria espetá-la no pescoço.

Atravessei correndo o pátio gramado, tentando não gemer a cada espetada que sentia nos pés.

Finalmente, cheguei à entrada de paralelepípedos que levava ao portão. Alguém o deixara escancarado. Olhei para a cabine da guarda. Ninguém. Talvez a propina de Simon tivesse dado resultado ou talvez a guarda tivesse simplesmente sido chamada ao dormitório feminino.

Eu estava quase chegando à beira do mar quando uma voz gritou meu nome.

– Anya Balanchine!

Voltei-me. Era a sra. Cobrawick.

– Anya Balanchine, pare!

Fiquei na dúvida se voltava correndo e tentava usar o tranquilizante nela ou se seguia em frente. Percorri o litoral com os olhos. O barco que me levaria a Ellis Island não estava lá ainda, e devo confessar que a ideia de dopar aquela mulher me pareceu atraente.

Olhei para trás. A sra. Cobrawick estava correndo atrás de mim. Ouvi o gatilho de uma arma.

– Pare!

Seu revólver venceria minha seringa.

Comecei a correr em direção à água.

– Você vai se afogar! – gritou a sra. Cobrawick. – Vai congelar e morrer! Vai se perder! Anya, não vale a pena! Você acha que está em situação desesperadora, mas tudo isso pode ser conversado.

Eu conseguia ver as luzes de Ellis Island. Sabia que estava a menos de um quilômetro de distância, e, tendo vivido numa época de extrema restrição de água, eu não era a mais experiente das nadadoras. Mas sabia o bastante para entender que um quilômetro e meio dentro d'água seria como quinze em terra firme. Mas que alternativa eu tinha? Era agora ou nunca.

Mergulhei.

Logo antes de minha cabeça encontrar a água, pensei ter ouvido a sra. Cobrawick me desejar boa sorte.

O mar estava gelado. Senti meus pulmões se contraírem.

Minha roupa de paciente ficava subindo à tona e eu sentia como se ela estivesse me afogando. Tirei-a. Vestindo nada além de calcinha e sutiã, comecei a nadar na escuridão.

Tentei me lembrar de tudo o que ouvira e lera sobre natação. Respirar era importante. Manter o pulmão livre de água também. Nadar em linha reta. Nada mais me vinha à cabeça. Meu pai nunca me dissera nada sobre natação? Falara sobre todos os outros assuntos do mundo.

Ignorei o frio.

Ignorei meus pulmões e meu coração.

Ignorei meus membros doloridos.

E nadei.

Respire, Anya. Vá em linha reta. Eu ficava repetindo essas coisas para mim mesma enquanto batia braços e pernas.

Já tinha percorrido quase três quartos do caminho para Ellis Island e estava exausta, quando a voz do meu pai surgiu dentro da minha cabeça. Não sei se foi algo que ele realmente disse para mim ou se eu estava simplesmente ficando maluca. O que a voz disse foi:

– Se alguém jogar você dentro de uma piscina, Anya, a única coisa a fazer é tentar não se afogar.

Nade.
Respire.
Não se afogue.
Respire.
Não se afogue.

E, depois do que me pareceu uma hora, cheguei lá.

Tossi quando atingi as pedras. Mas eu tinha que seguir adiante. Naquele momento, eu sabia que provavelmente estava atrasada e não podia perder meu segundo barco. Usei os braços para escalar o rochedo. Sentia os arranhões e cortes nos braços, nas pernas e na barriga, mas, de alguma maneira, eu consegui.

Quando tentei ficar de pé, minhas pernas estavam moles e inúteis. Eu tinha uma sensação estranha, de enjoo. Mas estava viva. Corri pela costa até encontrar o barco que me levaria – uma traineira com o nome Pluma Marinha escrito na lateral.

O marinheiro desviou os olhos ao me ver parcialmente nua.

– Desculpe, senhorita. Na sacola tem roupas para você. Mas não imaginei que fosse chegar nua.

Ele ligou o motor do barco e fomos em direção a Nova Jersey.

– Fiquei com medo de não nos encontrarmos – disse ele. – Eu estava prestes a ir embora.

Na sacola de lona que fora providenciada para mim, encontrei roupas de homem – uma camisa social, um boné, calça comprida cinza com suspensórios e um casaco grosso. Depois vi um pedaço grande de gaze, um par de óculos redondos, uma identidade falsa em nome de Adam Barnum, algum dinheiro, um bigode, cola, e, finalmente, uma tesoura. Vesti a roupa primeiro. Fiz um coque e vesti o boné por cima. Não parecia estar dando certo. Perguntei ao marinheiro se ele tinha algum espelho. Ele apontou em direção à cabine. Desci até lá, levando comigo a tesoura, o bigode e a cola.

A iluminação da cabine consistia de uma simples lâmpada, e o espelho tinha só uns quinze centímetros de diâmetro, além de estar todo manchado pela maresia. Fosse como fosse, teria que funcionar. Apliquei a cola acima do lábio superior e colei o bigode. Parecia menos eu mesma, mas ainda dava para ver que o disfarce não estava convincente. O cabelo teria que ir embora.

Coloquei a sacola esticada no chão, para recolher as mechas. Eu quase nunca cortava o cabelo, e certamente nunca o fizera eu mesma. Pensei nas mãos de Win na minha cabeça, mas só por um segundo. Não havia tempo para sentimentalismos. Peguei a tesoura e, em menos de três minutos, tudo o que me sobrava era um centímetro de cabelo cacheado. Minha cabeça e meu pescoço pareciam nus e gelados. Olhei para mim mesma no espelho. Minha cabeça parecia muito redonda e meus olhos, grandes demais, e, no mínimo, eu estava com aparência mais jovem. Coloquei novamente o boné. Aquilo, sim, parecia ser a chave do disfarce.

Com aquele chapéu, eu não parecia Anya Balanchine. E, espremendo os olhos, dava até para perceber a semelhança com meu irmão.

Experimentei os óculos. Melhor.

Afastei um pouco o corpo, tentando ver mais do meu reflexo no espelho pequeno.

A roupa estava masculina o suficiente, mas alguma coisa estava errada.

Ah, peitos.

Desabotoei a camisa para poder enrolar a gaze sobre os seios – a bandagem pinicava onde as pedras haviam lacerado minha pele – e abotoei novamente a blusa.

Estudei minha aparência.

O efeito não era horrível, mas me perturbou. Talvez eu fosse boba, mas passara a maior parte da vida sendo alguém que as pessoas achavam bonita. Eu não era mais "bonita". Nem mesmo bonito. Estava entre feia e comum. Pensei que passaria por – como era mesmo meu novo nome? – Adam Barnum.

Questionei se manteria essa identidade o tempo todo no México ou se só durante o processo da fuga. Suspeitava que o disfarce funcionaria melhor se não me olhassem muito atentamente e de muito perto.

Subi novamente para o deque. Joguei o cabelo cortado no mar.

Quando me viu, o marinheiro se assustou. Pegou um revólver.

– Capitão, não atire. Sou eu.

– Jesus, eu não a reconheci! Você era tão bonitinha dez minutos atrás, e agora está reta feito uma prancha.

– Obrigada – respondi.

Cruzei os braços sobre o peito.

Na Baía de Newark, vi centenas de navios de carga e barcos.

Por um segundo, o cansaço já instalado, me desesperei, com medo de não conseguir discernir qual o navio certo. Mas então me lembrei das instruções de Simon Green – fila três, navio de carga onze – e, rapidamente, encontrei a embarcação que deveria me levar a Porto Escondido, Oaxaca, na costa oeste do México.

Eu e Simon Green havíamos optado por aquele navio por três razões: (1) as autoridades, caso se dessem o trabalho de me procurar, provavelmente iriam a aeroportos, estações de trem, até mesmo navios de passeio; (2) minha família tinha muitos contatos com exportadores, o que fazia com que fosse mais fácil encontrar um navio que me acolhesse; e (3) a segurança era conhecidamente falha em navios de carga – mantive a cabeça baixa e não me pediram nem mesmo a identidade de Adam Barnum.

O único problema do nosso plano era que os passageiros de um navio de carga eram, basicamente, cargas. O imediato, que era uma mulher, me indicou um quarto, montado num contêiner aberto, enferrujado, onde vi uma cama, um balde, uma caixa de frutas de aparência passada – ainda assim, frutas! – e sem janela.

– Não tem nenhum luxo – disse ela.

Entrei no quarto. Parecia um pouco mais confortável que a solitária do Liberty.

A mulher me olhou com suspeita.

– Você não tem bagagem?

Falei com voz mais grave, tentando o que imaginava ser um registro mais masculino, e informei a ela que minhas coisas haviam sido enviadas antes de mim. O que não acontecera, diga-se de passagem. Eu era uma pessoa sem um único pertence.

– O que o senhor vai fazer no México, sr. Barnum?

– Sou estudante naturalista. Existem mais espécies de flora em Oaxaca do que em qualquer outro lugar no mundo. – Pelo menos foi o que me disse Simon Green.

Ela concordou.

– Na verdade, este navio não pode aportar em Puerto Escondido – disse ela. – Mas vou pedir que o capitão ancore, e alguém da minha tripulação levará você num bote a remo.

– Obrigado – respondi.

– A viagem até Oaxaca tem aproximadamente três mil e quatrocentas milhas náuticas, e, presumindo uma velocidade de quatorze nós, devemos chegar lá em mais ou menos dez dias. Espero que você não enjoe no mar.

Nunca estivera numa viagem longa de barco, então ainda não sabia se tinha tendência a enjoar.

– Partiremos em quarenta e cinco minutos. Aqui é muito tedioso, sr. Barnum. Se quiser vir jogar cartas conosco, jogamos buraco na cabine do comandante todas as noites.

Como vocês devem imaginar, eu não sabia as regras do buraco, mas disse a ela que tentaria jogar.

Assim que ela saiu, fechei a porta do contêiner e deitei na cama. Apesar de estar exausta, não consegui dormir. Continuava à espera de sirenes que significariam que fora descoberta e seria levada de volta ao Liberty.

Finalmente, ouvi o apito do navio. Estávamos partindo! Deitei minha cabeça tosada no saco fino de penas que um dia deve ter sido um travesseiro e adormeci rapidamente.

VI. no mar, fico amiga do balde; desejo minha própria morte

Durante os dez dias da viagem, não tive a oportunidade de jogar buraco nem qualquer outro jogo, a não ser o que chamei de Corrida do Contêiner para o Balde. (*Sim, eu enjoei, não vejo motivo para importunar vocês com detalhes, mas vou mencionar que uma vez vomitei tanto que meu bigode voou longe.*)

Esse problema também não me deixou dormir muito profundamente, mas com certeza tive alucinações ou, imagino, sonhei acordada. Uma das minhas visões envolvia um concurso natalino no Holy Trinity. Scarlet foi a vencedora, é claro. Estava vestida de Virgem Maria e segurava um bebê com o rosto de Gable Arsley. Win estava do seu lado, era supostamente José, mas não tenho certeza. Estava novamente usando chapéu e, em vez de bengala, apoiava-se num cajado. De um lado dele estava Natty, segurando uma caixa de Balanchine Special Dark, e, ao seu lado, Leo, com um pote de café e um leão na coleira. De alguma forma, eu era o leão. Eu sabia disso, porque usava uma juba. Natty me acariciou entre as orelhas, depois me ofereceu um pedaço de chocolate.

– Coma um – disse ela.

Comi e, um segundo depois, estava acordada e correndo novamente para meu querido balde. Já não fazia ideia do que estava vomitando àquela altura – não comia quase nada havia dias. Meus músculos abdominais doíam e minha garganta estava totalmente arranhada. Foi sorte ter cortado todo o cabelo, porque não havia ninguém para segurá-lo para trás enquanto eu vomitava. Eu era uma fugitiva sem amigos, e suspeitava não existir ninguém mais abjeto e destruído no mundo do que Anya Balanchine.

VII. começo um novo capítulo; na Granja Mañana

Dez intermináveis dias depois, chegamos a Oaxaca, onde, juntamente com um marinheiro chamado Pip, fui transferida para uma despensa pequena.

Quando nos aproximamos do litoral, meu enjoo marítimo começou a desaparecer e foi substituído por uma saudade imensa de casa, algo que jamais sentira. Não que faltassem encantos à costa de Oaxaca. Os telhados das casas eram tingidos de belos tons de laranja, rosa, turquesa e amarelo, e o oceano era mais azul e perfumado do que a água de qualquer procedência da minha cidade. Ao longe, eu podia vislumbrar o contorno das montanhas e das florestas, muito verdes, salpicadas de branco. Seriam nuvens ou névoa? Eu não sabia – esse tipo de fenômeno não era algo que nós, meninas da cidade grande, conhecêssemos bem. A temperatura estava em torno dos vinte graus, quente o bastante para que, finalmente, o frio que eu experimentara ao nadar até Ellis Island começasse a diminuir. Mesmo assim, ali não era o meu lar. Não era o lugar onde minha irmã morava ou onde minha avó e meus pais haviam morrido. Não era o lugar onde eu me apaixonara pelo garoto mais inapropriado do planeta. Não era a terra do Trinity e dos ônibus com a foto do pai do meu namorado estampada na lateral. Não era terra de revendedores de chocolates e piscinas sem água. Ninguém me conhecia ali, e eu não conhecia ninguém – ou seja, o plano do dr. Kipling e Simon Green funcionara! Talvez tivesse funcionado até bem demais. Eu poderia ter morrido naquele barco, e ninguém se importaria. Eu seria um cadáver misterioso com um corte de cabelo ruim. Talvez, em algum momento, um guarda local tivesse a ideia de usar a tatuagem no meu tornozelo para me identificar. Mas essa era a única coisa que identificava a mim, aquele corpo, como Ana Balanchine. Aquela tatuagem terrível era a única coisa que me separava do total esquecimento.

Quis chorar, mas temi parecer pouco masculina ao marinheiro. Apesar de ainda não ter me visto num espelho, eu pressentia que meu aspecto era horrível. Dava para ver (e cheirar) os restos de vômito seco grudados na minha única muda de roupa. Preferi nem considerar o meu cabelo. Senti meu pobre bigode querendo escorregar do meu rosto. Descartaria aquilo assim que me separasse do marinheiro. Se era para me passar por homem – eu ainda não sabia que história fora contada aos conhecidos de Sophia –, teria de ser um sem pelos faciais.

Estávamos quase no litoral quando o marinheiro me disse:
– Dizem que a árvore mais velha do mundo fica aqui.
– Ah... – respondi. – Que interessante.
– Mencionei isso porque o capitão disse que você era botânico.

Certo. Aquela mentira toda.

– Isso. Vou tentar ver essa árvore.

O marinheiro me encarou, curioso, depois fez um sinal afirmativo com a cabeça. Já havíamos chegado à praia de Puerto Escondido, e fiquei feliz de sair daquele barco; aliás, de barcos em geral.

– Alguém vem encontrar você? – perguntou o marinheiro.

Fiz que sim. Eu deveria encontrar uma prima de Sophia, chamada Theobroma Marquez, no hotel Camino, supostamente numa área comercial da cidade chamada El Adoquim. Eu não tinha certeza de como pronunciar nada daquilo, é claro.

Agradeci pela companhia.

– De nada. Quer um conselho?

– Quero – respondi.

– Mantenha as mãos nos bolsos – disse ele.

– Por quê?

– Mãos masculinas não são assim.

Bem, as deste aqui são, fiquei com vontade de dizer. Ou melhor, e se eu realmente fosse homem? O que ele tinha a ver com isso? Senti-me ultrajada em nome do estudante de botânica ligeiramente efeminado, Adam Barnum.

– Para que lado fica El Adoquin? – perguntei com a voz mais imperiosa que pude.

– É logo ali. El Adoquin é paralela a Playa Principal.

Ele apontou numa direção, depois se afastou. Assim que me deixou, arranquei o bigode e enfiei minhas mãos incriminadoramente femininas nos bolsos.

Andei em direção à praça da cidade. Minha roupa era pesada, apropriada para o outono em Nova York, e comecei a me sentir tonta com a umidade. O fato de não ter comido nada além de uma maçã passada em vários dias talvez também tivesse contribuído para que me sentisse zonza. Meu estômago estava ácido e vazio, minha cabeça latejava.

Era uma manhã de quarta-feira, e, apesar da minha aparência descabelada, ninguém prestou muita atenção em mim.

Um velório em procissão cruzou a rua. O caixão estava coberto de rosas vermelhas, e uma marionete de caveira, controlada por palitinhos, estava suspensa no ar. As mulheres usavam vestidos rendados pretos até os tornozelos. Os lamentos de um acordeão podiam ser ouvidos, e todos cantavam uma música dissonante que parecia uma choradeira.

Fiz o sinal da cruz e continuei andando. Passei por, entre outras coisas, uma loja de chocolate! Nunca vira uma a céu aberto. Na vitrine, chocolates e bombons embrulhados. A parte de fora da loja tinha portas e janelas de mogno e, lá dentro, banquinhos vermelhos e um bar. Lógico, fazia sentido. O chocolate era legal ali. Olhando a vitrine, me deparei com minha própria imagem refletida. Enterrei mais ainda o boné na cabeça e continuei procurando o hotel.

Logo identifiquei o Hotel Camino, que era o único da área, e entrei. Àquela altura, imaginava que, se não pudesse me sentar, desmaiaria. Entrei no bar do hotel e olhei em volta, tentando localizar Theobroma Marquez. Procurava uma moça que se parecesse com Sophia, apesar de, fora sua altura, mal me lembrar dela. O bartender ainda não estava trabalhando. A única pessoa por ali era um garoto mais ou menos da minha idade.

– *Buenos días* – disse ele para mim.

Eu realmente estava prestes a desmaiar – muito vitoriano da minha parte, eu sei –, então sentei a uma das mesas. Tirei o boné e passei as mãos no cabelo.

Percebi que o menino me encarava. Fiquei encabulada e voltei a colocar o boné.

O garoto se aproximou. Sorria, e me senti uma grande piada.

– Anya Barnum?

Isso esclarecia tudo. Fiquei aliviada ao saber que eu era uma menina, mas não uma Balanchine. Parecia um bom meio-termo. Ele me ofereceu a mão.

– Theobroma Marquez, mas todo mundo me chama de Theo.

A pronúncia do nome era Tẽo. Também fiquei aliviada ao saber que ele falava inglês.

– Theo – repeti. Apesar de baixinho, Theo parecia forte. Tinha olhos tão castanhos que eram quase pretos, e os cílios negros pareciam de cavalo. Os pontinhos escuros no rosto indicavam a barba e o bigode nascentes. Era um sacrilégio dizer, mas ele me pareceu um Jesus espanhol.

– *Lo siento, lo siento*. Não reconheci você imediatamente – disse ele. – Me falaram que era bonita.

Ele riu ao dizer isso, mas não de maneira perversa, e não me senti ofendida por ter acabado de ser chamada de feia.

– Me disseram que você era uma menina – respondi.

Theo riu disso, também.

– Esse meu nome *estúpido*. Mas é nome de família, então, que posso fazer? Está com fome? A estrada até Chiapas é longa.

– Chiapas? Achei que ia ficar numa fazenda de cacau em Oaxaca.

– Não se pode cultivar cacau no estado de Oaxaca, Anya Barnum – disse Theo em tom paciente, que indicava estar lidando com alguém que ele considerava absolutamente ignorante. – A Granja Mañana fica em Ixtapa, Chiapas. Minha família tem fábricas de chocolate em Oaxaca, por isso vim buscar você hoje.

Oaxaca ou Chiapas. Não fazia diferença, acho.

– Então, está ou não com fome?

Balancei a cabeça negativamente. Estava com fome, mas também ansiosa para conhecer o lugar para onde ia. Disse que precisava ir ao banheiro, depois podíamos seguir viagem.

No banheiro, parei para me olhar no espelho por um momento. Theo estava certo. Eu não era mais bonita, mas, por sorte, também não era horrenda. Além do mais, eu tinha um namorado, mais ou menos isso, e não estava no clima para seduzir ninguém, de qualquer forma. Lavei o rosto, dando atenção especial aos resíduos melados que a cola do bigode haviam deixado no meu lábio superior, e ajeitei o cabelo. (*Leitores, como eu sentia falta da minha juba!*) Joguei a gravatinha no lixo, arregacei as mangas da camisa e fui encontrar Theo novamente.

Ele me encarou.

– Você já está menos horrorosa.

– Obrigada. É a coisa mais gentil que alguém já me disse.

– Vamos, o carro está logo ali.

Segui-o para fora do bar.

– Onde estão suas coisas?

Respondi a mesma mentira de antes, que tudo havia sido enviado antes.

– Não tem problema. Minha irmã empresta o que você precisar.

O "carro" do Theo era uma picape verde. Na lateral, havia um adesivo onde estava escrito Granja Mañana em dourado, e, debaixo das letras, um amontoado de coisas que supus serem folhinhas em tons outonais.

Como o degrau da picape era alto, Theo me ofereceu a mão.

– Anya – disse ele, com a testa franzida –, não diga para minha irmã que falei que você não era bonita. Ela já me acha mal-educado. Provavelmente sou, mas...

Ele sorriu para mim. Suspeitei que aquele sorriso o ajudava a entrar e sair de muitas confusões.

Saímos da cidade de Puerto Escondido e entramos num trecho de estrada cercado por uma parede de florestas e montanhas verdes de um lado e o mar do outro.

– Então você é amiga da minha prima Sophia? – perguntou ele.

Fiz sinal afirmativo.

– E está aqui para estudar o cultivo do cacau?

Fiz mais um gesto afirmativo.

– Você tem muito o que aprender.

Ele provavelmente estava pensando na gafe aparentemente enorme que cometi, achando que se plantava cacau em Oaxaca.

Theo me olhou de esguelha.

– Você é americana. Sua família trabalha com chocolate?

Fiz uma pausa.

– Não exatamente – menti.

– Só estou perguntando porque muitos dos amigos da Sophia trabalham com chocolate.

Eu não sabia se Theo e os Marquez eram confiáveis. Antes de deixar Nova York, Simon Green me dissera que acharia melhor se eu mantivesse minha história em segredo. O máximo possível, pelo menos. Por sorte, Theo não insistiu no assunto.

– Quantos anos você tem? – perguntou. – Você parece ser bem novinha.

Era o cabelo. Menti novamente.

– Dezenove.

Eu decidira que seria melhor para mim não ter dezessete anos, e dizer que tinha dezoito me soava mais falso de alguma forma.

– Somos da mesma idade – informou Theo. – Faço vinte em janeiro. Sou o bebê da família, e é por isso que sou tão mimado. As circunstâncias me transformaram num cachorrinho de colo.

– Quem mais mora lá?

– Minha irmã, Luna. Ela tem vinte e três e é muito intrometida. Tipo, para mim, você pode dizer: "ah, Theo, minha família não trabalha exatamente com chocolate." Eu não vou pressionar. Assunto seu é assunto seu. Mas, com ela, é bom ter uma resposta melhor, só para você saber. E tem também meu irmão, Castillo. Ele tem vinte e nove. Está em casa no final de semana, mas normalmente fica fora, estudando para ser padre. Ele é muito sério, você não vai gostar dele.

Ri.

– Eu gosto de gente séria.

– Não, estou brincando. Todo mundo se apaixona pelo Castillo. Ele é lindo e o favorito de todos. Mas você não deve gostar mais dele do que de mim, só porque eu não sou sério.

– Eu provavelmente vou gostar mais dele do que de você, se ele não disser que sou feia no primeiro minuto – respondi.

– Pensei que você já tivesse superado isso. Eu já expliquei! Pedi desculpa!

– Foi?

– Na minha cabeça, *sí, sí*. Meu inglês não é tão bom assim. *Lo siento!*

O inglês dele me parecia ótimo. Decidi que Theo era adorável e horrível ao mesmo tempo e que a maior parte do que dizia era bobagem. Ele manobrou a picape e entrou numa outra estrada, que subia a montanha e nos afastava do oceano. Continuou:

– Tenho outra irmã, Isabelle, que é casada e mora na cidade do México. E tem a Mama, a Abuela e a Nana. Mama dirige os negócios. Abuela e Nana conhecem todas as receitas secretas e são as cozinheiras. Vão achar você muito magra.

Fiquei triste com a menção do nome Nana.

– Abuela é sua avó, certo? Então, quem é sua nana?

– Minha *bisabuela* – respondeu ele. – Bisavó. Ela tem noventa e cinco anos e é supersaudável. Nasceu na década de 1980!

– As pessoas vivem muito na sua família – comentei.

– As mulheres, *sí*. São fortes. Os homens nem tanto. Nós temos o coração fraco.

No acostamento, uma mulher empurrava um carrinho cheio de frutas amarelas que pareciam maçãs enormes. Theo encostou a picape.

– Desculpa, Anya. A casa não é muito longe, mas eu sei que ela tem dor nas costas quando chove. Volto em menos de dez minutos. Não saia por aí sem mim.

Theo saltou do carro e correu até a mulher. Ela o beijou no rosto e ele começou a empurrar o carrinho, até que desapareceu com ela por uma entradinha na mata.

Theo voltou ao carro com um pedaço de fruta em cada mão.

– Para você – disse ele, colocando uma delas na minha mão. – *Maracuyá*. Maracujá.

– Obrigada – respondi. Nunca comera nem vira um maracujá antes.

Theo ligou o carro.

– Você tem um grande amor, Anya Barnum?

– Não entendi o que você quis dizer.

– Um grande amor! Uma paixão!

– Você está falando de um namorado? – perguntei.

– *Sí*, um namorado, se você prefere essa palavra sem graça. Alguém por quem você chora e que chora por você, lá na sua cidade?

Pensei sobre a pergunta.

– Conta se for um romance sem esperança?

Ele sorriu para mim.

– Principalmente se for um romance sem esperança. A mulher que eu ajudei, por exemplo. Ela é *abuela* da garota que eu amo. Infelizmente, ela disse que nunca vai poder corresponder o meu amor. Mesmo assim, eu paro para ajudar a avó dela. Você consegue explicar isso?

Eu não podia.

– Você consegue imaginar que tipo de garota é tão sem coração que resiste a alguém charmoso como eu?

Ri dele.

– Com certeza existe uma história aí.

– Ah, sim, e muito trágica. Por que todo mundo ama histórias de amor? E as histórias sobre a ausência de amor? Elas não são muito mais comuns?

Do lado de fora da minha janela, vi uma grande estrutura rochosa.

– O que é aquilo?

– Ruínas maias. Tem umas melhores ainda em Chiapas, na fronteira guatemalteca. Meus ancestrais são maias, sabia?

– Theobroma? Então, esse é um nome maia?

Theo riu de mim.

– Você tem muito o que aprender, *señorita* Barnum.

A estrada era acidentada, e eu estava começando a ficar enjoada. Encostei a cabeça na janela, fechei os olhos e, rapidamente, peguei no sono.

Acordei com o mugido de uma cabra e Theo sacudindo meu braço.

– Vamos. Preciso saltar e empurrar o carro. Vou deixar em ponto morto e você segura a direção.

Olhei pela janela. Começara a chover, e a chuva fizera com que a lama tomasse parte da estrada.

– Você sabe dirigir, não sabe?

– Na verdade, não – admiti. Eu era uma garota da cidade, o que significava dizer que era versada em horários de ônibus e caminhadas.

– Não tem problema. Basta tentar se manter no meio da estrada.

Theo empurrou a picape, e eu tentei manter a direção, com um pouquinho de dificuldade no começo, mas depois peguei o jeito. Uns vinte minutos depois, estávamos de volta à estrada. Acho que foi minha primeira aula sobre o cultivo do cacau. Tudo demorava mais do que se imaginava.

Enquanto seguíamos subindo a montanha, escurecia e a floresta ficava cada vez mais densa. Eu nunca tinha ido a um lugar tão úmido e tão verde. Não resisti e disse isso ao Theo.

– É, Anya – disse ele, num tom que depois descobri ser seu "tom paciente". – É assim mesmo quando se vive num lugar de clima tropical.

Chegamos a um portão de metal com uma placa onde estava escrito: MAÑANA. Um segundo portão foi aberto, e passamos por ele. Nele estava escrito GRANJA.

Atravessamos uma longa estrada de terra.

– Esta aqui é a fazenda – explicou Theo.

As árvores eram umas duas vezes mais altas do que os trabalhadores que cuidavam delas. Para tratá-las, eles usavam uns facões de mais de trinta centímetros.

– Eles estão podando as árvores – informou Theo.

– Como é o nome dessa ferramenta que eles estão usando? – perguntei.

– Machado.

– Eu achava que isso era usado para matar gente – falei.

– *Sí*, já ouvi dizer que isso acontece também.

Finalmente, Theo parou o carro em frente à sede da Granja Mañana.

– *Mi casa* – disse Theo.

A *casa* de Theo era grande como um pequeno hotel. Tinha dois andares, a fachada era de um amarelo desbotado e havia molduras em pedra cinza nos arcos e janelas. A varanda tinha o piso de azulejos azuis. No segundo andar, havia uma série de varandas de pedra, e o telhado era coberto por telhas avermelhadas. A casa era indiscutivelmente enorme, mas não me pareceu fria.

Quando saltei do carro, a mãe de Theo estava nos esperando na varanda. Vestia blusa azul, um colar de coral e saia cáqui, e seus cabelos castanhos iam além da cintura. Ela disse algo em espanhol para Theo e depois o abraçou como se não o visse há semanas. (Na verdade, não o via há apenas um dia.)

– Mama, essa é Anya Barnum – apresentou-me Theo.

A mãe de Theo me abraçou.

– Bem-vinda – disse ela. – Bem-vinda, Anya. Você é a amiga da minha sobrinha Sophia, que veio aprender sobre cultivo de cacau?

– Exatamente. Obrigada por me receber.

Ela me olhou, balançou a cabeça, disse alguma outra coisa em espanhol para Theo e balançou a cabeça novamente. Enlaçou meu braço com o dela e me escoltou para dentro.

O interior da casa era ainda mais colorido que o lado de fora. Toda a mobília era de madeira escura, mas as paredes, as almofadas e os tapetes tinham as cores do arco-íris. Sobre a lareira, ficava uma pintura quase infantil do que imaginei naquele momento ser a Virgem Maria num campo de rosas vermelhas. (Depois fiquei sabendo que essa imagem da Virgem Maria é conhecida como Nossa Senhora de Guadalupe.) Também vi muitos vasos azuis com orquídeas. (As orquídeas eram nativas do pomar. Minha avó teria adorado.) No centro do cômodo, havia uma escada em espiral de azulejos azuis e brancos como os da varanda. Era muita coisa para absorver, mas acho que era mais a umidade e o fato de eu estar tanto tempo sem comer nada que faziam com que me sentisse um pouco tonta.

– Você pode me chamar de Luz – disse a mãe de Theo.

– Luz – repeti –, estou...

Eu ganhara alguma prática com desmaios nas últimas semanas, e percebi que estava resvalando. Tentei cair na ponta de um dos sofás, para não acabar dando de cara com algum daqueles azulejos pitorescos, mas, vamos combinar, de aparência nada confortável. Comecei a cair para trás. Vi Theo correr na minha direção, mas não me alcançou a tempo. Quando eu estava prestes a cair no chão, senti os braços de alguém me segurando.

Olhei para cima. Lá estava um rosto quadrado e duro, de queixo grande e nariz largo. Os olhos eram castanho-claros e muito sérios, e a boca era um pouco severa. Ele tinha pelo suficiente no rosto para que o amontoado pudesse ser chamado de barba, e sobrancelhas bastante grossas. Sua voz era muito grave e se árvores pudessem falar soaria exatamente como a de um carvalho.

– Você se machucou? – perguntou ele, em espanhol, mas de alguma forma compreendi o que dizia.

– Não, eu só preciso deitar – respondi. – Obrigada por me segurar. Aliás, quem é você?

Ouvi um ligeiro suspiro de Theo.

– Esse é meu irmão Castillo, Anya.

Luz gritou instruções e quando me dei conta estava instalada num quarto no segundo andar.

Quando acordei na manhã seguinte, uma garota bonita de cabelo cheio como o da minha irmã estava sentada ao lado da cama. Era quase idêntica a Luz, só uns vinte anos mais nova.

– Que bom – disse ela. – Você acordou. Mama quis que ficássemos de olho, caso piorasse e precisasse ser levada para o hospital. Ela acha que você provavelmente só está subnutrida e desacostumada à umidade. Disse que vai sobreviver. Theo é um idiota. Devia ter levado você para almoçar. Nós todos demos uma bronca nele. "Que espécie de recepção foi essa?" E agora ele está se sentindo péssimo. Queria vir aqui para pedir desculpas, mas Mama é muito tradicional. Nada de meninos em quartos de meninas. Mesmo sendo todo mundo adulto. Eu tenho vinte e três.

Eu tinha imaginado que ela fosse muito mais nova.

– Você tem dezenove, não é? Parece uma menininha! Bem, voltando ao Theo. Ele nunca pensa em ninguém, a não ser nele mesmo, porque é o bebê da família e absurdamente mimado por nós. Na verdade, nem adianta brigar com ele.

Ela fez uma pausa para me oferecer a mão para que a cumprimentasse.

– Você não é feia, mas precisa de um corte de cabelo melhor.

Envergonhada, levei as mãos ao cabelo.

– Posso fazer isso mais tarde, se quiser. Tenho uma natureza bem artística e sou muito boa com as mãos.

Então duas mulheres mais velhas entraram no quarto procurando Luna. Eram parecidas, mas uma era velha e a outra, muito, muito velha. Eu me dei conta de que deviam ser a avó e a bisavó que Theo mencionara no carro. A mais velha, a bisavó de Theo, enfiou uma caneca de cerâmica na minha mão.

– Beba – disse.

Quando ela sorriu para mim, percebi que não tinha um dos dentes superiores da frente.

Peguei a caneca. A bebida era de um marrom levemente avermelhado, e a consistência lembrava cimento molhado. Eu não queria ser rude com meus anfitriões, mas aquele líquido não me parecia nada apetitoso.

– Beba, beba – repetiu a bisavó de Theo. – Você vai se sentir melhor.

As duas mulheres mais velhas e Luna me encaravam, cheias de expectativa.

Ergui a caneca, depois baixei-a.

– O que é isso? – perguntei.

Luna riu.

– É só chocolate quente.

Informei que já excedera minha quota de chocolate quente.

– Não como esse – garantiu Luna.

Tomei um gole cauteloso e depois um maior. Verdade, não se parecia com nenhum chocolate quente que eu já tivesse tomado. Era picante e nem um pouco doce. Também senti um leve gosto de canela, mas havia algo mais. Páprica, talvez? E será que eu estava detectando um sabor cítrico? Bebi o restante.

– O que tem aqui dentro? – perguntei.

Bisabuela balançou a cabeça.

– Segredo de família – respondeu.

Eu não sabia muito espanhol, mas certamente entendia de segredos de família.

Bisabuela pegou a caneca, e em seguida as avós foram embora. Sentei na cama. Já estava me sentindo melhor e disse isso para Luna.

– Foi o chocolate – disse ela. – É uma bebida saudável.

Já ouvira o chocolate ser chamado de várias coisas ao longo da vida, mas nunca de "bebida saudável".

– Minha bisavó diz que é uma antiga receita asteca. Eles davam isso e nada mais para os soldados quando iam sair em batalhas.

Depois ela me disse que, se eu tivesse interesse, devia perguntar mais à mulher mais velha ou ao Theo, que adorava todas essas lendas a respeito do chocolate.

– É lenda ou é fato? – perguntei.

– Um pouco dos dois – respondeu ela. – Vamos, Anya, coloquei umas roupas para você no armário.

Ela apontou na direção do chuveiro. Desejando ser boa hóspede, perguntei se havia alguma restrição de água. Luna fez uma careta.

– Não, Anya – disse-me ela, em tom paciente. – Nós moramos numa floresta tropical.

De tarde, Theo me levou para um tour na fazenda. Mostrou as várias estufas onde mantinham as mudas de cacau, os locais onde ficavam as caixas de madeira para fermentar os grãos maduros e o lado mais ensolarado da plantação, onde ficavam os pátios para secagem antes da venda. Finalmente, fomos ao pomar. Era bastante úmido e cheio de sombra, já que ficava localizado bem na floresta tropical. Theo me disse que o cacau requeria tanto sombra quanto umidade para se desenvolver. Obviamente, eu nunca pisara numa plantação de cacau nem vira um pé de cacau de perto. Algumas folhas eram arroxeadas, mas muitas estavam se tornando verdes.

Pequenos botões brancos com centro rosado cresciam amontoados nos galhos.

– O cacau é uma das únicas plantas que dá flor e fruto ao mesmo tempo – informou-me Theo.

Os frutos em si eram ligeiramente menores que as palmas das minhas mãos, mas o que mais me surpreendeu foi a cor. Eu sempre achara que o chocolate era marrom, mas alguns dos brotos eram avermelhados, quase roxos, outros dourados, amarelos, cor de laranja. Achei-os fantásticos. Mágicos, eu diria. Desejei que Natty pudesse vê-los, e, por uns segundos, me perguntei se não deveria arranjar uma maneira de trazê-la para que ficasse comigo. Logicamente, isso seria impossível por inúmeras razões.

– São tão lindos. – Impossível não dizer.

– São, não são? – concordou Theo. – Em menos de um mês vão estar prontos para colheita e para o processo de fermentação.

– Então, o que os fazendeiros estão fazendo hoje?

Eles carregavam os machados que eu vira no dia anterior, e, a seus pés, vi cestas de vime.

– Eles estão podando os grãos e brotos que podem estar com fungo. Esta é a ironia do cacau: ele pede muita água, mas pode ser destruído por ela. O nome do fungo é Monilia, e basta um pouquinho para infectar o pé todo, se a gente não prestar atenção.

Com ar experiente, ele examinou o arbusto mais próximo e apontou para um fruto verde-amarelado que estava com uma ponta preta e rajados brancos.

– Viu? É assim que fica o fruto quando começa a apodrecer.

Tirou seu machadinho do cinto e estendeu-o para mim.

– Corte. Vai ser mais difícil do que você imagina, Anya. O cultivo do cacau não é trabalho para mulher. Essas árvores são muito fortes.

Ele me mostrou o muque.

Informei a ele que eu não era fracote. Peguei a arma de Theo. Pareceu pesada nas minhas mãos. Levantei o machado para acertar a árvore, mas parei no meio do movimento.

– Espere. Como eu devo cortar? Não quero fazer uma bobagem.

– Tem que ser em diagonal – respondeu Theo.

Levantei o machado e acertei o galho infectado. Meu corte pareceu irregular. A árvore era realmente dura. Fazer isso o dia todo devia ser muito cansativo.

– Bom – disse Theo. Ele pegou o machado e refez o corte que eu acabara de realizar.

– Achei que você tinha dito "bom".

– Você vai chegar lá – disse ele, com um sorriso. – Estou dando uma força.

– Talvez eu devesse ter meu próprio machado, não?

Theo riu.

– Verdade. A seleção de um machado é uma coisa absolutamente pessoal.

– Por que vocês não têm máquinas que façam esse serviço? – perguntei.

– *Ay, dios mío*! O cacau é resistente a máquinas. Gosta de mãos humanas, de carinho. E precisa de olhos humanos para detectar Monilia. Detesta pesticidas. Até agora, todas as tentativas de modificar geneticamente os grãos falharam. Precisa se esforçar, senão o cacau produzido não é o melhor. É uma árvore que precisa enfrentar a morte muitas vezes. *Mi papá* costumava dizer que cultivar cacau em 2080 seria como em 1980, ou 1080 – ou seja, sempre foi impossível, sempre será impossível. Por isso se tornou ilegal na parte do mundo em que você mora, entendeu? Tenho certeza de que o cacau foi responsável pela morte prematura do meu pai. – Theo fez o sinal da cruz, depois riu. – Mas mesmo assim eu amo. Tudo o que vale a pena amar neste mundo é difícil.

Theo beijou com vontade um dos galhos.

Afastei-me dele e adentrei uma das fileiras de plantação do pomar, inspecionando todas as árvores em busca de fungos. A luz não era muita, o que tornava a tarefa difícil.

– Ali! – exclamei, quando finalmente encontrei um. – Me dê seu machado.

Theo me passou a ferramenta. Imitei os movimentos que o vira fazer, e meu corte foi, eu acho, bastante razoável.

– Melhor – disse Theo. Mas, ainda assim, refez meu corte.

Continuamos caminhando pelo pomar. Eu procurava sinais de Monilia, apontava o que via e Theo entrava com o machado. Ele era muito sério no que dizia respeito ao cacau e falou muito menos do que durante o percurso até a Granja Mañana no dia anterior. Era uma pessoa diferente na fazenda, e eu achava muito mais fácil estar com ele ali do que com o garoto que me trouxera no carro. Ficava mais escuro e úmido à medida que nos dirigíamos para o lado da plantação em que havia uma floresta tropical. Era estranho que essas árvores, essas curiosas árvores floridas, fossem a fonte de tantos problemas na minha vida, e que, ainda assim, eu nunca tivesse visto nem mesmo uma fotografia delas.

Três horas mais tarde, só havíamos coberto uma pequena parte do pomar, mas Theo disse que precisávamos voltar para jantar.

– Theo – falei –, eu não entendi uma coisa que você disse mais cedo.

– O quê?

– Você falou que o cacau passou a ser ilegal porque era difícil de cultivar.

– Isso. É verdade.

– Lá onde eu morava a gente aprende uma história diferente – contei. – A gente aprende que o cacau é ilegal porque faz mal à saúde.

Theo parou e me encarou.

– Anya, onde você ouviu essas mentiras? Cacau não faz mal à saúde! É exatamente o contrário. É bom para o coração, para os olhos, para a pressão e quase tudo o mais.

Seu rosto estava ficando vermelho, e temi tê-lo ofendido, então me retratei.

– Quero dizer, obviamente é mais complicado que isso. Também aprendemos que as grandes cadeias americanas de alimentação sofriam pressão para fazer comidas mais saudáveis; então, como concessão, todas concordaram em não produzir mais chocolate. Por conta da quantidade de calorias e das propriedades viciantes, então... bem, as pessoas, basicamente, se voltaram contra o chocolate. Achavam que era perigoso. Meu pai sempre disse que a culpa foi de uma série de envenenamentos...

Sim, meu pai dizia isso. E eu nem lembrara dessa história na época do envenenamento do Gable Arsley.

– ... E que isso levou a uma restrição ao cacau como droga, até virar uma proibição – concluí.

– Anya, até os bebês de colo sabem que a onda de envenenamentos foi provocada pelos milionários da indústria de alimentos. Eles pararam de fazer chocolate porque é difícil cultivar e transportar o cacau. Os custos estavam ficando cada vez mais altos. Foi fácil para as empresas saírem da indústria do cacau, porque isso era bom para todos. Isso teve a ver com *dinero*. Sempre tem a ver com *dinero*. Simples assim.

– Não – respondi, com suavidade.

Ainda assim, me perguntei se isso era possível. Será que o chocolate não era perigoso, nem fazia mal à saúde? Tudo o que eu aprendera na escola era uma história inventada e recheada de meias verdades? E se fosse isso mesmo, por que meu pai nunca me dissera? Ou a vovó?

Theo cortou o galho de uma árvore.

– Olhe aqui, Anya, um fruto pronto para colher.

Ele colocou-o no chão e partiu-o com o machado. Dentro, estavam umas quarenta sementes brancas organizadas em fileiras. Ele pegou uma metade e ergueu-a na palma da mão.

– Olhe aí dentro – sussurrou. – São só sementes, Anya, e, como eu e você, são criaturas de Deus. Existe coisa mais natural? Mais perfeita? – Em um movimento experiente, removeu uma simples semente com o dedo mindinho.

– Prove – disse.

Coloquei a semente na boca. Era uma noz, parecia uma amêndoa, mas bem no finalzinho dava para sentir um pouco de doce.

Todos os dias cedinho, Theo, eu e os outros trabalhadores da fazenda íamos para o pomar à procura de sinais de umidade e fungos e também de grãos prontos para colheita. O curioso em relação ao cacau é que os brotos não amadurecem ao mesmo tempo. Alguns ficam prontos mais cedo, outros demoram demais. É preciso prática para reconhecer o momento certo para o corte. O peso, o tamanho, a cor e o surgimento de veias gordas – todos esses sinais são variáveis. Tínhamos muito cuidado com as nossas ferramentas (machados para os galhos mais próximos do chão, e um gancho comprido para os mais altos), porque, de outra forma, eles podiam danificar as árvores. Nossas ferramentas eram pesadas e os troncos, delicados. Mesmo com toda a sombra, fiquei bastante bronzeada. Meu cabelo cresceu. Minhas mãos ficaram cheias de bolhas, depois se fortaleceram e ganharam calos. Eu pegara o machadinho de Luna emprestado, visto que ela não participava dessa parte do processo.

    A maior colheita aconteceu logo antes do dia de Ação de Graças, feriado que na verdade ninguém celebrava na Granja Mañana. Ainda assim, eu não consegui deixar de pensar em Leo no Japão, em minha irmã e em todo mundo de Nova York. No primeiro dia de colheita, os vizinhos apareceram com cestos, e, por quase uma semana, colhemos os frutos do cacau. Depois de colhidos e levados à parte seca da fazenda, começava a parte do amassamento. Usávamos marretas e martelos para abrir os frutos. Theo abria quase quinhentos por hora. No meu primeiro dia, acho que consegui uns dez no total.

– Você é bom nisso – falei para Theo.

Ele dispensou meu elogio.

– Tenho que ser. Está no meu sangue, e faço isso desde que me entendo por gente.

– E você acha que vai fazer isso a vida inteira? Cultivar cacau, eu quis dizer.

Theo abriu mais um fruto.

– Há muito tempo, eu achava que gostaria de ser fabricante de chocolate. Pensei que ia querer estudar essa arte fora daqui, talvez com algum mestre da Europa, mas agora isso não me parece possível.

Perguntei o motivo, e ele me disse que sua família precisava dele. O pai morrera, e os irmãos não tinham nenhum interesse por fazendas.

– Minha mãe gerencia as fábricas, e eu cuido das fazendas. Não posso deixá-los, Anya – disse, com um leve sorriso. – Deve ser legal poder ficar longe de casa. Ficar livre das obrigações e responsabilidades.

Queria dizer a ele que eu compreendia. Queria contar a verdade sobre mim, mas eu não podia.

Todo mundo tem obrigações – insisti.

– Quais são as suas obrigações? Você chegou aqui sem uma mala, sem nada. Não liga para ninguém, e ninguém liga para você. Você me parece bastante livre, e, para dizer a verdade, tenho inveja de você!

Depois de serem removidos dos frutos, os grãos eram colocados em caixas de madeira ventiladas. Folhas de bananeira eram postas sobre os grãos, que eram deixados para fermentação durante seis dias. No sétimo, levávamos os grãos fermentados para os deques de madeira, onde os espalhávamos para que tomassem sol, torrassem e secassem.

Naquele momento, a parte menos complicada para a minha cabeça, Luna assumiu o controle e liberou Theo para que ele fosse à fábrica dos Marquez em Oaxaca. De vez em quando, eu e ela tínhamos que remexer os grãos para garantir que secassem por igual. Todo o processo de secagem levou um pouco mais de uma semana, porque toda vez que chovia tínhamos que parar e cobrir os grãos novamente.

– Acho que meu irmão gosta de você – disse Luna, enquanto revirávamos os grãos.

– Castillo? – Vira-o muito pouco desde o dia em que ele me carregara nos braços, apesar de minha impressão ter sido absolutamente favorável.

– Castillo vai ser padre, Anya! Estou falando de Theo, é claro.

– Como irmã, talvez – respondi.

– Eu sou irmã dele e não acho que seja isso. Ele vive falando para Mama que você é muito boa trabalhadora e que vocês são muito parecidos. Ele diz que você tem cacau no sangue! Mama, Abuela e Bisabuela a adoram. Eu também.

Parei de revirar os grãos e encarei Luna.

– Eu honestamente não acho que Theo goste de mim, Luna. No dia em que a gente se conheceu, ele falou de uma menina por quem é apaixonado e também fez questão de deixar bem claro o quanto me achava feia.

– Ah, Theo. Meu irmão é tão adoravelmente desajeitado.

– Bem, sinceramente, eu espero que ele não goste de mim, Luna. Eu tenho um namorado em Nova York e... – Escolhi não completar a frase.

Por uns instantes Luna não disse nada e, quando resolveu falar, seu tom estava absolutamente alterado.

– Por que você nunca fala nesse namorado? E por que ele nunca liga, nunca entra em contato? Ele não pode ser tão bom namorado assim, se nunca liga, não manda mensagem.

(*Leitores, era muito comentado na Granja Mañana o fato de eu não ter um tablet.*) Obviamente, havia motivos para que Win nunca me contatasse. Eu era uma fugitiva. Mas não podia dizer isso para Luna.

– Eu não acho que você tenha um namorado. Talvez você diga isso para ser gentil. Mas não é nem um pouco gentil. Talvez, simplesmente, você ache que é melhor do que a gente! – gritou Luna. – Só porque é de Nova York.

– Não tem nada a ver com isso.

Luna apontou para mim.

– Você precisa parar de incentivar o Theo.

Garanti a ela que não estava fazendo isso.

– Você passa os dias grudada nele feito cola! Ele é um bebê, claro que entende tudo errado.

– Honestamente, eu só queria aprender sobre cacau. Foi isso que vim fazer aqui!

Eu e Luna continuamos revirando os grãos em silêncio. Ela suspirou.

– Desculpa – disse. – Ele é meu irmão e sou muito protetora.

Eu entendia disso.

– Não precisa falar para ele que eu conversei com você sobre esse assunto – disse Luna. – Não quero que fique envergonhado. Meu irmão é muito orgulhoso.

Depois que os grãos secavam, eram colocados em sacos para que Theo pudesse levá-los para as fábricas em Oaxaca. Precisava fazer várias viagens.

– Quer vir comigo? – perguntou ele, antes da última delas.

Eu queria ir com ele, mas, depois da minha conversa com Luna, não tinha certeza se devia.

– Vamos, Anya. Você deveria ver isso. Não quer saber para onde os grãos vão?

Theo me ofereceu a mão para me ajudar a entrar na picape, e, depois de uns segundos de reflexão, aceitei.

Viajamos um tempo em silêncio.

– Você está calada – acusou Theo. – Está assim desde que eu voltei da cidade.

– É que... bem... Theo, você sabe que eu tenho namorado, não sabe?

– *Sí* – disse. – Você me contou.

– Então, não quero que você fique com uma impressão errada a meu respeito.

Theo riu.

– Você está preocupada, achando que eu gosto demais de você, Anya Barnum? – Riu novamente. – Que convencida!

– Sua irmã... ela achou que você estava a fim de mim.

– Luna é muito romântica. Sempre quer me juntar com alguém, Anya. Não se pode levar a sério uma palavra que sai daquela boca ridícula. Para seu governo, não gosto nem um pouco de você. Eu a acho tão feia quanto no dia em que a gente se conheceu.

– Agora você está sendo cruel.

Meu cabelo estava maior, e eu sabia que não estava mais tão horrorosa quanto no dia da minha chegada.

– Quem está sendo cruel? E os meus sentimentos? Você mal conseguiu me encarar enquanto achava que ia ter que me dar um fora – provocou ele. – Aparentemente, somos completamente repulsivos um para o outro. – Theo estendeu o braço e passou a mão no meu cabelo. – *Ay*, Luna!

Os grãos foram descarregados na fábrica principal, em Oaxaca, onde começou o processo para que virassem chocolate.

– Vou levar você para fazer um tour – disse-me Theo.

Ele me arrastou pela fábrica, que era um lugar claro e incrivelmente moderno, se comparado à minha fazenda escura e fora do tempo. (Sim, eu começara a pensar naquela terra como minha fazenda.) Os grãos que entregamos seriam limpos hoje, Theo explicou, depois passariam o restante da semana sendo tostados, peneirados, encerados, prensados, refinados, batidos, temperados e, finalmente, curados. Havia um cômodo para cada parte do processo. No final disso tudo, sobravam os disquinhos de chocolate que pareciam um disco de hóquei, que eram a assinatura criativa dos Marquez. No final do tour, Theo me deu um disquinho de chocolate.

– Agora você já conhece toda a história de vida do cacau Theobroma, do começo ao fim.

– Theobroma? – perguntei.

– Eu disse que era um nome de família – respondeu Theo. Ele continuou explicando que recebera o nome genérico da árvore de cacau, que era um nome grego, dado por um sueco, que se inspirara nos maias e nos franceses. – Viu? O meu nome vem de todas as partes do mundo.

– É bonito...

– É um pouco feminino, você não disse isso uma vez?

– Lá onde eu moro, se descobrissem o seu nome, provavelmente pensariam que você era criminoso – falei sem pensar.

– É... muitas vezes eu me pergunto por que uma garota de um país onde o cacau é proibido e não pode ser plantado estaria tão interessada na produção e cultivo dessa substância e se mudaria para Chiapas para viver com a minha família. Como foi que você se interessou pelo cacau, Anya?

Corei. Percebi que estávamos adentrando um terreno perigoso.

– Eu... Bem, meu pai morreu, e chocolate era sua coisa favorita.

– Ok, isso faz sentido – concordou Theo. – *Sí, sí*. Mas o que você vai fazer com tudo o que aprendeu quando voltar para casa?

Casa? Quando eu voltaria para casa? A temperatura estava alta, e eu já sentia o chocolate derretendo na minha mão.

– Talvez eu me envolva no movimento pela legalização do cacau. Ou... – Queria falar de mim, mas não podia. – Ainda não decidi, Theo.

– Então, seu coração a trouxe para o México. Às vezes é assim que funciona. A gente faz coisas sem saber exatamente o motivo, só porque o coração diz que a gente deve.

Theo não poderia entender menos o que se passava comigo.

– Vamos, Anya, precisamos voltar para casa. Depois da última noite de colheita, minhas avós sempre fazem *mole*. Leva o dia todo, e é um grande acontecimento, então não podemos nos atrasar.

Perguntei o que era *mole*.

– Você nunca comeu *mole*? Agora estou com pena de você. Que privação – disse Theo.

Mole era realmente um grande acontecimento, e os fazendeiros eram convidados a compartilhar a refeição, assim como os vizinhos. Castillo até mesmo deixou o seminário e foi para casa. Deviam ser umas cinquenta pessoas amontoadas em volta da grande mesa de jantar dos Marquez. Fiquei ao lado de Luna e Castillo, já que eram os únicos que falavam inglês, fora Theo e a mãe. Depois que Castillo fez a oração de graças, o banquete começou.

Na verdade, *mole* era, basicamente, peru à moda mexicana. Apimentado, cheio de especiarias e delicioso. Comi dois pratos, depois um terceiro.

– Você gostou – disse Bisabuela, com seu sorriso faltando um dente, enquanto me servia mais uma porção.

Fiz gesto afirmativo.

– O que tem aqui dentro?

Imaginava chocar minha família servindo o prato em meio ao meu repertório de macarrão com queijo.

– *Secreto de familia* – disse ela, então falou outra coisa em espanhol, muito acima da minha ainda limitada compreensão.

Castillo explicou.

– Ela disse que contaria o que tem dentro, mas não pode. Não acredita em receitas, especialmente no caso do *mole*. Toda vez sai diferente.

– Mas – insisti –, deve ter um parâmetro. O que deixa o molho tão saboroso?

– O chocolate, é claro! Você não adivinhou que é por isso que minha avó cozinha depois da colheita?

Peru com molho de chocolate? Com certeza, eu nunca ouvira falar.

– Não se poderia servir um prato desses lá onde eu moro – disse para Castillo.

– É por isso que eu nunca quero ir para a América – respondeu ele, terminando mais um pedaço.

Ri.

– Tem molho no seu rosto – disse Castillo.

– Ah! – Peguei o guardanapo e tentei limpar os cantos da boca.

– Pode deixar que eu faço isso – disse Castillo, ao segurar meu guardanapo e mergulhar a pontinha no copo d'água. – Isso é mais difícil do que você pensa. – Ele limpou meu rosto com certa rispidez, como se eu fosse uma criança.

Depois da sobremesa – *tres leches*, um bolo esponjoso empapado em três tipos de calda –, um dos fazendeiros pegou o violão, e os convidados começaram a dançar. Theo dançou com todas as meninas presentes, inclusive a irmã, a mãe e as avós. Sentei sozinha num canto, sentindo-me pesada e satisfeita, mal pensando em todos os problemas e pessoas que deixara para trás. Então, a noite estava encerrada. Luz, mãe de Theo, guardou o resto do *mole* em potes para que todos pudessem ter o que ela chamava de "segunda cena", ou "segundo jantar".

Depois que os convidados foram embora, comecei a arrumar as cadeiras de volta em seus lugares.

– Não, não, não, Anya – disse-me Luz, dando tapinhas na minha mão. – A gente faz isso amanhã.

– Não sou muito boa em adiar as coisas – falei.

– Mas deve aprender. Vamos até a cozinha. *Mi madre* vai fazer chocolate para a família.

Quando ela dizia chocolate, estava se referindo à bebida que eu tomara na primeira manhã, então fiquei louca para ir até a cozinha e ver se conseguia descobrir de que era feita. Theo, Luna e Castillo já estavam sentados em volta da mesa; Bisabuela já devia ter ido para a cama. As bancadas estavam apinhadas de panelas, pratos e restos de comida. Na bancada mais próxima à Abuela viam-se sobras de pimenta chili, a casca de uma laranja, uma garrafa de mel pela metade e o que parecia um amontoado de pétalas brancas e vermelhas de rosas amassadas.

– Não, não, não – disse Abuela ao me ver, imediatamente antes de cobrir a bancada com os braços. Dava para perceber que era uma piada, então não fiquei ofendida.

Não vou olhar – prometi.

Depois, como muitas vezes acontecia, Abuela disse alguma coisa em espanhol que não compreendi, apesar de ter ouvido meu nome sendo pronunciado. (Ela pronunciou assim: Ann-ja.) Um segundo depois, Theo saiu apressado.

– Theo – gritou Luz. – Volte aqui, *bebé*! Abuela só estava brincando!

Luz virou-se para sua mãe.

– Mama, você não devia brincar assim com ele!

– O que foi? – perguntei. – O que foi que aconteceu?

– *No es nada*, Anya. A vovó fez uma piada com Theo – explicou Luna.

– Eu ouvi meu nome – insisti.

Castillo suspirou.

– Abuela disse que Anya poderá ter a receita quando virar membro da família.

Olhei para Abuela. Ela deu de ombros, como se dissesse: "o que eu posso fazer?" Depois começou a mexer furiosamente o conteúdo da panela.

Respondi que iria falar com ele.

Fui até a sala. Ele não estava lá, então peguei uma lanterna e fui até o pomar, lugar favorito de Theo. Apesar de estar escuro, eu sabia que ele estaria lá, e estava, machadinho na mão, conferindo seus amados pés de cacau em busca de fungos.

– Theo – chamei.

– Não é porque a colheita está quase no fim que a gente pode parar de cuidar da plantação, Anya. Você seguraria a lanterna nessa direção?

Redirecionei o foco de luz para ele.

– Olha só. Monilia. Inacreditável!

Theo cortou o broto. A incisão não foi certeira. Se tivesse sido eu, Theo teria refeito o trabalho.

– Dá aqui – disse, tirando o machado da mão dele. – Deixa que eu faço. – Preparei o machado e corrigi o corte.

– Nada mal – admitiu ele.

– Theo – comecei a falar, mas ele me interrompeu.

– Escute, Anya, eles estão errados. Eu não amo você. – Fez uma pausa. – Odeio todo mundo.

Perguntei de quem ele estava falando.

– Da minha família – respondeu ele. – De todos eles.

Perguntei-me como ele poderia odiar a todos. Haviam sido tão maravilhosos e carinhosos comigo.

– É uma tortura viver numa casa cheia de mulheres! Um bando de fofoqueiras. E não posso escapar delas. Desde que eu nasci, esperam que eu comande tudo. Até o meu nome foi escolhido por isso, Anya. Esperam que eu faça tudo, mas nunca perguntam. Ninguém me pergunta nada. Eu não amo você, não.

– Você já disse isso – brinquei.

– Não, não, eu gosto muito de você. Mas desde que chegou... eu tenho inveja de você! Eu gostaria de ver outras coisas que não seja esta fazenda em Chiapas e as fábricas em Oaxaca e Tabasco. Eu quero ser como você e não saber o que vou fazer daqui a dois minutos.

– Theo, eu adoro aqui.

– Não, só é divertido para você porque não tem que ficar para sempre. Eu gostaria de não ter que ver as mesmas pessoas todos os dias pelo resto da minha vida. Eles acham que estou apaixonado por você, e, de certa maneira, eu acho que sim. Fico feliz de conhecer alguém como você. Feliz de conhecer alguém que pensa que eu sou bem-informado, que não fala como eu e que não me conhece desde que eu usava fralda. E talvez eu ame você, se amar significa que eu temo o dia da sua partida. Porque eu sei que meu mundo vai voltar a ficar pequeno.

– Theo, eu amo isso aqui... E este lugar, a sua família, todo mundo tem sido tão incrível comigo. De onde eu venho... não é o que você imagina. Eu não tive escolha. Eu tive que ir embora.

Theo olhou para mim.

– Como assim?

– Eu queria poder explicar, mas não posso.

– Eu conto todos os meus segredos, e você não me conta os seus. Acha que não pode confiar em mim?

Refleti sobre a pergunta. Eu confiava nele. Decidi contar uma parte da minha história. Primeiro, fiz com que prometesse não falar nada com ninguém da família.

– Sou um túmulo.

– Um túmulo bem barulhento – falei.

– Não, você me conhece, Anya. Eu só falo quando é bobagem. Nada importante jamais passa por esses lábios.

– Você diz que tem inveja de mim, mas juro, Theo, eu tenho muito mais razões para ter inveja de você.

Contei para ele que meu pai e minha mãe haviam sido assassinados, que meu irmão se ferira, que fora preso (resolvi não mencionar que eu, também, já fora presa), que minha avó morrera no ano anterior, que só me restara minha irmã mais nova, e que eu queria morrer por não poder estar com ela todas as horas do dia.

– Eu adoraria ter os problemas que você tem.

Theo fez um sinal de compreensão. Seus olhos e a maneira como me encarou me diziam que queria perguntar coisas, mas ele não perguntou. Em vez disso, ficou em silêncio um bom tempo.

– Você conseguiu de novo... fez eu me sentir um bobo. – Pegou minha mão e sorriu para mim. – Você vai ficar até a próxima colheita, não vai? Eu posso lhe ensinar tanta coisa ainda. E gosto de ter alguém para conversar.

– Vou. – Claro que eu ia ficar até a próxima colheita. Estava tão presa quanto Theo, se não mais. Ficaria ali até saber que podia voltar para Nova York, ou até que os Marquez não me quisessem mais, o que acontecesse primeiro.

VIII. recebo uma visita inesperada com um pedido inesperado

Apesar de ser mais ou menos uma boa católica, durante a maior parte do tempo odiei o natal. Não a parte do menino que nasceu numa manjedoura, mas o feriado em si. Primeiro, detestava porque minha mãe estava morta, e era horrível o natal sem minha mãe. Depois que meu pai morreu, o ódio cresceu e se tornou horror mesmo. Esse período foi seguido de outro, em que o feriado passou a ser somente um pouco odioso para mim, por causa de todos os esforços em contrário feitos pela minha avó. Entre outras coisas, ela nos levava para ver Rockettes (*Ah, sim, ainda existia o Rockettes, sempre existirá o Rockettes!*), e ela ficava falando mal das meninas dançando e nos dava pedaços de laranja e macarons. Depois que a vovó adoeceu, essas tradições foram interrompidas, e voltei a odiar o natal como sempre. Este era meu primeiro natal depois da morte da vovó e meu pensamento estava em Natty, em Nova York. Desejei que Scarlet, Win e Imogen estivessem tornando tudo mais suportável para ela.

O natal na Granja Mañana era um grande acontecimento. A comida era preparada durante dias. Qualquer espaço era decorado com um laço de fita, uma flor ou algum motivo natalino. A fábrica de chocolate dos Marquez fazia calendários com figuras de chocolate em miniatura: carneiros, corações, bonecos de neve, *sombreros*, ovos, frutos de cacau etc. Natty amaria esses calendários, e como desejei ter podido mandar um para ela.

Como a família era grande, os Marquez faziam Amigo Oculto – assim, cada um precisava comprar só um presente. Eu tirei Luna. Comprei um estojo de tintas que vira quando eu e Theo paramos para almoçar em Puerto Escondido. Theo insistira em pagar pela semana que eu trabalhara. Inicialmente, recusei, mas fiquei feliz em ter o dinheiro, porque poderia comprar um presente para Luna. Pagaria Theo assim que pudesse.

Na véspera do natal, Isabelle, a irmã mais velha, chegou da Cidade do México com o marido. Ela era muito bonita, alta, séria, dona de um nariz comprido. Parecia a pintura de um anjo, o que significa uma imagem poderosa e potencialmente colérica. Tive a sensação de que não gostou de mim.

– Mãe, quem é ela? – ouvi-a perguntar em espanhol para Luz. Meu espanhol estava melhorando e, apesar de não conseguir falar tudo o que queria, minha compreensão estava ficando decente.

– Anya. Ela veio para aprender o cultivo do cacau. É amiga da sua prima Sophia – respondeu Luz.

– Argh, Sophia. Eu não gosto de ninguém que venha recomendado por ela. Por que essa tal de Anya está aqui no natal, Mama? Ela não tem família? – perguntou Isabelle.

– Ela vai ficar conosco até a próxima colheita – disse Luz. – É ótima menina. Seus irmãos são fãs dela. Dê uma chance a ela, minha querida.

À noite, fomos à missa do galo. Tudo em espanhol, mas, fora isso, nada diferente do que acontecia em Nova York.

Finalmente, chegou a manhã do dia 25, e trocamos nossos presentes. Luna adorou as tintas, como eu sabia que aconteceria. O que eu não sabia sobre os Marquez e o Amigo Oculto era que todo mundo trapaceava e acabava comprando presente para todos. Apesar de só ter comprado para Luna, recebi de todos eles (menos de Isabelle, é claro): um caderno de receitas em branco das *abuelas*, um chapéu de sol de Luz, uma saia vermelha de Luna e, meu favorito, um machado de Theo. Era leve, mas de qualidade, e tinha o nome Anya B entalhado na capa de couro marrom.

– Eu mesmo entalhei o nome – desculpou-se Theo. – Não consegui colocar seu sobrenome inteiro. E preciso afiá-lo antes de você usar pela primeira vez.

Dei um beijo no rosto dele e disse que estava perfeito.

De noite, Isabelle foi embora de volta para a Cidade do México.

– Bem, provavelmente nunca mais nos veremos na vida – disse Isabelle, antes de me dar dois beijinhos. A única intenção dos beijos era ordenar que eu fosse embora. Imaginei se não estava na hora de tentar contatar Simon Green.

No geral, fora um natal lindo. Somente de noite, na cama, comecei a me sentir só. Talvez até tenha chorado um pouco, mas, se o fiz, foi bem baixinho e duvido que alguém tenha escutado.

* * *

Na manhã seguinte, resolvi dormir até mais tarde. Minha presença não era necessária no pomar ou em qualquer outra parte. Ainda estava dormindo quando Luna bateu na porta do meu quarto.

– Anya, tem um homem lá embaixo que disse que conhece você.

Meu coração começou a bater violentamente dentro do meu peito. Seria Win?

Mas e se fosse o pai de Win? Ou emissários do pai de Win, vindo me buscar para me levar de volta para o Liberty?

– Homem jovem ou homem velho? – Tentei controlar a tremedeira na voz.

– Jovem. Definitivamente, jovem – respondeu ela. – E muito bonito.

Vesti a saia vermelha que Luna me dera de natal, já que ainda não a guardara. Coloquei uma blusa branca e um cinto de couro. Enfiei minha ferramenta nova no cinto, caso fosse necessário, e joguei um suéter por cima de tudo. Deixei meu quarto e desci, segurando discretamente a ponta do meu machadinho.

Yuji Ono estava de pé na porta. Em vez do terno usual, estava de calça esporte e suéter preto.

– Surpresa! – disse Luna.

Olhei de Yuji para Luna.

– Vocês se conhecem?

– Claro – respondeu Luna. – Ele foi noivo de Sophia antes de ela se casar com outra pessoa. Yuji disse que vocês três estudaram no mesmo colégio. Apesar de Anya ter sido de um ano ou dois abaixo, certo, Yuji?

– Acho que três, até – respondeu ele. – Anya – disse, examinando-me da cabeça aos pés, depois estendeu a mão para que o cumprimentasse, – você está com uma cara ótima.

Estava feliz de ver um rosto conhecido. Puxei-o para perto e o beijei, embora isso não fosse uma coisa comum entre nós. Senti sua reação ao machado junto ao meu corpo e me afastei.

– Vai ficar quanto tempo? – perguntei.

– Dois dias, no máximo. Estou considerando a possibilidade de trocar meu fornecedor de cacau e pensei em conhecer as fábricas e fazendas dos Marquez antes de tomar uma decisão. Apesar de ser um dia depois do natal, a sra. Marquez e o filho foram muito gentis aceitando o encontro comigo hoje de manhã. Sou um velho amigo da família, como Luna disse, e acho que me beneficiei dessa relação. Imagine a minha surpresa quando soube que minha antiga amiga de colégio Anya Barnum estava se hospedando com os Marquez. Theo me disse que você poderia muito bem me levar para fazer um tour pela fazenda. Falou que você já sabe quase tanto sobre o assunto quanto ele.

– Isso me deixa lisonjeada – respondi. – Não passo de uma iniciante.

Deixamos Luna em casa e adentrei o pomar de cacau com Yuji.

– Eu disse que viria – sussurrou ele.

– Amigos de escola, hein?

– Pareceu-me a explicação mais simples.

– Como vai todo mundo? – perguntei. – Não recebi nenhuma notícia.

– Já falaremos disso, Anya. Comprei um presente de natal para você. Acho que vai gostar muito.

Eu não estava nem aí para presentes de natal. Eu só queria notícias.

– Como está a minha irmã?

– Pelo que sei, muito bem.

– E meu irmão?

– Ele... – Yuji fez uma pausa. – Está bem.

– Você hesitou. Por quê?

– Aconteceu uma coisa, Anya. Daqui a pouco eu conto. Mas Leo não está em perigo, se é esse seu medo.

– Aconteceu alguma coisa com o Leo? – Não vi ninguém no pomar, portanto me senti segura para gritar.

– Parece que seu irmão está apaixonado.

Leo deveria estar vivendo com monges. Por quem ele poderia ter se apaixonado num lugar desses?

– Quem é ela, Yuji?

– Uma moça comum. Uma pescadora da vila, me disseram. A família não se opõe à união, se o relacionamento progredir.

Refleti sobre o que foi dito.

– E a menina não se importa com a deficiência dele?

– Não. E nem tenho certeza de que ela sabe que ele tem uma.

Avistei um pouco de mofo num broto de cacau. Tirei o machado do cinto e cortei o galho infectado.

– Podre – expliquei.

– Nunca gostei tanto de você, Anya Balanchine – disse Yuji.

Eu não ouvia meu nome verdadeiro havia meses e me soou quase estrangeiro. Sentei na grama e me apoiei no tronco de uma árvore.

– Pode dizer que você está feliz em me ver – ordenou Yuji.
– É claro que estou feliz em ver você.
– Conte-me sobre a viagem até aqui. Quero saber de tudo. Além do mais, estarei com sua família novamente, e eles estão ansiosos por notícias suas.

Então contei do contêiner no navio de carga, da perda do cabelo, do meu aprendizado na fazenda, dos Marquez e, especialmente, de Theo.

Yuji ouviu em silêncio.

– Uma vez você me disse que odiava chocolate. Ainda odeia?

– Não, Yuji. Não mais. – O fato de estar ali me mudara. Eu podia sentir isso.

– E Win Delacroix? Você pensa muito nele?

A verdade era que não – não porque não o amasse, mas porque não suportava pensar nele. Ainda assim, a pessoa por quem meu coração disparara naquela mesma manhã fora Win.

– Não quero falar sobre Win – respondi.

– Você está lembrada de que falei que um dia precisaria de um favor seu? – perguntou Yuji.

Fiz sinal afirmativo. Como eu poderia esquecer? Isso acontecera na noite em que eu pedira que ele recebesse meu irmão no Japão.

– Bem, chegou a hora.

Não hesitei ao perguntar a ele o que queria.

Yuji segurou minha mão.

– Quero que se case comigo.

– Yuji, eu, eu, eu... – gaguejei. – Não posso me casar com você. Tenho dezessete anos. Não posso casar com ninguém!

Quando fiquei de pé, meu machado caiu no chão. Yuji fez menção de pegá-lo.

– Não – falei. – Eu mesma pego.

– Sei que você só tem dezessete anos. É por isso que não precisamos nos casar ainda. Você só precisa ser minha noiva.

– Mas eu não amo você, Yuji.

– Eu também não amo você. Mas precisamos nos casar. Você não percebe? É a única maneira de segurar a Balanchine Chocolate. Se for seu marido, posso ajudar a organizar os negócios e proteger os seus e os meus interesses. Andei pensando bastante em tudo isso. Primeiro, eu não sabia o que fazer depois do incidente do envenenamento. Será que eu deveria eliminar completamente a Balanchine Chocolate? Esperar que a empresa se destruísse sozinha? Ou eu deveria intervir? Acho que disse isso a você.

Ele não dissera isso de maneira tão direta da outra vez.

– Mas, quando nos conhecemos no casamento, pensei: existe outra maneira. Essa menina é especial. Talvez tenha as qualidades para ser uma boa líder. Não seria melhor para mim se nos aliássemos e tornássemos nossas empresas maiores e mais poderosas? Comecei a formular um plano.

– Um plano para se casar comigo?

– Não. Primeiro, pensei em juntar você e Mickey numa parceria, imaginei que vocês dois juntos poderiam ser suficientes para tocar a Balanchine Chocolate depois que o pai dele morresse. Mas, por várias razões, esse plano falhou. Não estou culpando você, Anya. Você estava ocupada com seu namorado, sua educação e problemas legais. Suas obrigações, digamos assim. E Mickey é mais velho, mas está muito comprometido com o pai. Era coisa demais para exigir de você. – Fez uma pausa. – Como você se afastou, não poderia saber que as brigas internas entre os Balanchine pioraram.

– Por quê?

– Quem vai saber? A eleição no novo procurador do estado? As manifestações dos grupos pela legalização do cacau? Seja qual for o motivo, a situação na Balanchine Chocolate está complicada. Meu ponto, Anya, é que a única maneira que tenho de intervir é se tiver autoridade para fazer isso. Se for o marido de Anya Balanchine, terei.

– Que diferença eu faço, Yuji? – perguntei. – Sou uma forasteira e agora fugitiva. Ninguém liga para mim.

– Isso não é verdade. Você sabe muito bem que isso não é verdade. Você ainda é a herdeira da Balanchine Chocolate. E, por causa da sua notoriedade, seu rosto é o que as pessoas veem quando pensam na Balanchine Chocolate.

Ele pegou minha mão, mas a puxei.

Questionei cada palavra gentil que ele já me dissera, cada gesto bom. Desconfiei de que fora tudo para me manipular, de que seu plano era simplesmente me usar para ter o controle da Balanchine Chocolate.

Mesmo assim...

Não se poderia negar que eu tinha uma dívida com ele. Ele ajudara meu irmão quando precisei tirá-lo do país, e, de certa forma, fizera o mesmo comigo. Quanto valia isso tudo? Ou melhor, quanto eu devia?

– Yuji – perguntei. – O que acontece se eu não aceitar?

Yuji levou a mão ao queixo.

– Eu preferiria que você não fizesse isso.

– É uma ameaça?

– Não, Anya. Eu... Talvez eu tenha exposto a situação da maneira errada. Eu deveria ter começado dizendo o quanto a admiro e o quanto vejo que merece respeito. Se não digo que "amo" é porque não acho que o amor seja tão importante.

– O que é importante?

– Num casamento, responsabilidade compartilhada, interesses e meta comuns.

– Isso não é muito romântico.

– Você quer que eu represente uma fantasia adolescente de amor romântico? Devo ficar de joelhos? Dizer que acho você bonita? Imagino que você esteja além desses gestos inúteis.

A verdade é que acho que teria preferido o show, mas era tarde demais para isso. Resolvi repetir a pergunta.

– O que acontece se eu não aceitar?

Yuji fez um gesto de cabeça.

– Bem, nós partiríamos para caminhos separados. Eu não seria um inimigo declarado, mas certamente não esqueceria que você não me pagou o favor que me devia.

– Yuji, você pode pedir qualquer outra coisa para mim!

– Não existe nada mais que você tenha e eu queira.

Seu tom de voz estava calmo como sempre, e isso me deixava furiosa.

– O que você está me pedindo é mais que um favor. Você sabe muito bem que não está sendo justo comigo me pedindo uma coisa dessas.

– Por que não é justo?

Finalmente ele começava a soar tão frustrado quanto eu.

– Porque eu gosto de você e quero juntar forças em vez de destruí-la? Isso não é o bastante? Para pessoas como nós, casamentos são arranjos de negócios, nada mais. Meu pai pensava assim, e o seu teria dito a mesma coisa se ainda estivesse vivo.

Tudo o que ele dizia parecia razoável, fora o fato de que estava completamente errado.

– Por que não é justo? – repetiu Yuji.

– Porque o coração é meu!

– Porque você ama outra pessoa?

– E por que isso deveria interessar a você, Yuji? Você não quer o meu amor, de qualquer maneira. Só quer a minha concordância.

Comecei a andar de volta em direção à casa. Yuji segurou meu braço.

– Anya, use a noite para pensar sobre o que pedi a você. Pense na sua situação. Na situação do seu irmão e da sua irmã. Isso não significa uma ameaça, mas uma explanação dos fatos. Tenho sido seu amigo devotado e gostaria de ser muito mais do que isso se você permitir.

Balancei a cabeça.

– Como eu disse, tire a noite para pensar. Eu volto para ver você antes de ir embora.

Baixou a cabeça numa mesura, depois levou a mão ao bolso e tirou um pequeno maço de papéis amarrados com uma fita vermelha.

– Isso é para você.

– O que é?

– São cartas – disse ele. – Da sua família e dos seus amigos. Simon Green as coletou e me entregou para que desse a você.

Peguei o pequeno chumaço. Nunca recebera cartas de ninguém.

– Obrigada – respondi. – Muito, muito obrigada.

– Se você responder hoje à noite, posso levar as cartas de volta para os Estados Unidos. Mas não devo demorar pelo menos um mês para voltar lá. Em compensação, devo ver seu irmão em breve.

Eu não sabia mais se podia confiar nele, mas agradeci a oferta.

Yuji já começara a caminhar de volta para a sede da fazenda para se despedir dos Marquez quando me dei conta de que eu deixara meu machado junto ao pé de cacau. Disse a ele que nos encontraríamos depois e corri de volta ao pomar. Theo estava na clareira. Carregava seu machado e parecia envergonhado.

– Theo! – chamei. – Você estava aí o tempo todo?

Theo não respondeu, o que era totalmente fora do comum.

– Você ouviu a conversa toda? Está me espionando?

– Não é nada disso, Anya. Eu só segui você até o pomar para ter certeza de que estava em segurança. Não conheço muito bem esse cara, Yuji.

– Então você estava me espionando!

– *Perdóname*. Não era da minha conta.

– Theo! – Meu coração estava disparado. Honestamente, quis estrangulá-lo. – Então você sabe quem eu sou. Sabe meu nome.

Theo suspirou.

– Diga meu nome, Theo.

– Anya, eu já sei quem você é há semanas. Desde que me contou dos assassinatos na sua família, fui juntando as coisas.

Por que você acha que eu só entalhei uma inicial do seu sobrenome no machado?

– Você contou para alguém?

– Claro que não. Não contei para ninguém. Você acha que não tenho honra? É como eu já falei: Theobroma Marquez é um túmulo.

– Mas você ouviu toda essa última conversa?

– *Sí. Lo siento.* – Theo fez uma pausa. – Você não pode se casar com esse homem, Anya. Ele é o fim e, na minha opinião, não é um cavalheiro.

Apesar da conversa que acabara de ter com Yuji, eu não conseguia enxergá-lo da mesma forma que Theo. Disse a ele que estava cansada, embora só estivesse cansada de falar. Não queria mais conversar com ninguém. Queria ir para o meu quarto e ficar sozinha com minhas cartas. E foi o que fiz.

IX. recebo cartas de casa

12.07.2083
Querida Anya,

Espero que essas cartas encontrem você bem e que sua viagem para XXXXX não tenha sido muito difícil. Antecipando a visita de XXXX a XXXXX, o dr. Green e eu juntamos essas cartas na esperança de que elas cheguem até você antes das festas. Só para deixar registrado: debati se seria inteligente juntar este pacote, já que existia a possibilidade de, caso interceptadas, as cartas pudessem ser incriminadoras. Mas, depois de algumas recomendações aos remetentes, concluí que os benefícios seriam maiores que os riscos. Seu pai, para quem trabalhei antes de você, gostaria que você soubesse que durante a temporada de festas seus amigos e sua família sentiram sua falta. Vamos aos negócios.

• a situação da guarda de Nataliya
Já preenchi a documentação e tudo está correndo como discutimos.

• A maneira como você deixou Nova York
Apesar de algumas buscas terem sido realizadas nos dias seguintes ao seu desaparecimento, a comunicação oficial da prefeitura é de que não tem recursos nem pessoal para rastrear o paradeiro de Anya Balanchine.

• Quando seu retorno será possível
A procuradoria instaurou um novo regime, e não sei se eles serão coniventes ou não aos seus interesses.

• Seu tio Yuri
Ele ainda está vivo.

• Os negócios da família
O dr. Green acredita que Fats pode estar tentando assumir um controle maior na empresa.

Saiba que você está sempre nos meus pensamentos, nos de Keisha e nos de Grace.

Feliz natal.
Dr. Kipling

05 de dezembro de 2083

Queridíssima irmã,

(Gostou da abertura? Vi num dos livros da Imogen.)

Bem, já faz quase dois meses desde que você foi embora. Primeiro fiquei com raiva, mas depois Simon Green explicou que você não podia dizer para ninguém aonde estava indo, nem mesmo que estava indo, então eu meio que perdoei você. Essa é a coisa boa entre irmãs, *se é que posso dizer isso*.

A situação anda tolerável – primeiro escrevi "ok", mas achei que você gostaria de uma palavra melhor. No dia seguinte ao da sua partida, vieram vasculhar a casa, mas não encontraram nada.

O colégio também está tolerável.

Win vem me ver às vezes. Ele é muito carinhoso, Anya. Sério, ele é o garoto mais legal do mundo. Às vezes também me acompanha até minha sala no colégio e até ficou um pouco aqui no dia de Ação de Graças.

Ah, Charles Delacroix perdeu a eleição! Você ficou sabendo disso? Acho que Win ficou feliz porque ele perdeu, mas ficou do lado do pai no discurso de sucessão.

A outra coisa acontecendo é que Scarlet está grávida. Eu sei que ela vai escrever uma carta para você, então imagino que vá saber mais sobre isso por ela. Ela não diz quem é o pai da criança, mas todo mundo acha que é Gable Arsley, apesar de eles não estarem mais namorando. As pessoas estão sendo um pouco más com Scarlet no colégio. Peguei-a chorando no banheiro do terceiro andar outro dia, e ela disse que sentia muita saudade de você, queria que estivesse aqui. (O engraçado é que eu também tinha subido lá para chorar.)

Bem, isso é tudo. Penso em você o tempo todo. Fico me perguntando como você está e espero que todo mundo esteja sendo legal com você aí.

Como eu disse antes, não estou com raiva, Anya, mas gostaria que tivesse me contado para onde estava indo. Sou sua irmã e preferiria ter decidido por mim mesma se devia ir com você. Mas isso não é uma reclamação.

Da irmã que a ama,
Nataliya Balanchine

P.S. Tudo bem para você o dr. Kipling assumir a minha guarda?
P.P.S. Não quero perturbar, mas quando você volta para casa?
P.P.P.S. Escrever uma carta é mais difícil do que eu pensava.
P.P.P.P.S. Não tenho tido tantos pesadelos.

30 de novembro de 2083

Anya,

Escrevo um bilhete rápido para que saiba que Natty está bem. Sente muito a sua falta, mas seus amigos Win e Scarlet têm feito o possível para animá-la. Admito que o apartamento está parecendo muito vazio sem você, e levamos mais tempo ainda para consumir ervilhas. Esperamos que possa voltar logo. Não sei onde está, mas sei que pode ser uma experiência desnorteante ficar longe de casa pela primeira vez. Aqui vai uma citação de um dos meus livros favoritos — acredito que vá reconhecer rapidamente: "Para um jovem inexperiente é muito estranha a sensação de estar só no mundo, à deriva, longe de todos os seus contatos, sem saber se pode alcançar alguém com quem tem forte ligação, e impe-

dido por muitas circunstâncias de voltar para o que foi abandonado. O charme da aventura adoça essa sensação, o brilho do orgulho a aquece, mas o medo é sempre um desagregador, e no meu caso o medo prevaleceu, quando meia hora se passou e eu ainda estou só. Pensei em tocar o sino." Esse me parece um bom conselho, Anya. Se tudo mais falhar, toque o sino.

Imogen Goodfellow

Minha querida Annie,

Minha vida virou uma tragédia total!

Lembra que eu vomitei quando você estava no hospital do Liberty? Bem, eu nunca tive uma virose, e pensei: ah, Scarlet, como você é sortuda! Mas continuei vomitando todas as tardes, sempre na mesma hora, e a verdade, minha amiga inseparável, é que eu estou grávida! E de Gable Arsley, aquele monstro. Não contei que era dele, mas ele sabe, tenho certeza disso. Na verdade, não nos falamos desde o dia em que terminamos. Ele tenta falar comigo, mas eu ignoro. Não quero nem saber. Nunca criaria um filho com ele. Nem um gato de pelúcia eu criaria com ele.

Já o fato de estar grávida... a maior tragédia é que fui escalada para o papel de Julieta de Shakespeare, e o monstro do professor Beery me expulsou da peça quando contei da gravidez. Imagina isso, Anya? O espetáculo vai continuar sem mim.

E, também, meus seios estão tão grandes quanto os seus. Onde antes eu tinha dois kiwis, agora tenho duas laranjas! Ainda não estou terrivelmente gorda, mas já, já, vou ter que arranjar uma saia do Trinity com elástico na cintura! Imagina isso? Scarlet Barber com elástico na cintura?

E agora não tenho amigos. Todas as pessoas da aula de teatro estão ocupadas ensaiando, e o restante está meio que me ignorando. Win é praticamente meu único amigo hoje em dia. Ele fala de você o tempo todo. Seria absurdamente chato se eu também não sentisse tanto a sua falta.

Adivinha quem quase se juntou a você no ranking de meninas expulsas do Trinity? Aparentemente, engravidar é uma coisa malvista nas escolas católicas. Quem imaginaria? Como estou no último ano, vão me deixar ficar, apesar de terem deixado claro que não passo de um mau exemplo.

Já que estamos falando nesse assunto... como eu posso ter sido tão idiota de transar com Gable Arsley? Ok, ele disse que me amava. Mas ele disse a mesma coisa para você também, e você conseguiu manter as pernas fechadas, não foi?

Com certeza existe um milhão de outras coisas que eu queria dizer, mas estou com sono. Ultimamente, só penso em dormir. E comer chocolate quando consigo descobrir onde encontrar.

Feliz natal, Annie, meu amor.

Je t'aime! Je t'aime! Je t'aime!

Scarlet

Anya,

O dr. Kipling me pediu para não escrever para você sobre negócios até que tenha maiores informações, mas sinto que devo. Acredito que seu primo Fats está tomando providências para tirar o controle dos negócios das mãos de Yuri e Mickey. Se isso acontecer, a Balanchine Chocolate entrará em total desacerto. Fats é café pequeno e não entende a grandeza da política organizacional que está em jogo. Estou tentando arranjar as coisas para sua volta. Já marquei uma reunião com Bertha Sinclair em janeiro, para vermos o que pode ser feito. Quando chegar a hora, entro em contato com você.

Lembre-se, Anya, você ainda é a <u>filha de Leonyd Balanchine</u>, tem mais direitos que Yuri, Mickey ou Fats. Quanto mais cedo você puder voltar, melhor. Mesmo uma Anya Balanchine no Liberty é melhor do que uma Anya Balanchine que ninguém pode ver e com quem ninguém pode falar. Perdoe-me se passei dos limites.

*Seu humilde servo
Simon Green*

Annie,

    Esta não é uma carta de amor.

    Acho que riria de mim se escrevesse uma carta de amor para você, então não farei isso. Se, por acidente, isso acontecer, você tem minha permissão para queimá-la.

    Então, aqui vai:

    Comi uma laranja e pensei em você.

    Tive uma aula de laboratório sobre tecidos em decomposição e pensei em você.

    Peguei o trem para visitar o túmulo da minha irmã na Albânia e pensei em você.

    A banda tocou no baile do outono, e pensei em você.

    Vi uma menina de cabelo escuro e encaracolado na rua e pensei em você.

Levei sua irmã mais nova a Coney Island – ela é a única pessoa tão deprimida quanto eu. Natty é a criança mais inteligente do mundo e é ótima companhia. Ainda assim, pensei em você.

Você sempre dizia que acha que a única razão de eu gostar de você tem a ver com meu pai – que eu gostava de você porque meu pai gostaria que eu não gostasse. Bem, talvez goste de saber que papai perdeu a eleição. Ele deixou a política, e eu ainda gosto de você.

É isso.

Esta não é uma carta de amor.

Win

Li minhas cartas, depois as li de novo. Levei-as ao rosto para poder sentir onde meus amigos haviam tocado. Tentei até cheirar as cartas, mas elas não tinham cheiro de nada a não ser tinta e papel. (Se vocês nunca sentiram esse tipo de perfume, o da tinta é meio azedo, quase como o de sangue.)

Depois de muito tempo sem saber de nada, as notícias eram avassaladoras. Quando deixei Nova York, queimei Anya Balanchine, e, no México, me transformara nesta outra garota. Gostava desta Anya, mas ler aquelas cartas me fez lembrar de que não poderia ser ela para sempre.

Ouvi batidas na minha porta.

– Posso entrar? – perguntou Theo.

Guardei o bolinho de cartas debaixo do travesseiro.

– Pode – respondi.

Theo entrou e fechou a porta.

– Ouvi dizer que meninos não podiam entrar no quarto das meninas na Casa Mañana – falei.

– Essa é uma situação especial. Achei que talvez você precisasse conversar – disse Theo.

Ele já conhecia o meu segredo, então resolvi desabafar. Era a primeira vez que tinha um confidente de verdade desde a minha avó.

Theo não me interrompeu e ficou em silêncio bastante tempo antes de falar:

– O que você deve fazer é: primeiro, não se casar com esse Yuji Ono. Ele não ama você, Anya, e é obvio que só está interessado em expandir sua influência. Segundo, não volte para Nova York. – Ele fez uma pausa. – Nunca mais.

– Mas Simon Green disse que está tudo desmoronando. E Yuji, seja lá qual for o interesse dele, disse a mesma coisa.

Theo deu de ombros.

– Que diferença faz se a empresa de chocolate falir? É um bando de bandidos ou outro. O que isso representa para você? Por que se importa se é o fim da Balanchine Chocolate? Essa empresa só lhe trouxe sofrimento.

Considerei o que ele disse.

– Eu... acho que me importo porque meu pai construiu essa empresa. E, se a Balanchine Chocolate acabar, vai ser como se meu pai morresse novamente.

Theo fez sinal de que entendia.

– Você ama a Balanchine Chocolate como eu amo o cacau.

Eu não diria *amo*, Theo.

– Não, você está falando a verdade. Amor não é a palavra certa. No meu caso também não. Às vezes eu odeio o cacau. – Theo me encarou. – Você não ama a Balanchine Chocolate. Você *é* a Balanchine Chocolate.

– É, acho que sou.
– Você tem que voltar. Mas eu também acho que não é bom fazer isso apressadamente. Você deve deixar os seus advogados tomarem as providências para o seu retorno. Até lá, pode me ajudar a preparar a próxima colheita.
– Obrigada, Theo.
Eu realmente estava me sentindo melhor depois de debater o assunto com alguém.
– De nada.
Theo se levantou e andou até a porta. De repente, parou.
– Anya, me diga uma coisa.
– O quê?
– Tinha carta do seu namorado naquele pacote?
Ri para ele.
– *Sí*, Theo, e era ridiculamente romântica.
– Você leria para mim?
– Não, não vou fazer isso.
– Por quê? É bom eu saber. Não quer que eu aprenda com um mestre Casanova como esse Win?
Balancei negativamente a cabeça. Fui até a porta, dei um beijinho no rosto de Theo e empurrei-o para fora do quarto.
– Hora de você ir. Rápido, Theo, rápido. Antes que Luz nos flagre aqui.

De manhã, quando saí de casa, Yuji Ono estava à minha espera.
– Vamos conversar no meu carro – disse ele.
O automóvel era preto, janelas escuras de insulfilme, provavelmente blindado. O motorista era o mesmo homem grandão que eu vira em Nova York na última primavera, quan-

do a vovó morreu. Yuji pediu que ele saísse e abriu a porta do carro para que eu me sentasse ao seu lado no banco de trás.

– Yuji – comecei. Eu não dormira na noite anterior, porque ficara pensando sem parar no que diria a ele. Minhas palavras soaram ensaiadas. Continuei: – Yuji, primeiro quero agradecer muito sua oferta de – era difícil para mim até mesmo pronunciar a palavra – casamento. Eu sei que você não faria isso levianamente e me sinto realmente honrada. Mas, depois de pensar muito, quero que saiba que não mudei de ideia. Sou muito nova para casar com qualquer pessoa e não quero tomar uma decisão dessa magnitude enquanto eu estiver longe de casa, sem contato com meus conselheiros por tanto tempo.

Meu propósito era não mencionar nada que tivesse a ver com amor.

Yuji estudou meu rosto, depois fez uma mesura de cabeça.
– Respeito sua decisão.
Fez mais uma mesura, agora mais demorada.
Ofereci minha mão para que Yuji apertasse.
– Espero que possamos continuar amigos – falei.
Yuji fez que sim, mas não apertou minha mão. Na hora, pensei que ferira seus sentimentos.
– Preciso ir – disse ele.
Abriu a porta do carro e saltei. O motorista entrou e, em seguida, foram embora. Vi o automóvel se afastar até que sumisse de vista.

Apesar de estar quente, uma lufada de vento incomum surgiu de repente, bagunçando o meu cabelo e me deixando arrepiada e com um frio desconfortável no coração. Entrei para ver se pegava um suéter emprestado com Luna.

x. colho o que planto

Imediatamente depois do ano-novo, voltamos a trabalhar no pomar. Eu acordava antes do nascer do sol, fazia um rabo de cavalo no meu cabelo, que começava a crescer, e assumia meu lugar ao lado de Theo e dos outros trabalhadores. Estava mais forte do que quando chegara, então achei os trabalhos em janeiro mais fáceis. Disse isso a Theo, e ele riu.

– Anya – respondeu ele –, nós estamos na temporada da sesta.
– Temporada da sesta?
– A maior parte dos frutos já foi colhida, e a segunda temporada do cacau, que é sempre a menor, ainda não começou. Então, a gente trabalha um pouco, almoça bem, depois tira um cochilo, aí trabalha um pouco mais...
– Não é tão fácil assim – protestei.

Para provar meu ponto de vista, mostrei a ele minhas mãos, cheia de bolhas frescas por conta do cabo do machado. Theo o afiara como prometera.
– Ai, suas mãozinhas.

Ele pegou minha mão e colocou-a de encontro à sua palma calosa.

– Você vai ter calos exatamente como essas belezocas aqui, já, já.

De repente, ele bateu nossas mãos.

Usei o nome de Deus em vão.

– Doeu! – gritei.

Theo achou aquilo engraçadíssimo.

– Eu estava tentando ajudar na formação dos seus calos – disse.

– Ah, ok, isso foi hilário. Às vezes você é um idiota, sabia?

Eu me afastei dele. Desde o incidente com a bisavó, Theo de vez enquanto fazia de tudo para provar o quanto não era apaixonado por mim.

Ele colocou a mão no meu ombro.

Afastei-o.

– Deixe-me em paz.

– *Perdóname*. – Ficou de joelhos. – Perdoe-me.

– Temporada da sesta ou não, esse trabalho não é fácil, Theo.

– Sei disso – respondeu ele. – Sei muito bem. Em outros países, deixam crianças fazerem esse trabalho no pomar. Os pais vendem os filhos por uma bagatela. Isso me enoja, Anya. Então, se meu cacau custa um pouco mais porque tenho que pagar salários de verdade para trabalhadores de verdade, acho que vale a pena. Meu cacau é mais gostoso, e não preciso me confessar na igreja, sabe?

Em voz baixa, perguntei a ele se sabia que tipo de cacau os Balanchine usavam.

— Não é o meu – respondeu ele. – Não tenho como saber especificamente que tipo sua família usa, mas a maioria dos mercados negros de chocolate tem que usar o cacau mais barato que encontrar. É a realidade quando se gerencia uma empresa do mercado negro.

Theo era muito gentil para dizer o que aquilo realmente significava para minha família.

— Uma vez, estive com seu pai – disse Theo. – Ele veio à Granja Mañana para falar com meus pais sobre a possibilidade de passar a comprar o nosso cacau. Meus pais acharam que ele ia fazer isso. Lembro que os dois pensaram até mesmo em comprar mais terra. Fornecer para a Balanchine Chocolate teria significado muito dinheiro para nossa família. Mas, um mês depois, mais ou menos, soubemos da morte de Leo Balanchine, e a negociação foi encerrada.

Theo conhecera meu pai! Baixei o machado.

— Você se lembra de alguma coisa que meu pai disse?

— Foi há muito tempo, Anya, mas lembro que ele disse que tinha um filho mais ou menos da minha idade.

— Meu irmão, Leo. Ele andava muito doente nessa época.

— E como ele está agora? – perguntou Theo.

— Melhor – respondi. – Muito melhor. Yuji Ono me disse até que Leo está apaixonado. – Revirei os olhos.

— E você não acreditou?

Eu não tinha motivos para não acreditar em Yuji Ono. Não era esse o problema. Nos últimos meses, fui me dando conta de como conhecia pouco Leo. Sempre tentei protegê-lo, mas acho que isso me levou a não enxergar de verdade meu irmão. Dei de ombros.

– Se for verdade, fico feliz por ele.

– Que bom, Anya. O mundo precisa de mais amor, não de menos. Falando nisso, quero levar você até as fábricas para ver os chocolates que fazemos para o Dia dos Namorados. É a época do ano em que as fábricas mais trabalham.

Perguntei por que faziam chocolate para o Dia dos Namorados.

– Você está brincando, Anya? Fazemos corações de chocolate, caixas de bombons e tudo o mais! O que fazem no seu país para o Dia dos Namorados?

– Nada. Na verdade, não é mais um feriado muito popular hoje em dia.

Lembrei que a vovó me contara que o Dia dos Namorados já tinha sido um dia especial.

Theo ficou boquiaberto.

– Então, nada de chocolate? Nada de flores? Nada de cartões? Nada?

Fiz que sim.

– Que triste. Onde fica o romance?

– Ainda temos romance, Theo.

– Você está falando de seu Win? – provocou Theo.

– Isso, dele mesmo. Ele é muito romântico.

– Tenho que conhecer esse Casanova quando for a Nova York.

Perguntei quando iria.

– Logo – respondeu ele. – Quando você for embora, vou atrás.

– E a fazenda e as fábricas?

– Isso? Tudo isso funciona sem mim. Minhas irmãs e meu irmão podem tomar conta, para variar um pouco. – Theo riu.

– Prepare-se, Anya. Vou ficar com você. E espero nada menos que um tapete vermelho para me receber.

Disse que ficaria feliz em recebê-lo sempre que quisesse me visitar.

– Anya, agora um assunto sério.

Eu já sabia que não seria nada sério.

– Diga, Theo.

– Você não pode preferir esse Win a mim, na verdade. Nós dois temos muito mais em comum e, caso você não tenha notado, eu realmente sou muito charmoso.

Ignorei-o e voltei ao trabalho.

– Anya, esse Win... ele é muito alto?

No dia seguinte, eu e Theo fomos às fábricas que produziam as coisas que ele me descrevera, além de vários outros produtos: cremes para as mãos, achocolatados saudáveis e até um pacote para preparar o chocolate quente de Abuela.

Quando voltamos para a Granja Mañana, o sol já havia se posto, e os trabalhadores já tinham ido embora. Acompanhei Theo numa rápida visita ao pomar. Estava ligeiramente à frente dele quando ouvi barulho de folhas. Poderia ser simplesmente um animal de pequeno porte, mas coloquei a mão no machado, de qualquer forma. Enquanto eu fazia isso, um galho com os conhecidos sinais de fungo me distraiu. Cortei-o.

Um segundo depois, Theo gritou.

– Anya, vire-se!

Achei que fosse brincadeira e continuei o que estava fazendo.

– Anya!

Ainda agachada, virei a cabeça para trás. Atrás de mim estava um homem grande. A primeira coisa que percebi foi que estava mascarado; a segunda foi a arma. Estava apontada para a minha cabeça e tive certeza de que morreria.

De canto de olho, vi que Theo corria na minha direção com seu machado em riste.

– Não! – gritei. – Theo, vá para dentro de casa!

Eu não queria que Theo também acabasse morto.

Meu grito deve ter assustado o homem mascarado porque ele hesitou por um instante. Virou-se exatamente no momento em que Theo o acertava no ombro com a lâmina do machado. A arma disparou. Tinha silenciador, portanto fez muito pouco barulho. Vi a centelha da pólvora. Tive certeza de que Theo fora atingido, mas não deu tempo de descobrir em que parte do corpo. Peguei meu próprio machado e ergui o braço. Sem pensar, acertei a mão do mascarado. Era a direita, a que segurava a arma. Foi difícil, mas meu machado acabara de ser afiado, e eu praticara bastante com os galhos dos pés de cacau. (*Aparte: pensando bem, pareceu-me que estava me preparando para isso desde novembro.*) A grande diferença entre cortar a mão de um ser humano e um galho de árvore era o sangue. Tanto sangue. O sangue espirrou no meu rosto, na minha roupa, e, por uns instantes, tudo o que eu conseguia enxergar eram pontinhos borrados de vermelho. Limpei os olhos. O homem deixara cair a arma (e a mão), e vi-o segurando o punho ao correr pela floresta tropical na escuridão. Provavelmente sangraria até morrer.

– Desgraçada! – uivava ele. Ou dizia outra palavra do mesmo calibre não consegui distinguir.

Virei-me para onde Theo caíra no chão.

– Tudo bem com você? – perguntei. Estava escurecendo, e eu não conseguia enxergar se estava sangrando.

– Eu...

– Onde ele acertou? – perguntei.

– Não sei.

Theo moveu fragilmente a mão em direção ao peito, e meu coração ficou petrificado.

– Theo, preciso ir lá dentro buscar ajuda.

Ele balançou a cabeça.

– Theo!

– Espere, Anya. Não conte a minha mãe o que aconteceu.

– Você está louco? Eu tenho que contar a sua mãe o que aconteceu. Preciso buscar ajuda para você.

Theo balançou a cabeça.

– Eu vou morrer.

– Não seja dramático.

– Mamãe vai culpar você. Não é culpa sua, mas ela vai achar que é. Não revele sua verdadeira identidade para ninguém.

O fato de Theo me dizer aquilo me fazia ter certeza de que era culpa minha.

– Estou indo agora! – Afastei minha mão de Theo e corri em direção à casa.

As horas seguintes foram uma confusão. Luz, Luna e eu colocamos Theo numa maca improvisada com lençóis, depois o levamos para a picape e fomos para o hospital, que ficava a meia hora da fazenda. Àquela altura, Theo já desmaiara.

Expliquei a Luz e Luna o que acontecera, da melhor forma que pude, apesar de eu mesma não entender direito.

Quando chegamos ao hospital, repeti a história para a polícia local, e eles me fizeram perguntas, que Luna traduzia para mim. *Não, eu não conhecia o homem. Não, não vi o rosto dele. Não, não sei por que estava no pomar. Sim, cortei a mão dele. Não, não trouxe comigo. Ainda deve estar caída no chão do pomar, junto com a arma.*

– E qual o seu nome? – perguntou um dos policiais.

Não respondi imediatamente, então Luna respondeu por mim.

– Anya Barnum. Está hospedada conosco aprendendo o cultivo do cacau. É amiga próxima de Theo e muito querida da nossa prima, e não estou gostando da maneira como o senhor está conduzindo o interrogatório com ela.

Finalmente, o policial foi embora para tentar achar a arma, a mão e o mascarado maneta.

Luna cutucou meu braço.

– Não é culpa sua – disse ela. – Nós temos muitos inimigos no mundo do cacau. Nunca tinha virado violência, mas... Eu não entendo!

Luna começou a chorar.

Um médico veio falar conosco.

– A bala atravessou o pulmão e o esôfago. O estado de Theo é grave, mas por enquanto estável – disse ele em espanhol. – Vocês podem ir para casa se quiserem.

– Ele está acordado?

O médico disse que a família poderia entrar, então fui até a recepção tentar dar um telefonema.

Eram quase dez horas, o que significava que eram quase onze em Nova York. Eu sabia que era perigoso ligar e que isso poderia fazer com que as autoridades chegassem diretamente a mim, mas eu precisava falar com o dr. Kipling, precisava ir para casa.

Disquei o número do telefone dele. Apesar de ser tarde, ele atendeu imediatamente, e posso apostar que estava acordadíssimo. Quando disse quem era, ele nem mesmo pareceu surpreso.

– Anya, como você descobriu tão rápido?

Por um segundo, fiquei confusa. Questionei a possibilidade de ele ter ouvido alguma coisa sobre o tiro em Theo Marquez.

– Como *você* soube? – perguntei.

– Eu... sua irmã, Natty, me ligou. Ela está aqui comigo agora.

– Por que Natty ligou para você? Por que Natty está aí? Por que não está em casa?

– Espere – disse o dr. Kipling. – Acho que não estamos falando da mesma coisa. Por que você não fala primeiro?

– Atiraram em Theobroma Marquez. E acho que o atirador estava tentando me matar.

O dr. Kipling pigarreou.

– Ah, Anya, eu sinto muito.

– Eu... eu quero ir para casa. Não quero causar mais confusão para os Marquez. Mesmo se tiver que ir para o Liberty – acrescentei.

– Eu compreendo – disse o dr. Kipling, desconfortável.

– Do que você estava falando antes? – perguntei.

– Anya, a situação aqui é bastante grave, e não há maneira de suavizar a notícia. Imogen Goodfellow morreu.

Fiz o sinal da cruz. Tive dificuldade de absorver a informação. Como eu poderia viver num mundo sem Imogen

Goodfellow? Imogen, que amava livros de papel e que tomara conta da minha avó com tanto carinho. Imogen, minha amiga.

– Ela morreu protegendo sua irmã. Ela foi atacada na rua, em frente ao prédio, e Imogen se colocou entre a bala e Natty. Imogen morreu a caminho do hospital. Natty foi imediatamente trazida para minha casa. Obviamente, estava muito nervosa. Tivemos que sedá-la. Anya, você ainda está aí?

– Estou. – Eu não conseguia acreditar no que estava ouvindo. – Você acha que os ataques a mim e a Natty estão relacionados?

Enquanto formulava a pergunta, tive certeza de que era verdade.

– Temo que sim – respondeu o dr. Kipling. – Até receber seu telefonema, tive a esperança de que o ataque à sua irmã fosse um fato isolado, um simples ato de violência urbana.

– Alguém tentando eliminar as filhas de Leonyd Balanchine?

De repente, pensei no meu irmão no Japão.

– Leo – dissemos eu e dr. Kipling ao mesmo tempo.

– Vou ligar para Yuji Ono – falei.

Desliguei e fiz a outra ligação imediatamente. Agora para Yuji Ono. Ele não atendeu. Quis gritar, mas sabia que pessoas doentes tentavam dormir no hospital. Como era possível eu não ter outra maneira de contatar meu irmão que nao fosse através de Yuji Ono? Confiara demais naquele homem, que – encaremos os fatos – mal conhecia.

Estava prestes a tentar ligar novamente para Yuji Ono quando Luna cutucou meu ombro.

– Anya, Theo quer ver você agora.

Fiz sinal afirmativo e segui-a até o quarto. Não consegui deixar de me lembrar de Win e Gable. Aonde quer que eu fosse, levava a violência comigo.

Theo estava respirando com um ventilador. Apesar da pele bronzeada, parecia pálido e sem sangue. Não podia falar comigo por conta da traqueostomia, mas haviam deixado um tablet ao lado da cama para que pudesse escrever.

Anya, ele escreveu, *amo você como se fosse minha irmã...*

Os dedos dele mal roçavam a tela.

Amo você como se fosse minha irmã, mas você deve ir embora. O homem que fez isso...

Pousei minha mão sobre a dele. Eu sabia o que estava tentando escrever.

– O homem que fez isso pode voltar para terminar o serviço. Ou um homem diferente. Você me ama como irmã, mas ama mais sua família. Eles não estarão a salvo enquanto eu estiver aqui – falei.

Theo fez um sinal afirmativo, triste. Com lágrimas nos olhos.

– Eu sinto muito, Theo. Sinto muito, muito. Vou juntar minhas coisas e parto hoje à noite.

Ele segurou e apertou minha mão.

Para onde você vai?, escreveu.

– Para casa – respondi. – Não tenho certeza de que deveria ter vindo para cá. Acho que não se pode, na verdade, fugir das coisas. Elas tendem a nos seguir.

Fico feliz por você ter vindo. Mi corazón es...

O tablet começou a escorregar para fora da cama e, antes que eu pudesse pegá-lo, caiu no chão. Theo colocou a mão sobre o meu coração.

– Eu sei, Theo – falei. – Você precisa me prometer que não vai mais pensar em mim. Eu só quero que fique bem.

Luz ficou com o filho no hospital. No carro, Luna mal falou comigo. Disse a mim mesma que ela estava cansada.

Quando chegamos à Granja Mañana, Luna foi até a cozinha para dar as últimas notícias sobre o estado de saúde de Theo às avós, e eu fui direto para o quarto arrumar minha mala. Chegara ao México sem nada e estava indo embora com um livro precioso de receitas, um punhado de cartas e um machado. Resolvi queimar as cartas. Não sabia como seria minha viagem e não queria envolver nenhum dos meus amigos, caso fosse presa. Fui até a cozinha e pedi uma caixa de fósforos. Bisabuela estava sozinha e não pareceu surpresa com meu pedido. Simplesmente sugeriu que eu queimasse as cartas no forno. Fiquei apegada à de Win, mas consegui finalmente queimá-la. A única que resolvi manter foi a de Imogen. Então, comecei a chorar.

Bisabuela me envolveu num abraço.

– O que foi, *bebê*? – perguntou ela. Não falava muito bem inglês, e eu ainda não falava muito bem espanhol.

– Minha amiga morreu – respondi.

– Theo não morreu. Está ferido, mas vai sobreviver.

Percebi a confusão nos olhos dela.

Não, não estou falando de Theo, estou falando de outra pessoa. Alguém de *mi casa*. – Fiz uma pausa. – É preciso voltar para lá.

Nesse momento, Luna entrou na cozinha.

– Anya, você não pode ir embora agora!

Eu queria explicar, pois sabia que se fizesse isso ela também quereria que eu fosse embora. Mas eu prometera a Theo.

– Eu tenho que ir.

Luna cruzou os braços.

– Como pode ir embora agora? Você faz parte da família. E, enquanto Theo está doente, você pode ajudar na fazenda. Por favor, Anya.

Eu disse a ela que telefonara para casa enquanto esperávamos no hospital e alguém da minha família morrera, então eu precisava voltar imediatamente para Nova York. Tudo isso era verdade, é claro.

– Quem da sua família? – perguntou ela.

– A mulher que tomava conta da minha irmã.

– Mas então não é nem família de verdade!

Não respondi.

– Se você for embora agora, nunca vou perdoá-la! Theo também não!

– Luna, Theo quer que eu vá.

– Como assim? Ele nunca diria isso. Você está mentindo, Anya.

– Não estou... A verdade é que Theo disse que entende que eu preciso voltar para Nova York.

– Você é muito diferente do que eu imaginava – disse Luna.

Seu rosto estava coberto de lágrimas e despeito. Tentei abraçá-la, mas ela se afastou e saiu correndo da cozinha. Bisabuela foi atrás.

Fui até o escritório de Luz para usar o telefone. (Eu me senti mal em relação aos custos, mas era uma emergência.) Liguei novamente para Yuji Ono. Ele não atendeu. Depois telefonei para o dr. Kipling. Simon Green atendeu à ligação.

– Anya, consegui um avião particular para trazer você do aeroporto de Tuxtla.

– Avião particular? Isso não é muito caro?

– É, mas não havia outra maneira de agir rapidamente. Você não tem identificação, e, mesmo que tivesse, o aeroporto mais próximo de onde você está não tem voos regulares para os Estados Unidos. Honestamente, foi o melhor que consegui em tão pouco tempo. Você vai pousar no aeroporto de Long Island. Estarei lá quando chegar. Se as autoridades ficarem sabendo dos seus passos, você pode ser presa, mas acho que temos mais chance de evitar isso com esse pouso em Long Island.

– Claro, claro. Você falou com Leo? Ou com Yuji Ono? – perguntei.

– Venho tentando falar com Yuji Ono, mas ainda não consegui – respondeu Simon Green. – Mas vou continuar tentando. Anya, como é que você está?

– Eu... – Não consegui responder. – Quero ver Natty.

Desliguei e liguei para Yuji Ono mais uma vez. Eu já estava à beira do desespero quando ele finalmente atendeu.

– Oi, Anya – disse ele.

Seu tom parecia estranho, mas talvez fosse por causa da conversa que havíamos tido no último encontro.

– Por que você não estava atendendo o telefone?

– Eu estava ocupado com...

Percebi que não queria saber o que ele estava fazendo.

– Preciso saber se está tudo bem com Leo – falei.

Por uns instantes, Yuji ficou em silêncio.

– Houve uma explosão.

– Uma explosão? Que tipo de explosão?

– Um carro-bomba. Eu sinto muito, Anya. A namorada do seu irmão ficou muito ferida e...

– E Leo?

– Eu sinto muito, Anya, mas ele morreu.

Estranhamente, eu sabia que não choraria. Uma parte do meu corpo, antes feita de carne, se transformara em osso, e eu não era mais capaz de certas demonstrações.

– Foi você, Yuji? Você planejou tudo isso? Só porque não aceitei seu pedido de casamento? Foi você?

– Não fui eu – respondeu Yuji.

– Eu não acredito. Ninguém mais tinha informações. Ninguém mais sabia onde eu estava, onde Leo estava. Ninguém, fora você!

– Outras pessoas sabiam, Anya. Pense nisso.

Eu não conseguia pensar. Leo estava morto. Alguém tentara me matar, tentara matar Natty. Theo estava gravemente ferido porque se colocara na frente da bala direcionada a mim.

– De quem você está falando?

– Prefiro não especular. Só posso dizer que não fui eu – repetiu Yuji. – Mas também não interferi para impedir esses acontecimentos.

– Você está dizendo que deixou meu irmão morrer? Que me deixaria morrer também?

– Eu disse o que eu disse. E sinto muito por sua perda.

Desliguei na cara dele. Eu também sentia muito. Se eu descobrisse que ele matara meu irmão, Yuji Ono também teria que morrer.

XI. aprendo o preço das amizades; o dinheiro ainda faz o mundo girar

O avião era pouco maior que um balde, e a viagem foi conturbada. Apesar de estar havia vinte e quatro horas sem dormir, minha cabeça não descansava. Não conseguia parar de pensar no Leo e em todas as vezes que pedira para vir comigo e eu não permitira. Eu fora a responsável por sua ida para o Japão. Teria sido um erro? Por que jamais confiara em Yuji Ono? Como Leo poderia estar morto se eu não falava com ele há quase dez meses? Nada disso parecia possível.

Minhas pálpebras começaram a pesar, e me pareceu que a inconsciência me absolveria das culpas temporariamente. Foi então que comecei a pensar em Imogen. Quando minha avó morreu, eu a acusara de atos terríveis. Imogen, que não fizera nada além de cuidar da vovó, de Natty e de mim. E agora estava morta. Morta por nossa causa.

Pensei em Theo. Haviam dito que seu estado de saúde era estável, mas ele ainda podia morrer. O que fariam na fazenda sem mim? Theo administrava aquele lugar e, por minha causa, não seria capaz de fazer isso por um bom tempo. Então, voltei a pensar no meu irmão. Comecei a achar que nunca mais dormiria novamente.

O avião pousou em Long Island por volta das quatro da madrugada. Olhei pela janela. A pista de aterrissagem era absolutamente desoladora. Ao descer os primeiros degraus, senti a primeira lufada do ar de Nova York – sujo e doce. Apesar de ter amado o México e desejado voltar em circunstâncias melhores, estava feliz de voltar à minha cidade. Falando nisso, estava um frio congelante. Eu ainda vestia a roupa que usara para ir visitar as fábricas em Oaxaca, onde a temperatura estava em torno de vinte graus.

Um carro solitário, preto, de janelas escuras, era o único no estacionamento. A janela do motorista estava um pouquinho aberta, e pude ver Simon Green dormindo. Bati no vidro e ele acordou.

– Annie, entre, entre – disse ele, destravando as portas.

– Nenhum policial – informei, ao entrar no carro.

– Estamos com sorte. – Ele colocou a chave na ignição. – Pensei em levar você para o meu apartamento, no Brooklyn. O assassinato de Imogen chamou muita atenção, como imagino que você saiba, e tem muita gente nas imediações do seu apartamento e também do dr. Kipling.

– Preciso ver Natty hoje à noite – insisti. – Se ela está com o dr. Kipling, é lá que tenho que estar.

– Não acho que seja uma boa ideia, Annie. Como eu disse...

Interrompi-o.

– Leo morreu, Simon, e não quero que minha irmã fique sabendo por alguém que não seja eu.

Por uns instantes, Simon Green não soube o que dizer.

– Eu sinto muito, Annie. Muito mesmo. – Pigarreou. – Honestamente, não sei o que dizer. – Balançou a cabeça. – Você acha que Yuji Ono está envolvido?

– Não sei. Ele disse que não, mas... Isso não importa agora. Preciso ver Natty.

– Espere, Annie. Você acabou de sofrer uma grande perda. Está cansada e sobrecarregada, por razões absolutamente compreensíveis, então, por favor, ouça meu conselho. Será muito melhor para você e para Natty se não forem presas pela polícia hoje à noite. Devemos negociar sua rendição se isso for absolutamente necessário. É melhor eu levar você para minha casa – lá, ninguém vai nos procurar –, e prometo que levo Natty lá o mais rápido possível, com alguma segurança. Não quero prejudicar nenhuma das duas.

Fiz sinal de concordância.

Não falamos durante o restante do percurso, apesar de perceber que Simon Green gostaria de conversar.

– Você está suja de sangue – comentou ele, quando adentramos o Brooklyn.

Olhei para a manga da minha roupa: o sangue podia ser de Theo ou do homem mascarado. Tinha sido um dia daqueles.

O apartamento de Simon era no sexto andar de um prédio de escadas de degraus íngremes, que rangiam. Depois de três lances, quis desistir. Às vezes as coisas mais simples são as que parecem mais insuportáveis.

– Vou dormir aqui – disse a ele.

– Vamos, Anya. – Simon me empurrou para cima.

Finalmente, chegamos ao seu apartamento. Era grande para os parâmetros da cidade, o único no andar, mas só tinha um quarto. O teto era abaulado, em arco, já que o apartamento ficava no último andar. Simon Green vivia num sótão. Ele me disse que eu podia usar sua cama; ele dormiria no sofá.

– Annie, agora vou voltar para a casa do dr. Kipling. Você precisa de alguma coisa?

Ele reprimiu um bocejo, depois tirou os óculos e limpou-os.

(*Eu disse a vocês que nunca mais choraria, e, apesar de ter acreditado piamente nisso naquele momento, descobri que fora um pensamento otimista.*)

Caí de joelhos e senti os arranhões quando eles encontraram o chão.

– Leo – solucei. – Leo, Leo, Leo. Por favor, me desculpe, me desculpe, me desculpe...

Simon Green colocou a mão no meu ombro, desajeitado. Não foi um gesto particularmente confortador, mas mesmo assim fiquei grata.

Comecei a hiperventilar e achei que ia ficar sem ar. Simon me ajudou a tirar a roupa suja de sangue, como se eu fosse um bebê, me emprestou uma camiseta e me colocou na cama.

Disse a ele que queria morrer.

– Não quer não.

– Aonde quer que eu vá, a violência me segue. E não consigo escapar, porque carrego a violência comigo. Não quero viver num mundo onde meu irmão está morto.

– Outras pessoas também a amam e contam com você, Anya. Pense em Natty.

– Eu penso nela. O tempo todo. E o que eu acho é que ela ficaria melhor sem mim.

Simon Green me abraçou. Nunca fora próxima a ele, e Simon tinha cheiro de bala de menta. Ele balançou a cabeça.

– Ela não acha isso. Pode acreditar em mim. Natty só pode ser Natty porque você tem que ser Anya.

Simon se libertou de mim.

– Durma um pouco. Quando eu voltar, trago Natty comigo, ok?

Ouvi a porta se fechar e a tranca girar duas vezes, depois adormeci.

Quando acordei, uma gata branca com uma mancha negra na lateral estava me encarando. A gata estava nos braços da minha irmã.

– Você sabia que o Simon tinha uma gata? – perguntou Natty.

Eu estava distraída demais para perceber, mas, agora que ela mencionara o assunto, percebi que o quarto tinha cheiro de fezes.

– Ela é brigona – avisou Simon Green. – Gosta de passar a noite fora.

Olhei para Natty. Seus olhos estavam vermelhos de chorar, e ela parecia ainda mais velha e mais alta do que na última vez que a vira. Natty colocou a gata no chão, eu me levantei e puxei minha irmã para perto de mim com todo o fervor. Nossas cabeças se chocaram. A dela estava mais alta do que eu me lembrava.

– Eu sabia que você viria – disse Natty. – Eu sabia.

Para nos dar alguma privacidade, Simon Green disse que ia dar uma volta.

– Foi horrível, Annie. Nós estávamos na rua, em frente ao prédio, e um homem mascarado apareceu do nada. Imogen tentou dar a bolsa para ele. "Leve", ela disse. "Pode levar, eu só tenho vinte e dois dólares." Ele agarrou a bolsa e, por um segundo, achamos que ia embora, mas depois ele jogou a bolsa no chão. As coisas da Imogen se esparramaram – os livros, a agenda, tudo! Lembro que pensei que seria impossível colocar tudo de volta. O homem apontou a arma para a minha cabeça, mas Imogen pulou na minha frente. E foi aí que ela levou o tiro, mas eu não sabia onde. Foi estranho, porque o tiro foi muito perto, e fiquei na dúvida se eu não tinha sido acertada e também caí no chão. Acho que foi o barulho da bala.

– Você foi inteligente de fazer isso – falei para ela. – O homem deve ter pensado que pegou você e foi embora.

– Como assim, me pegou?

Ela não sabia que os ataques haviam sido encomendados para atingir a nós três. Não sabia de Leo. Contei para ela o que acontecera no México, depois falei de Leo.

Ela não chorou. Ficou completamente imóvel.

– Natty? – Tentei tocar o braço dela, mas Natty se afastou. Olhei para o rosto dela. Parecia pensativa, não devastada.

– Se você não confia totalmente em Yuji Ono, como pode ter certeza de que Leo está morto? – perguntou ela.

– Eu sei que sim, Natty. Yuji Ono não teria motivo para me dizer que Leo morreu se não fosse verdade.

– Eu não acredito! Se você não viu o corpo, não pode ter certeza de que alguém morreu.

A voz de Natty estava agudíssima. Parecia um gemido histérico.

– Eu quero ir para o Japão. Quero ver com meus próprios olhos!

Simon Green voltou do passeio. Começara a chover, e seu cabelo estava úmido.

– Pense um pouco, Natty – disse ele, gentilmente. – Você e Anya foram atacadas na mesma noite. As duas tiveram sorte de escapar. Seu irmão não teve.

Natty olhou para mim.

– Isso é culpa sua! Você mandou nosso irmão para o Japão. Se ele estivesse aqui, talvez estivesse na cadeia, mas pelo menos poderia estar vivo. Ele estaria vivo!

Natty correu até o banheiro e bateu a porta.

– Não tem tranca – sussurrou ele para mim.

Fui atrás dela. Estava de pé na banheira, de costas para mim.

– Eu me sinto uma idiota – disse ela, às lágrimas. – Mas não sabia para onde ir.

– Natty, eu mandei o Leo para o Japão. É verdade. Se foi um erro, foi também o melhor que pude fazer na época. Nós vamos ao Japão enterrar o Leo, mas não podemos ir imediatamente. É muito perigoso e preciso cuidar de certas coisas por aqui.

Lentamente, ela se virou na minha direção. Furiosa e com os olhos vermelhos, mas secos. Abriu a boca para falar, e foi então que as lágrimas caíram.

– Ele está morto, Annie. Leo está morto. Leo está realmente morto.

Ela pegou a estatueta do leão de madeira dentro do bolso.

– O que a gente vai fazer? Sem Imogen. Sem Leo. Sem vovó. Sem mãe, sem pai. A gente não tem ninguém, Annie. Nós duas somos órfãs de verdade agora.

Quis dizer a ela que tínhamos uma à outra, mas me pareceu muito brega. Em vez disso, abracei-a e a deixei chorar no meu ombro.

Simon Green bateu à porta.

– Anya, tenho que levar Natty de volta para a casa do dr. Kipling. Ele não quer comprometer a segurança do meu apartamento para você.

Peguei o rosto de Natty com as mãos e beijei sua testa. Depois ela foi embora.

Sentei na cama de Simon Green, e a gata pulou no meu colo. Olhei para ela, e ela olhou para mim com aqueles olhos cinza que lembravam os da minha mãe. Ela queria ser acariciada, e realizei seu desejo. Eram muitas as coisas que eu não poderia resolver, mas a coceira daquela gata eu podia aliviar.

Tentei imaginar que conselho papai me daria nessa situação.

O que meu pai diria?

Papai, o que você faria se seu irmão estivesse morto por causa das suas decisões?

Não cheguei a conclusão alguma. Os conselhos do meu pai não iam tão longe.

O quarto ficou cada vez mais escuro, mas não me dei o trabalho de acender a luz.

O enterro de Imogen seria dali a dois sábados, e achei que Natty e eu deveríamos ir prestar nossas condolências. Mas eu ainda era uma fugitiva, então decidi que já era hora de resolver minha situação. Não poderia passar o resto da vida escondida no apartamento de Simon Green. Os seis dias que eu passara ali já eram o suficiente.

A única pessoa para quem eu tinha permissão de telefonar era o dr. Kipling.

– Três coisas – falei para o dr. Kipling e para Simon, que estavam no escritório. – Quero ir ao enterro da Imogen. Quero me entregar ao estado. Quero que Natty vá para um internato, de preferência em outro estado ou outro país.

– Ok – disse dr. Kipling. – Vamos fazer uma coisa de cada vez. O internato é fácil. Começarei conversando com aquela professora de quem a Natty gosta tanto.

– O senhor está falando da srta. Bellevoir.

– Isso, exatamente. E concordo que é um bom plano, apesar de não podermos colocá-lo em ação até o próximo ano letivo. Seguindo adiante. Temo que, se você comparecer ao funeral da sra. Goodfellow, será presa, o que significa que precisamos acertar os termos da sua entrega antes disso.

– Antes mesmo dos acontecimentos da última sexta-feira, andei conversando com o pessoal da promotoria – disse Simon Green.

– Você lembra que foram as pessoas do escritório de Bertha Sinclair que fizeram aquela contribuição para o Trinity, não? – perguntei.

– Aquilo foi uma manobra política – disse o dr. Kipling. – Não foi nada contra você e, na verdade, é uma vantagem para nós Charles Delacroix ter perdido, porque o regime Sinclair pode desabonar as ações do predecessor. As pessoas da equipe de Sinclair pareceram favoráveis à possibilidade de fazer algum acordo com você. Uma pequena estadia no Liberty, depois talvez uma condicional.

Dr. Kipling disse que planejara encontrar Bertha Sinclair na quarta-feira, mas tentaria antecipar a reunião.

Perguntei se tinham alguma pista sobre quem orquestrara os ataques à minha família.

– Andamos discutindo isso. É muito complexo – começou a dizer Simon Green. – Três países. Três atiradores. Só pode ser coisa de alguém com a capacidade de montar uma operação multifacetada.

– Ainda assim, a missão teve sessenta e seis por cento de falha – acrescentou o dr. Kipling.

– Talvez o responsável desejasse a falha? – sugeriu Simon Green. – Você disse que não acha que foi Yuji Ono, mas, quando pensa nas outras opções óbvias, não parece haver outra pessoa. Jacks está na cadeia. Mickey não tem capacidade para tanto. Se não foi Yuji Ono, a única pessoa que resta é Fats. Ele vem de outro ramo da família, mas há quem pense que ele anda agindo para derrubar Mickey. Seria uma vantagem para ele ter todos os descendentes diretos de Leonyid Balanchine fora de cena.

Eu não achava que Fats quisesse me matar.

– Mas e se foi Mickey? Ele sabia onde eu estava, e tenho certeza de que sabia onde Leo estava também. E, se depois que perdi o apoio de Yuji Ono, Mickey resolveu vingar o tiro no pai dele? Yuri Balanchine vem sofrendo há bastante tempo, e não tem sido algo bonito de assistir.

– Perdeu apoio de Yuji Ono? – perguntou o dr. Kipling.

– Depois que ele propôs casamento e ela recusou – explicou Simon Green.

– Casamento? – perguntou o dr. Kipling. – Como assim? Anya é muito jovem para se casar com qualquer pessoa.

– Eu nunca contei isso para você – acusei Simon Green.

Simon Green fez uma pausa.

– Quando entreguei as cartas a Yuji Ono, ele me contou seus planos. Eu não tinha certeza de que você diria não. Simplesmente supus que foi o que aconteceu.

– Simon – disse dr. Kipling, em tom severo –, se você sabia dessa proposta, deveria ter me contado. Talvez pudéssemos ter encontrado uma maneira de tirar Leo de Kyoto!

– Peço desculpas pela minha gafe.

– Sr. Green, isso é muito mais do que uma gafe.

Dr. Kipling certamente tinha razão, mas resolvi defender Simon Green. Ele vinha sendo gentil comigo desde a minha volta, e eu sabia que não era a mais fácil das hóspedes. (*Apesar de não ter falado muito nisso, andava deprimida e sem conseguir dormir desde que chegara.*)

– Dr. Kipling, no dia vinte e seis de dezembro eu também tomei conhecimento da proposta. Poderia ter telefonado, mas não achei que haveria necessidade de transferir Leo. Honestamente não pensei que o que aconteceu com Yuji Ono fosse sério o bastante. A culpa é muito mais minha que de Simon Green.

– Aprecio o fato de você dizer isso – disse o dr. Kipling. – Mas o dever de aconselhá-la é meu e de Simon Green. Nós devemos esperar o pior. Fomos negligentes mais uma vez. Simon e eu discutiremos isso mais tarde.

O dr. Kipling encerrou o encontro dizendo que me telefonaria quando falasse com o escritório de Bertha Sinclair.

Despedi-me dos meus conselheiros e olhei para o relógio. Eram nove da manhã. Tinha um longo e terrível dia à minha espera. Eu sentia falta de ter uma fazenda de cacau de que cuidar ou de uma escola para ir e dos meus amigos. Estava cansada do apartamento de Simon Green, que agora cheirava a fezes de gato. Estava cansada de não poder nem mesmo sair para uma caminhada.

Olhei pela janela. Havia um parque, mas estava vazio. Eu nem mesmo sabia em que parte da cidade estava. (*Sim, Brooklyn, mas o Brooklyn tem tantas partes.*) Onde morava Simon Green? Eu estava ali há quase uma semana e nem me preocupara em perguntar.

Eu precisava sair. Peguei um casacão emprestado no armário e puxei o capuz sobre a cabeça. Como não tinha a chave, não pude trancar a porta, mas que diferença fazia? Ninguém assaltaria um apartamento no sexto andar. E, mesmo que o fizessem, não havia nada que valesse a pena levar dali. A casa de Simon Green era notável exclusivamente pela falta de toque pessoal.

Desci as escadas.

Lá fora estava ainda mais frio do que quando o avião pousara. O céu estava cinza e parecia que ia nevar.

Andei mais ou menos um quilômetro, subindo ruas, passando por lojinhas, escolas, brechós e igrejas. Ninguém prestou atenção em mim. Finalmente, cheguei aos portões do cemitério. Se você andar bastante em qualquer direção, é normal encontrar um.

O nome sobre o portão era Green-Wood Cemetery, e, apesar de eu não ter estado ali desde o enterro do meu pai, lembrei que o jazigo familiar ficava ali. Minha mãe estava enterrada lá, e a vovó também, cujo túmulo eu ainda não visitara. (*Aparte: ali também se resolvia o mistério de em que parte do Brooklyn Simon Green morava – Sunset Park, onde muitos Balanchine moraram antes de se mudarem para o Upper East Side.*)

Caminhei pelo cemitério. Achei que lembraria o percurso até o jazigo, mas me perdi algumas vezes. Finalmente, percebi que não fazia ideia do caminho e então resolvi ir ao centro de informações. Digitei Balanchine no computador antiquíssimo, e um mapa com a localização exata apareceu na tela. Voltei a caminhar. Ficava mais frio e mais cinza a cada minuto, e eu não tinha luvas e questionava até mesmo o motivo de estar ali.

O jazigo era do outro lado do cemitério: cinco túmulos e espaço para muitos mais. Logo, meu irmão estaria ali.

O da minha avó era o mais recente. A lápide era pequena e simples, e a inscrição dizia: MÃE, ESPOSA E AVÓ AMADA. Questionei quem teria escrito aquilo. Fiquei de joelhos, fiz o sinal da cruz, depois beijei a lápide. Apesar de o costume de levar flores aos túmulos ter saído de moda, eu vira fotografias disso e desejei ter trazido algumas. Mesmo que fosse um pouquinho dos cravos odiosos da minha avó. De que outra forma dizer *eu estive aqui*? Como dizer *ainda penso em você*?

O túmulo da minha mãe ficava ao lado do da vovó. Sua lápide tinha formato de coração, e a inscrição dizia: PERTENÇO AO MEU AMADO E ELE A MIM. Nenhuma menção às crianças que deixara para trás. Ela mal me conhecera, e eu mal a conhecera. Um pouco de mato crescia em volta do túmulo. Peguei meu machado e cortei-o fora.

Papai ficava atrás da mamãe. VEJA SEMPRE O LADO POSITIVO DAS COISAS. Alguém colocara em cima de sua lápide três galhos verdes que pareciam ervas. Seguros por uma pedra, pareciam frescos e, obviamente, recentes. Agachei para sentir seu perfume. Era menta. Questionei o que a menta significaria e quem a colocara ali. Provavelmente um dos homens do papai.

Vocês podem pensar que não tenho coração, mas não senti muita coisa diante daqueles túmulos. Nenhuma lágrima ameaçava cair. A morte de Leo, de Imogen, o tiro em Theo – eu estava seca. Os mortos estavam mortos e, por mais que a gente chorasse e quisesse que voltassem, não voltariam. Fechei os olhos e murmurei uma prece sem grande convicção.

Quando voltei ao apartamento de Simon Green, ele estava a minha espera.

– Pensei que você tivesse sido assassinada – disse ele.

Encolhi os ombros.

– Eu precisava sair um pouco.

– Você foi se encontrar com Win?

– Claro que não. Fui caminhar.

– Bem, precisamos ir – disse Simon Green. – Temos uma reunião com Bertha Sinclair e precisamos estar no centro da cidade em vinte minutos. Ela quer falar com você pessoalmente.

Além do casaco de Simon Green, eu estava vestindo sua calça comprida e sua camisa, mas não havia tempo para que trocasse de roupa.

Descemos a escada correndo e entramos num carro. Depois dos ataques ele arrumara um por um valor razoavelmente alto, para que Natty e eu não ficássemos expostas ao transporte público.

– Você acha que vão aparecer *paparazzi*? – perguntei.

Ele esperava que não, mas não tinha certeza.

– Acha que vão me mandar imediatamente para o Liberty?

– Não. O dr. Kipling conseguiu com o pessoal de Sinclair que você fique em prisão domiciliar pelo menos até o enterro de Imogen.

– Ok. – Recostei-me ao assento.

Simon Green cutucou meu joelho.

– Não tenha medo, Annie.

Eu não estava com medo. Sentia certo alívio por saber que não precisaria mais me esconder.

A promotoria ficava numa parte do centro da cidade que eu e todos os membros da minha família evitávamos – a área era toda dedicada ao cumprimento da lei. Não havia ninguém da imprensa, mas uma passeata em favor da legalização do cacau acontecia em frente ao escritório. Eram somente umas doze pessoas, mas eram suficientemente barulhentas.

– Muitas dessas passeatas vêm acontecendo ultimamente – comentou Simon Green quando estacionamos em frente ao Hogan Place.

– Vou deixar você aqui. O dr. Kipling está esperando na recepção.

Cobri o rosto com o capuz do casaco de Simon Green.

– Por que tantas passeatas a favor do cacau ultimamente?

Simon Green deu de ombros.

– As coisas mudam. E as pessoas estão cansadas da dificuldade de encontrar chocolate. Seu primo Mickey não anda trabalhando direito. Com o pai doente, ele anda distraído. Boa sorte, Anya. – Simon estendeu o braço para abrir a porta para mim, e saltei do carro.

Atravessei a passeata.

– Pegue um – disse uma menina de tranças. Ela me entregou um panfleto. – Você sabia que o cacau faz bem à saúde? O verdadeiro motivo de ter sido banido é o alto custo de produção.

Disse a ela que já ouvira algo assim.

– Se não dependêssemos de mafiosos inescrupulosos para comer chocolate, não haveria nenhum risco!

– Cacau agora, cacau agora, cacau agora – cantava o amontoado de pessoas, todos erguendo os punhos cerrados.

Eu, uma cria dos mafiosos inescrupulosos, passei pelo aglomerado ensandecido e cheguei à recepção onde o dr. Kipling estava, de fato, esperando por mim.

– Que cena lá fora, não? – disse ele. Baixou meu capuz e beijou minha testa. Não nos víamos desde o Liberty. – Annie, como você vai, minha querida?

Não quis me estender na explicação do meu estado, porque isso não traria nada de bom.

– Estou ansiosa com essa reunião. Ansiosa para ver as coisas indo adiante.

– Ótimo – disse o dr. Kipling. – Vamos entrar.

Demos nossos nomes para a recepcionista, depois pegamos o elevador para o décimo andar. Demos nossos nomes novamente e esperamos pelo que pareceu uma eternidade numa antessala. Finalmente, um assistente nos acompanhou até o escritório.

Bertha Sinclair estava só. Tinha quarenta e muitos anos e era mais baixa que eu. Usava um aparelho nas pernas que fazia barulho enquanto ela atravessava a sala para me cumprimentar.

– Anya Balanchine, fugitiva, seja bem-vinda – cumprimentou-me. – E você deve ser o persistente dr. Kipling. Por favor, amigos, sentem-se.

Ela voltou à sua cadeira. Seus joelhos não dobravam com facilidade, portanto ela precisava se jogar no assento de certa forma. Perguntei-me o que teria acontecido com Bertha Sinclair.

– Então, filha pródiga, a babá da sua irmã morreu, seu irmão está desaparecido, você voltou à ilha de Manhattan e veio até a minha porta. O que devo fazer com você? Seu advogado acha que deve receber uma condicional e pena de serviços prestados. O que você acha, Anya? Isso não seria um pouco leve para uma garota que atirou em alguém e fugiu da prisão?

– Na minha opinião – disse o dr. Kipling –, Charles Delacroix não tinha direito de mandar Anya de volta para o Liberty. Ele estava pensando na campanha, não nos interesses do povo. Apesar de Anya ter cometido o erro de fugir, fugiu de uma situação que era, essencialmente, injusta.

Bertha Sinclair massageou o joelho.

– Sim – disse. – Não posso dizer que discordo, se o que você está dizendo, *essencialmente*, é que Charles Delacroix é um canalha ambicioso. – Ela fez uma pausa. – Verdade. Devo agradecer a você, Anya. A sorte de estar naquele ônibus! Minha equipe de campanha e eu usamos a história de "Anya e o procurador" até a exaustão. A ironia é que duvido que o povo se importasse tanto quanto Charles Delacroix imaginava. E, na minha opinião, não foi você, mas o mau julgamento dele que lhe custou a perda da eleição. Ou, dizendo de outra maneira, que me fez vencer. – Bertha Sinclair riu. – Então, aqui está o que penso, amigos. Eu não quero saber de chocolate. Não quero saber de Anya. E, certamente, não quero saber do filho de Charles Delacroix.

– E do que você quer saber? – perguntei.

– Boa pergunta. A criança não fala muito, mas fala muito bem. Quero saber do meu povo e fazer o que é bom para ele.

Aquilo me pareceu absurdamente vago.

– Quero saber de ser reeleita. E ser reeleita requer muitas coisas, dr. Kipling.

O dr. Kipling fez sinal afirmativo.

– Os Balanchine já foram muito amigos deste escritório. E imagino que possam ser novamente.

Naquele momento, Bertha Sinclair pegou um bloco de notas na mesa e rabiscou algo nele. Entregou as anotações para o dr. Kipling. Ele olhou o papel. De canto de olho, vi um número de pelo menos quatro zeros, talvez mais.

– E o que essa quantia compra para nós? – perguntou o dr. Kipling.

– Amizade, dr. Kipling.

– Especificamente?

– Amigos precisam confiar uns nos outros, não? – Ela começou a fazer novas anotações. – Nunca compreendi por que o papel saiu de moda. É tão fácil de destruir. Anote algo digitalmente e será visto por todos, além de existir para sempre. Pelo menos se tem a ilusão de que é para sempre, mas é potencialmente mutável. As pessoas tinham muito mais liberdade quando o papel existia. Mas não estamos nem aqui nem lá. – Colocou a caneta sobre a mesa e entregou o segundo bilhete para mim.

8 dias de Liberty
30 dias de prisão domiciliar
1 ano de condicional
1 ano de passaporte suspenso

Dobrei a folha ao meio antes de fazer meu gesto de concordância. Mesmo pagando por aquilo, ainda me parecia mais do que razoável. Eu precisaria ir ao Japão em algum momento, mas imaginei que isso pudesse ser discutido depois.

– Depois de sua liberação do Liberty, darei uma entrevista coletiva dizendo que estou preparada para deixar o passado no passado. Ridicularizarei a maneira como Charles Delacroix cuidou da sua situação. Preciso dizer que vou gostar muito dessa parte. Então, no que me diz respeito, o assunto estará encerrado. E todos seremos amigos eternos, a menos que você faça algo que me irrite.

Encarei profundamente Bertha Sinclair. Seus olhos eram muito castanhos, quase pretos. Era tentador dizer que seus olhos eram tão negros quanto seu coração, ou alguma outra bobagem do gênero, mas eu não acredito que a cor dos olhos seja algo mais do que herança genética. Ainda assim, não havia como negar que aquela mulher era corrupta. Papai costumava dizer que é fácil lidar com corruptos, porque são consistentes – você poderia, no mínimo, contar com o fato de que eram corruptos.

– Alguém entrará em contato com dr. Kipling para providenciar sua volta ao Liberty – disse Bertha Sinclair quando nos levantamos para ir embora.

– Eu gostaria de ir agora – ouvi-me dizer.

O dr. Kipling parou.

– Anya, tem certeza?

– Tenho, dr. Kipling. – Eu não tinha medo do Liberty. Tinha medo de ficar lá indefinidamente. Quanto antes voltasse, mais rápido poderia me dedicar a planejar minha vida fora de lá, e eu tinha bastante coisa para organizar e planejar. – Se eu for agora, posso voltar a tempo do enterro de Imogen.

– Acho isso admirável – disse Bertha Sinclair. – Posso acompanhar você em pessoa, caso queira.

– A imprensa vai se esbaldar com a história da promotora Sinclair acompanhando você – alertou-me o dr. Kipling.

– É exatamente essa a ideia – respondeu Bertha Sinclair, revirando seus olhos muito escuros. – Anya Balanchine se entrega a mim e, uma semana depois, demonstro compaixão. É um belo show, dr. Kipling, e uma grande cena para o meu escritório, não acha? – Voltou-se para mim. – Vamos direto.

Dr. Kipling e eu fomos até a recepção. Quando Bertha Sinclair não estava mais no nosso campo de visão, entreguei a ele meu machado, ainda preso ao meu (de Simon Green) cinto.

– Você entrou com isso no escritório da promotoria? – Dr. Kipling estava incrédulo. – É uma sorte que a prefeitura esteja falida a ponto de não ter consertado os detectores de metal.

– Esqueci que estava com ele – garanti. – Cuide bem da minha ferramenta. É minha lembrança preferida do México.

– Você se importa se eu perguntar se teve a oportunidade de usar esse... é um machado?

Ele ergueu a ferramenta como se fosse uma fralda suja, antes de colocá-la na pasta.

– Usei, dr. Kipling. No México, removemos os frutos do cacau das árvores com ele.

– Foi só para isso que usou o machado?

– Praticamente – respondi.

– Anya Balanchine! Anya! Olhe para cá! Anya, Anya, onde você estava? – A multidão de fotógrafos e repórteres esperava para pular em cima de nós na barca da Liberty Island.

Eu fora instruída por Bertha Sinclair a não dizer nada, mas não consegui deixar de olhar. Estava aliviada de ouvir meu nome novamente. Fui colocada às pressas na barca, e Bertha Sinclair foi falar com a imprensa.

Apesar de ser mulher, a voz de Bertha Sinclair era tão imponente quanto a de Charles Delacroix e, de dentro do barco, era possível ouvi-la.

– Esta tarde Anya Balanchine se entregou a mim. Quero deixar registrado que a rendição de Anya Balanchine foi absolutamente voluntária. Ela ficará detida no Liberty até definirmos qual o melhor modo de cuidar de sua situação.

– Bertha Sinclair estava radiante. – Em breve, terei notícias mais esclarecedoras.

Era minha quarta estadia no Liberty em menos de um ano e meio. A sra. Cobrawick não estava mais lá, fora substituída pela srta. Harkness, que vestia short atlético o tempo todo, qualquer que fosse a estação. A srta. Harkness não tinha qualquer interesse nas celebridades, e com isso me refiro à minha infâmia. Isso significava outra melhoria em relação à sra. Cobrawick. Mouse também fora embora – me perguntei se chegara a procurar Simon Green –, portanto eu tinha uma cama só para mim e ninguém para me fazer companhia no refeitório. Minha permanência seria curta demais para me preocupar com novas amizades.

Na quinta anterior à minha liberação já programada, eu estava sentada à uma mesa quase vazia no refeitório quando Rinko sentou diante de mim. Estava sozinha e, sem sua escolta feminina, parecia menor.

– Anya Balanchine – cumprimentou-me. – Importa-se se eu sentar com você?

Dei de ombros, e ela colocou sua bandeja na mesa.

– Clover e Pelham foram embora um pouco antes de você chegar. Eu saio mês que vem.

– Afinal, o que foi que você fez?

Rinko deu de ombros.

– Nada pior do que você. Entrei numa briga com uma vagabunda no colégio. Ela começou, mas bati tanto que ela entrou em coma. Tipo, eu estava só me defendendo. Não sabia que ela ia acabar em coma. – Fez uma pausa. – Sabe, nós duas não somos muito diferentes. – Jogou o cabelo preto e brilhoso nos ombros.

Nós éramos diferentes. Eu jamais espancara alguém até a inconsciência.

– Como assim?

Ela baixou a voz.

– Minha família é do ramo do café.

– Ah.

– Isso faz a gente ficar forte – continuou. – Se alguém cruzar meu caminho, vou me defender. Com você é a mesma coisa.

– Eu não acho.

– Você atirou no seu primo, não foi? – perguntou Rinko.

– Tive que fazer isso.

– E eu tive que fazer o que fiz. – Inclinou o tronco sobre a mesa e baixou a voz. – Você parece doce e inocente, mas sei que é só fachada. Dizem por aí que você arrancou a mão de uma pessoa com um machado.

Tentei manter a expressão neutra. Ninguém nos Estados Unidos sabia o que acontecera no México.

– Quem lhe contou isso?

Rinko comeu um pouco do seu purê de batata.

– Eu conheço pessoas.

– O que você ouviu não é verdade – menti. Parte de mim queria perguntar exatamente o que ela sabia, mas não quis me entregar para uma pessoa de quem nunca gostara particularmente e que não achava confiável.

Rinko deu de ombros.

– Não vou contar para ninguém, se é essa sua preocupação. Não é da minha conta.

— Por que você sentou aqui, hoje?

— Sempre achei que eu e você deveríamos ser amigas. Um dia você talvez queira conhecer alguém que sabe alguma coisa sobre café. E algum dia eu posso querer conhecer alguém que saiba alguma coisa sobre chocolate. – Acenou, indicando o refeitório. – Todas dessas meninas... elas vão para casa e talvez até estejam reformadas e tudo. Mas eu e você, nós estamos presas. Nascemos no meio disso e estamos nisso para o resto da vida.

Um sino tocou, o que significava que era hora de voltar para os exercícios da tarde.

Eu estava prestes a colocar minha bandeja no local adequado quando Rinko me interceptou.

— Eu vou por esse caminho, de qualquer forma – disse ela. – A gente se vê, Anya.

No sábado de manhã, fui liberada. Fiquei preocupada com a possibilidade de acontecer alguma coisa que impedisse o combinado, mas o dr. Kipling fez a contribuição de campanha e Bertha Sinclair, a corrupta, manteve a palavra. Peguei a barca de volta do Liberty, e encontrei o dr. Kipling me esperando no desembarque.

— Esteja preparada. Tem uma multidão esperando para ouvir Bertha Sinclair – informou o dr. Kipling.

— Eu preciso dizer alguma coisa?

— Basta sorrir nos momentos certos.

Respirei fundo e me aproximei de Bertha Sinclair, que apertou minha mão.

— Bom dia, Anya. – Virou-se para encarar os repórteres reunidos. – Como todos sabem, Anya Balanchine se rendeu há uma semana. Durante esses oito dias, refleti sobre o assunto e... – Ela fez uma pausa, como se não soubesse exatamente o que faria. – Não desejo maldizer meus predecessores, mas acho a maneira como sua situação foi conduzida uma atrocidade. Se a sentença inicial que ela recebeu originalmente foi justa ou não, meu antecessor não deveria ter mandado Anya Balanchine de volta ao Liberty no outono passado. Foi um movimento político, pura e simplesmente, e, na minha opinião, tudo o que aconteceu antes deve ser perdoado. Diferentemente de meu antecessor, penso que se existe lei, existe justiça. Uma nova administração é um bom momento para recomeços. Foi por isso que decidi liberar Anya Balanchine, essa filha de Manhattan. Sua pena foi cumprida.

Bertha Sinclair se voltou e me abraçou.

– Boa sorte, Anya Balanchine. Sorte para você, minha amiga.

Apertou meu ombro com uma mão que me pareceu uma garra.

XII. confinada, reflito sobre a natureza curiosa do coração humano

A manhã da minha liberação coincidiu com o enterro de Imogen. Fomos diretamente do píer para a Riverside Church, onde eu e o dr. Kipling encontraríamos Simon Green e Natty. Imediatamente após o velório eu daria início a meus trinta dias de prisão domiciliar. Usei um vestido preto da minha avó, que o dr. Kipling enviara para mim no Liberty. A roupa estava muito apertada nos ombros. Acho que toda a minha prática com o machado me fortalecera.

A Riverside Church ficava a mais ou menos dois quilômetros da Piscina, perto de onde uma vertente da Família Balanchine no crime gerenciava seus negócios. Quando passamos pela Piscina, segurei a maçaneta da porta do carro, perguntando-me se as pessoas ali – meus parentes – eram responsáveis pelas mortes de Leo e Imogen.

A igreja ficava perto do rio (daí o nome Riverside), e o vento de fim de janeiro estava forte e inclemente. Quando chegamos, já havia uma porção de gente da imprensa nos degraus da igreja.

– Anya, por onde você andou durante todos esses meses? – gritou um fotógrafo.

– Por aí – respondi. Jamais mencionaria meus amigos do México.

– Na sua opinião, quem matou Imogen Goodfellow?

– Não sei, mas vou descobrir – respondi.

– Por favor, gente – disse o dr. Kipling. – Hoje é um dia muito triste, e Anya e eu só queremos entrar para prestar nossas condolências à nossa amiga querida.

Dentro da igreja havia cerca de cinquenta pessoas, apesar de o lugar comportar mil e quinhentas ou mais. Natty e Simon Green estavam nos fundos. Sentei-me entre eles, e Natty apertou minha mão. Ela usava um casaco sobre os ombros. Não era dela, mas eu conhecia aquela peça de roupa. Conhecia a sensação de ter o rosto encostado nela. Conhecia seu cheiro – fumaça e eucalipto – e como ficava pendurada nos ombros do menino que eu amava.

Olhei mais adiante na fileira de bancos. Do outro lado de Natty estava Scarlet, com a barriga ligeiramente arredondada e bochechas rosadas.

– Scarlet! – sussurrei. Ela acenou para mim. Estendi o braço para sentir a barriga da minha amiga. – Ah, Scarlet – falei –, você está...

– Eu sei. Estou enorme – respondeu ela.

– Não, está linda.

– Bem, me sinto enorme.

– Você está linda – repeti.

Os olhos azuis de Scarlet ficaram marejados.

– Estou tão feliz que você está em casa, segura. – Ficou de pé e me beijou na boca. – Minha melhor amiga querida.

Scarlet inclinou a cabeça para trás, para que eu pudesse ver a pessoa que estava do lado dela: Win. Natty não tinha simplesmente pegado o casaco emprestado.

Eu sabia que o veria novamente, mas não achava que seria tão depressa. Não tive tempo de me preparar. Minhas bochechas pegaram fogo, e não consegui mais pensar. Estiquei meu braço sobre Natty e Scarlet e me flagrei, estupidamente, estendendo a mão para Win.

– Você quer que eu aperte a sua mão? – sussurrou Win.

– Quero. – Eu queria tocar nele primeiro. Queria tocar naquela mão, depois em outras partes também. Mas achei que deveríamos começar pelas mãos. – Eu... obrigada por ter vindo.

Ele segurou minha mão, e nos cumprimentamos oficialmente. Quando ele tentou largar a minha mão, eu não queria, mas acabei soltando.

Durante nossa separação, eu me perguntara se ainda gostava dele. Isso agora me parecia a mais patética das tentativas de superação. Claro que eu ainda gostava de Win. A questão era: será que ele ainda seria capaz de gostar de mim? Depois de tudo?

Era absolutamente condenável ter esse tipo de preocupação durante um velório, sei disso.

Win olhou para mim – o olhar firme, se não excessivamente quente – e fez um gesto formal de cabeça.

– Natty quis que viéssemos – sussurrou ele.

Meu coração começou a pular dentro do peito. As batidas eram tão fortes e altas que me perguntei se Natty e Scarlet estariam ouvindo.

Naquele momento começou a cerimônia, e tivemos que ficar de pé. Lembrei imediatamente que Imogen, minha amiga, estava morta, e que morrera salvando minha irmã.

Depois do serviço, fomos para a porta da igreja para oferecer nossos pêsames.

– Eu sinto muito – falei para a mãe e para a irmã de Imogen. – Natty e eu sentimos muito. Imogen cuidou tão bem da minha avó e da minha irmã. Vamos sentir mais falta dela do que vocês podem imaginar.

– Sempre vou me lembrar dos livros dela e de como era engraçada – disse Natty, com voz suave, mas forte. – Amava Imogen e vou sentir muita saudade dela.

A mãe de Imogen começou a chorar. A irmã apontou diretamente para Natty e disse:

– Você não deveria estar aqui, garota. Por sua causa, Imogen foi assassinada.

Naquele momento, Natty também começou a chorar.

– Vocês! – A irmã de Imogen cuspiu as palavras de ataque a nós. – Vocês são criminosos! Eu disse isso a Imogen, mas ela não quis me escutar. "Essa família é uma praga", falei para ela. "Não é seguro. Existem outros empregos." E olhem só como ela acabou? – continuou a irmã. – Vocês são o que há de pior, de mais baixo no mundo.

– Ei, não é hora para isso – defendeu-nos Win.

A irmã voltou-se para ele.

– Você seria inteligente se fugisse, jovem. Fuja o mais rápido que suas pernas permitirem. Ou acabará exatamente como Imogen.

– Eu sinto muito por sua perda – falei, de maneira a desviar o foco de Natty e Win.

A irmã se voltou para mim.

– Esse circo lá fora é graças a você! Vá embora e leve seu circo imundo junto.

Apressei Natty para fora da igreja. Win envolveu-a com o braço. Inclinou-se e sussurrou em seu ouvido:

– Você foi muito corajosa vindo aqui. Não importa o que aquela mulher disse. Você fez a coisa certa.

O apartamento não tinha mudado nada desde a manhã em que eu fora embora, e, ainda assim, parecia diferente. Imogen se fora, e Leo jamais voltaria. Quanto a mim, sentia-me muito mais velha, apesar de não exatamente mais sábia.

– Lembre-se, Annie, você não pode sair de casa até o dia vinte e oito de fevereiro sem falar comigo antes – disse o dr. Kipling.

Como se eu pudesse esquecer. Um rastreador fora injetado na batata da minha perna naquela manhã, logo acima da minha tatuagem, e a região estava avermelhada e inchada, como lábios muitas vezes beijados. Mesmo assim, existia alívio naquele confinamento. Teria tempo para planejar minhas próximas ações.

Simon Green me disse que seguranças haviam sido contratados para vigiar a frente do prédio (caso alguém tentasse fazer algo contra mim ou contra Natty) e, depois, ele e o dr. Kipling foram embora. Scarlet e Win haviam ido para casa direto do velório.

– Não é estranho o apartamento estar tão silencioso? – perguntou Natty.

Concordei. Mas também era bastante calmo.

Logo cedo, no domingo de manhã, antes mesmo do horário em que eu começaria a me arrumar para ir à missa caso não estivesse confinada, a campainha tocou.

Ainda sonolenta, atravessei trôpega o corredor. Olhei pelo olho mágico. Era a mãe de Win, a mais improvável das pessoas, e atrás dela estava Win. Estava prestes a abrir a porta, quando parei. Talvez isso pareça estranho a vocês, mas queria poder observá-lo sem que ele soubesse. Não tivera a oportunidade de realmente olhar para ele no velório. Ainda era tão bonito. O cabelo crescera do verão para cá, e ele voltara a usar chapéus – no caso, vermelho de lã com protetor de orelhas peludos! O casaco era o mesmo do funeral e do Baile de Formatura de 2082. Eu amava aquele casaco. Amava Win com aquele casaco. Queria desabotoá-lo e me enfiar ali dentro, depois abotoar novamente e esquecer tudo o que acontecera.

Eles tocaram novamente a campainha, e dei um pulo para trás.

Natty chegou no corredor.

– Annie, o que você está fazendo? Abra a porta! – Ela me empurrou e fez exatamente o que disse que eu deveria fazer.

Win e a mãe carregavam sacos.

– Oi, Anya! – disse Jane Delacroix. – Espero que me perdoe, mas trouxe umas comprinhas para você e para Natty. Sei que é um momento difícil para sua família. E gostaria de ajudar como puder.

– Por favor – falei –, entrem. – Olhei as sacolas cheias. – Muito obrigada pelo gesto.

– Não é muita coisa – disse a mãe do Win. – Mas era o mínimo que eu podia fazer.

Natty pegou a bolsa de Win, depois encaminhou sua mãe para a cozinha.

Win ficou parado, como se não quisesse chegar muito perto de mim. Talvez eu estivesse sendo paranoica, e talvez ele estivesse simplesmente me dando espaço, respeitoso.

– Sinto muito pelo seu irmão e também por Imogen – disse ele.

Assenti. Mantive o olhar direcionado para seus ombros. Agora que não estava mais em segurança do outro lado da porta, estava quase com medo de olhá-lo nos olhos.

– Minha mãe realmente insistiu – disse Win. – Eu não estava planejando vir antes da tarde.

– Eu... – Tive certeza de que diria algo realmente perspicaz, mas não pronunciei uma palavra. Ri (isso mesmo, ri) e coloquei uma das mãos no peito, na tentativa de abafar o som das batidas desesperadas do meu tolo coração.

– Win... – falei. – Seu pai perdeu as eleições.

Ele sorriu, e pude ver seus dentes lindos.

– Eu sei.

– Bem, diga a ele que eu não... – Ri novamente. A situação estava ficando constrangedora; só posso me justificar dizendo que não estava ainda completamente acordada. – Diga que Anya Balanchine não está nem um pouco triste com isso!

Win riu, e seu olhar se suavizou um pouco. Ele pegou a mão que estava sobre o meu peito e me puxou para perto, até que meu rosto fosse de encontro ao casaco de lã que eu conhecia tão bem.

– Senti tanto a sua falta, Annie. Você mal parece real para mim. Tenho medo de virar as costas e você desaparecer.

– Não vou a lugar algum por enquanto – disse a ele. – Prisão domiciliar.

– Bom. Gosto de saber onde você vai estar. Já gostei dessa nova promotora.

Eram tantas as coisas a dizer e com que me preocupar, mas naquele momento eu não consegui ficar triste nem preocupada. Sentia-me corajosa e forte, bem melhor, ao lado de Win. Seria tão fácil amá-lo de novo. De repente, me afastei dele.

– O que foi? – perguntou ele.

– Win... o que a irmã da Imogen disse no velório é verdade. As pessoas a minha volta tendem a se ferir. Você sabe disso. – Toquei no quadril dele. – Não precisamos começar tudo de novo. O fato de você ter encontrado uma menina do colégio de quem gostou não quer dizer que precise ficar com ela para sempre. Eu quero dizer, ninguém faria isso. Ninguém que tenha bom senso, pelo menos. Eu... – Estava prestes a dizer algo sobre como me considerava uma pessoa com muito bom senso, mas acabei dizendo uma coisa completamente diferente. – Eu amo você. – E amava, tinha certeza. – Eu amo você, mas não quero...

Win me interrompeu.

– Chega – disse ele. – Eu também amo você. – Fez uma pausa. – Você me subestima, Annie. Não sou cego em relação às suas falhas. Você guarda segredos demais, para começo de conversa. Mente às vezes. Tem dificuldade de dizer o que acontece com o seu coração. Você tem um temperamento horrível. Guarda mágoas. E não estou dizendo que é culpa sua, mas as pessoas que a conhecem têm uma tendência perturbadora de acabar com balas no corpo. Você não acredita em ninguém, nem em mim. Às vezes, acha que eu sou um idiota. Não negue isso, dá para notar. E talvez eu tenha sido um idiota um ano atrás, mas muita coisa aconteceu desde então. Estou diferente, Anya. Você costumava dizer que eu não sabia o que era o amor. Mas acho que aprendi. Aprendi quando pensei ter perdido você durante o verão. E aprendi quando minha perna doía terrivelmente. E aprendi quando você foi embora e eu não sabia se estava em segurança, mesmo que eu nunca mais pudesse vê-la. Não quero me casar com você. Só estou feliz de estar por perto por enquanto e pelo tempo que você quiser. Porque nunca houve ninguém na minha vida que não fosse você. Nunca haverá ninguém que não seja você. Eu sei disso. Sei. Annie, minha Annie, não chore...

(*Eu estava chorando? Sim, acho que sim. Mas ainda estava tão terrivelmente cansada. Vocês não podem me culpar.*)

– Eu sei que amar você vai ser difícil, Annie. Mas eu amo, aconteça o que acontecer.

Olhei-o nos olhos, e ele me encarou de volta. Não eram mais aqueles olhos cegos de admiração que me encaravam um ano antes. Agora eles pareciam enxergar claramente. Os meus também, fora o fato de que lágrimas começavam a fazer com que tudo ficasse embaçado.

– Então você gosta de alguma coisa em mim? – perguntei.

Ele pensou em minha pergunta.

– Do seu cabelo – disse ele, finalmente. – E você até que era uma parceira decente de laboratório no ano passado. Quer dizer, quando você estava por aqui.

– Precisei cortar o cabelo. Ainda não voltou ao tamanho normal.

– Eu sei, Anya. É uma grande perda.

– O cabelo não conta muito na construção de um relacionamento, de qualquer maneira – falei.

Fiquei na ponta dos pés e beijei-o na boca. O primeiro beijo foi suave, mas, depois o beijei novamente. O segundo foi tão forte que mordi a língua e comecei a sangrar. Lambi o sangue e ri. Win fez menção de me beijar outra vez.

– Chega, Win! – falei. – Estou sangrando.

– Não pensei que haveria derramamento de sangue tão rápido – comentou ele.

Admiti que esperava conseguir evitar.

– Talvez devêssemos ir devagar – disse ele, ao me puxar para perto novamente. – Para que nenhum de nós saia ferido.

– Vamos fazer isso – respondi. Então, tirei o chapéu dele. Tinha ficado com aquela coisa tola na cabeça durante o nosso beijo inteiro. Então toquei no seu cabelo, que era lindo, sedoso e limpo.

É tão peculiar como o coração pode ficar leve e pesado ao mesmo tempo.

Tão leve.

Mas eu não podia esquecer os vinte e nove dias restantes de prisão domiciliar. Eu não podia sair, o que significava que nem pude começar a resolver todos os problemas da minha vida. Win me visitava todos os dias, Scarlet, quase todos, e o mês passou bastante rápido.

Jogamos palavras cruzadas, eu e Natty choramos um bocado, e basicamente ignorei quase todo mundo que tentou falar comigo. Ainda não sabia o que queria dizer a ninguém.

Lá pela terceira semana houve uma tempestade, do tipo que faz a cidade parar. Win conseguiu chegar de alguma forma, e ficou na minha casa três dias.

Eu estava tendo dificuldade para dormir à noite, pensando em Leo, Theo e Imogen, às vezes até pensando no homem que eu provavelmente matara no México, e estava feliz com a companhia de Win.

– Você devia botar pra fora – insistiu Win. – Confesse.

– Não posso.

– Você vai morrer se ficar guardando tudo, e eu quero saber essas coisas.

Olhei para ele. Eu não podia ir até um padre e estava cansada de guardar segredos. Então, contei tudo. Contei sobre o cultivo do cacau. A proposta de casamento. Até mesmo da mão cortada com o machado. A sensação que eu tive ao cortar a mão de alguém. Que aparência a mão tivera ali, jogada na grama. O cheiro do sangue. Agora eu sabia que o sangue das pessoas é diferente.

– Você acha que Yuji Ono está por trás dos assassinatos? – perguntou Win.

– Ele disse que não. E acho que acredito.

– Então será que foi Mickey? Ou Fats? Ou outra pessoa completamente diferente?

– Acho que foi Mickey – falei, depois de um tempo. – Não ouço falar dele desde que voltei para Nova York. E acho que, quando perdi o apoio de Yuji Ono, Mickey deve ter imaginado que matando Leo estaria vingando o tiro no pai.

– Você acha que os outros atentados eram só para assustar, não para matar?

– Acho – respondi.

– Não aconteceu mais nada desde então – disse Win. – Talvez esteja tudo encerrado.

Mas não estava. Se Leo estava morto, eu precisava fazer alguém pagar. Franzi o cenho, e Win desfez as rugas passando o dedo sobre minha testa.

– Estou lendo sua mente, Annie. Se você for atrás de quem quer que imagine ter matado Leo, eles vão vir atrás de você ou de Natty. Isso nunca vai ter fim.

– Win, se eu não for atrás deles, vão pensar que sou fraca. Por que deixariam de vir atrás de mim e de Natty para terminar o serviço? Vou passar a vida inteira sem respirar direito. Não quero parecer alguém que pode ser desacreditado dessa maneira.

– E se você declarasse não ter nenhum interesse no negócio do chocolate? E se dissesse que vai voltar para o colégio, depois vai para uma universidade para se tornar uma investigadora criminal, um beijo e tchau?

– Adoraria poder fazer isso...

– Por que não? Por que não pode? Não entendo.

– Porque... sou uma criminosa, Win. Sou fichada. Perdi aulas demais. E nenhuma escola, que dirá universidade, vai me querer como aluna. Estou presa.

– Deve existir uma em algum lugar. A gente vai encontrar. Eu posso ajudá-la, Annie.

Balancei a cabeça.

– Ok. E se formos para algum lugar onde ninguém nos conhece? Pegamos Natty e partimos. Podemos mudar de nome, pintar o cabelo.

Balancei a cabeça novamente. Eu já tentara fugir e não queria esse tipo de vida para Win, para Natty nem para mim.

– É mais do que isso, Win. Quando eu estava no México, alguma coisa mudou para mim. Percebi que nunca vou escapar do chocolate. Então não faz sentido fugir dele ou mesmo odiá-lo.

– Meu pai sempre diz que nunca deveria ter sido proibido, para começo de conversa.

– Jura? Charles Delacroix diz isso?

– O tempo todo. Normalmente logo antes de mencionar que seria absurdamente conveniente para ele nunca ter que ver você de novo.

Ri.

– Como vai meu velho amigo? – perguntei.

– Meu pai? Ele está péssimo. Completamente deprimido. Deixou crescer a barba. Mas quem se importa com ele? Vamos falar de mim. Nunca fiquei tão feliz na vida como quando meu pai perdeu as eleições. – Win fez uma pausa e olhou para mim. – Você realmente decepou a mão do atirador com um machado?

– Decepei. – Perguntei-me se era um erro contar isso para ele, se me amaria menos, sabendo como eu era violenta. – Eu não me arrependo, Win. E também não me arrependo de ter atirado no meu primo quando ele atirou em você.

– Minha garota – disse ele, segundos antes de me abraçar.

Quis mostrar meu machado, e ele disse que gostaria de ver, então o levei até meu quarto. Depois que o dr. Kipling me devolveu a ferramenta, eu a escondera entre o colchão da minha cama e o estrado.

– Feche a porta – falei para ele.

– Isso está começando a me cheirar como uma armadilha – disse ele.

– Agora, apague a luz.

* * *

Na última manhã do meu confinamento, quando eu estava prestes a sair de casa para remover o rastreador, recebi um telefonema de Mickey Balanchine.

– Annie, como você está? – perguntou ele. – Desculpa, não tive tempo de entrar em contato com você, mas queria que soubesse que sinto muitíssimo pelo que aconteceu com você, com Natty, e, principalmente, com Leo. Pobre garoto. Isso é uma loucura.

Não falei nada. Não sabia se acreditava nele.

– Mas não é esse o motivo da minha ligação, na verdade. Só queria que você soubesse que Yuri morreu. – Mickey soluçou alto. – Gostaria de dizer que papai não sofreu, mas não sei se é verdade. Esse último ano, desde o tiroteio, tem sido terrível, Annie. Papai falou em você pouco antes de morrer. Disse que era uma menina bacana. Acho que gostava mais de você do que de mim. – Mickey riu baixinho. – Acho que você fazia com que se lembrasse do irmão mais novo.

Ele estava falando do meu pai.

– Eu sei... eu sei que as coisas andam estranhas, agora, mas significaria muito para todos nós se você fosse ao enterro.

Respondi que tentaria e desliguei o telefone. Mickey não parecia alguém que acabara de organizar o assassinato do meu irmão. Mas eu também não parecia uma garota capaz de arrancar a mão de uma pessoa com um machado.

Mas eu era esse tipo de garota, e, se fosse preciso, sabia que seria capaz de fazer isso novamente.

XIII. como recreação, aprendo a fazer chocolates; recebo dois bilhetes e um embrulho

O dr. Kipling me acompanhou na cerimônia da retirada do rastreador na delegacia da East Ninety-Third Street. Aquele lugar me trazia algumas lembranças, já que ali eu fora detida depois de ter sido presa pelo envenenamento de Gable Arsley. Quanto ao rastreador, apesar de sua retirada supostamente não ser dolorosa, foi. O policial disse que eu deveria ir a um médico para examinar o local, caso ficasse infeccionado.

– Esses negócios deveriam ser descartáveis, mas – desculpou-se – às vezes reutilizamos o equipamento. Problemas de orçamento, sabe.

Quando eu estava indo embora, outro policial me entregou um bilhete.

Parabéns pela libertação. Por favor, venha me ver no Rikers. Tenho uma informação para você.

Carinhosamente,
Seu primo.

Imaginei que era Jacks, mas – convenhamos – eu provavelmente tinha mais de um primo na cadeia.

Lá fora, a neve derretera, e o dia parecia bastante quente para final de fevereiro em Nova York.

– E agora? – perguntou o dr. Kipling.

Na noite anterior, eu ficara acordada na cama, pensando nas coisas que precisava fazer quando estivesse livre. A lista era tão grande que precisara anotar no meu tablet.

1. Encontrar um internato para Natty.
2. Encontrar uma escola para mim.
3. Descobrir quem assassinou meu irmão e Imogen.
4. Vingar a morte do meu irmão.
5. Descobrir uma maneira de buscar as cinzas do meu irmão.
6. Definir o que fazer da vida depois do colégio (caso eu conseguisse me formar).
7. Ligar para a Granja Mañana para saber de Theo (mas é claro que não de uma linha rastreável).
8. Cortar o cabelo.
9. Arrumar as coisas de Imogen.
10. Comprar um presente de aniversário para Win (mercado de sábado?).

Mas eu não queria fazer nada disso imediatamente.

– Dr. Kipling – falei –, tudo bem se a gente der uma caminhada?

Andamos bastante pela Quinta, o que nos levou um pouco adiante do Little Egypt. O bar parecia mais decrépito que nunca.

– Quando eu era criança – disse o dr. Kipling –, achava que aqui era o lugar mais legal do planeta. Eu amava as múmias.

– O que aconteceu? – perguntei.

– Todo mundo faliu. E ninguém achou que valia a pena salvar as múmias, eu acho. – Dr. Kipling fez uma pausa. – E, agora, é essa boate idiotizante.

Eu sabia muito bem disso.

Em frente ao Little Egypt, já ficava claro que havia mais produtos do mercado negro sendo negociados a céu aberto agora do que quando Charles Delacroix era promotor. Passei pelo traficante de chocolate. Não havia nenhum produto à mostra. A mesa ficava coberta com um pano azul de veludo, e umas cem bonequinhas matryoshka estavam em cima dela, mas todos sabiam o que isso significava. Passei pela mesa. O dr. Kipling me perguntou se eu tinha certeza de que queria fazer aquilo.

– E se alguém estiver nos vigiando?

Havíamos dado dinheiro para Bertha Sinclair, então imaginei que estávamos seguros.

– Tem Balanchine Special Dark? – perguntei ao vendedor.

Ele fez sinal afirmativo. Enfiou a mão debaixo da mesa e pegou uma barra. Pela embalagem, dava para ver que não era verdadeiro. As cores estavam erradas e o papel tinha um acabamento nada convidativo. Provavelmente era algum cacau barato numa embalagem reciclada de algum chocolate Balanchine. O vendedor insistia ridiculamente em pedir 10 dólares por aquela cópia barata.

– Você está falando sério? – perguntei.

Uma barra de Balanchine Special Dark custava, no máximo, três ou quatro dólares.

– O fornecimento anda escasso – respondeu o vendedor.

– Nós dois sabemos que isso nem é um Balanchine – falei.

– Você é o quê? Uma especialista? É pegar ou largar.

Coloquei o dinheiro na mesa. Apesar do preço, estava curiosa para ver o que andava sendo vendido com o nome do meu pai.

O dr. Kipling ficou um pouco afastado de mim enquanto eu fazia a transação. Acho que não queria me atrapalhar.

Enfiei o chocolate na bolsa, depois o dr. Kipling me levou para casa.

– Chegou a hora de falarmos sobre escolas? – perguntou o dr. Kipling.

O que havia para falar?

– Escola domiciliar me parece a única opção no momento. Vou estudar em casa e tentar fazer as provas finais antes do verão.

– E depois? Universidade?

Olhei para o dr. Kipling.

– Acho que nós dois sabemos que não sou mais uma aluna apta às universidades.

– Isso não é verdade!

Ele discutiu um pouco comigo, e ignorei seus argumentos.

– Anya, seu pai queria que você fizesse uma faculdade.

Se ele estivesse vivo, essa talvez fosse uma opção.

– Natty fará – respondi.

– E você? O que vai fazer em vez de estudar?

A curto prazo, eu precisava descobrir quem matara Leo e ordenara a execução do resto da minha família. Mas em longo prazo? Começara a me parecer sem sentido fazer esse tipo de plano.

– Dr. Kipling, minha agenda está cheia – falei, de modo despreocupado. – Tenho que ir ao velório do meu tio, visitar meu primo na prisão, o aniversário do Win é no sábado. A única coisa que me pergunto é: como é que eu tinha tempo de ir para a escola antes?

Nosso passeio terminou, e o dr. Kipling olhou para mim com expressão irritantemente trágica.

– Vou contratar um tutor para você.

Em frente à porta do meu apartamento, alguém deixara uma caixa de tamanho médio e um envelope. Levei os dois volumes para dentro e coloquei-os em cima do balcão da pia. O envelope não tinha data de postagem, mas não era comum envelopes conterem explosivos, então abri.

Estava escrito:

Querida Anya,
Talvez se lembre de mim. Meu nome é Sylvio Freeman Syl. Nos conhecemos no outono passado quando você fez uma entrevista na minha escola. Fui informado de que está de volta à cidade, e que, pelo menos por enquanto, seus problemas legais ficaram para trás. Tive esperanças de que falasse sobre sua experiência no encontro Cacau Agora. Se for do seu interesse, por favor venha...

Joguei o bilhete para o lado, sem me preocupar em terminar de ler. Concentrei-me na caixa. O selo indicava o Japão, e o endereço de resposta era a Ono Sweets Company, o que, é claro, significava Yuji Ono. A caixa era surpreendentemente pesada. Questionei se deveria abri-la ou não. Poderia haver uma bomba ali dentro. Ainda assim, se Yuji Ono queria me ver morta, não mandaria um pacote com seu endereço para devolução.

Peguei meu machado no quarto e abri a caixa. Dentro tinha uma bolsa grande de plástico com cinzas e um pequeno cartão branco.

Leo.

Querida Anya,

Sinto muito não poder ir pessoalmente a Nova York lhe entregar isto. Estou impedido por problemas no trabalho e saúde ruim. Também sinto muito pela maneira como nos despedimos. As circunstâncias não colaboraram. Um dia, espero poder explicar melhor meu comportamento. Mas quero que saiba que tive a oportunidade de ver o corpo de Leo antes da cremação, apesar de ter sobrado pouco. Acredito que era ele. O corpo da namorada, Noriko, ficou reconhecível, e Leo não foi visto no Japão desde o ocorrido.

Você ainda está em meus pensamentos,
Yuji Ono.

Ah, Leo.

Uma parte de mim – meu coração, eu acho – esperava que a morte de Leo fosse um equívoco, mas agora eu sabia que não era. O cérebro não podia negar uma evidência. Leo estava morto.

Fiquei feliz por Natty estar no colégio, porque ainda não sabia o que dizer a ela.

Coloquei as cinzas na mesa de centro da sala e refleti sobre meus próximos passos. Leo precisava de um velório, mas se fizesse um para ele – se, digamos, eu o enterrasse no nosso jazigo no Brooklyn –, poderia ser implicada diretamente na fuga do meu irmão. Eu não gostava nem um pouco da ideia de ser levada pela quinta vez para o Liberty. Então, talvez o enterro de Leo devesse ser informal: cinzas lançadas no parque num dia de sol, Natty lendo um poema etc. Seria realmente importante que as cinzas de Leo compartilhassem o mesmo espaço de meus pais? Fosse como fosse, estavam todos mortos mesmo.

Quis chorar a perda de Leo. Senti o aperto no peito e as lágrimas começando a se formar, mas elas não vieram.

Quanto mais olhava para as cinzas de Leo, mais me sentia envergonhada, por incrível que pareça. Os passos que dera para manter a segurança do meu irmão haviam sido todos errados. Bastava ver o resultado! Meu pai, onde quer que estivesse, provavelmente teria vergonha de mim.

Não me mexi por horas, até que Natty chegou da escola. Seus olhos foram do meu rosto para a bolsa.

– Pobre Leo – disse ela, antes de sentar no sofá.

Natty inclinou o tronco na direção da mesa de centro e pegou a bolsa por uma das alças, como se desejasse o mínimo contato possível com aquilo.

– Você acha que está tudo aqui? Leo era tão alto. – Colocou as cinzas do nosso irmão novamente na mesa. – Sonhei com ele noite passada.

– Não ouvi você gritar nem nada.

– Não sou mais criança, Anya. – Revirou os olhos. – Além do mais, não foi um pesadelo. – Fez uma pausa. – Acho que não deveríamos enterrá-lo. Leo não gostaria disso. Gostava de estar em casa, conosco. Gostava daqui.

Disse a ela que escolheria uma urna na próxima semana.

Fui até meu quarto. Peguei a barra de chocolate na minha bolsa e coloquei-a em cima da cômoda.

Parecia tão doce e inofensiva ali. Nem um pouco mortal.

* * *

No sábado, coloquei meu confiável vestido preto, que não podia estar mais cansada de usar, e me arrastei até o enterro do tio Yuri, que não acontecia na minha igreja, mas na ortodoxa, preferida pela maioria dos membros da família. Perguntei-me se deveria ou não levar Natty e resolvi que não devia. Ela conhecia pouco o tio Yuri e não quis envolvê-la. Também me perguntei se deveria ou não levar meu machado e também resolvi que não. Como seria revistada, realmente não fazia sentido. Fui acompanhada por uma das guarda-costas contratadas pelo dr. Kipling – uma mulher enorme, uma parede, chamada Daisy Gogol. Era bastante alta, tinha braços grossos como minhas pernas e precisava de uma depilação nas sobrancelhas e no bigode. Mas era a preferida por mim e por Natty. Daisy Gogol tinha voz melodiosa. Comentei isso com ela e descobri que estudara canto lírico antes de trabalhar no ramo da segurança, muito mais lucrativo. Natty me contou ter visto Daisy dando comida aos pássaros na varanda do apartamento.

O enterro foi tedioso, e não senti praticamente nada com a morte do tio Yuri Balanchine. Já Daisy chorou copiosamente. Perguntei se o conhecera. Ela disse que não, mas que ficara tocada com a leitura do Eclesiastes. Apertou minha mão com a sua, bastante carnuda.

Desde a noite dos três ataques eu não estivera no mesmo ambiente que ninguém da Família. No banco da frente vi Mickey e sua mulher, Sophia. Fats ficou duas fileiras atrás. A igreja estava repleta de empregados da Balanchine Chocolate, alguns deles eram parentes que eu conhecia vagamente (mas que não vejo necessidade de mencionar). Pensei que qualquer uma dessas pessoas poderia ser responsável, mas talvez nenhuma delas fosse. O mundo era muito grande, e, naquela altura, imaginei que pudesse estar tomado de vilões.

Quando chegou minha vez de ver o cadáver de Yuri, inclinei o tronco sobre o caixão e fiz o sinal da cruz. O agente funerário conseguira apagar os efeitos do derrame do rosto de Yuri, que parecia mais simétrico do que na última vez que o vira. Seus lábios estavam coloridos de um tom de roxo nada natural, e me perguntei o que ele tentara me dizer naquele dia de setembro. Pensei no seu outro filho, Jacks. Não fora liberado da prisão para o enterro, mas Yuri era pai dele também. E, apesar do que Jacks fizera ou não, naquele dia consegui sentir uma pontinha de pena do meu pobre primo.

Fui dar os pêsames a Mickey e Sophia. Ele estava de terno escuro, como era de se esperar. Sophia usava um vestido vinho sem muitas curvas, quase uma toga. Escolha estranha para um enterro.

Os olhos de Mickey estavam vermelhos. Ele segurou minha mão e agradeceu minha presença.

Sophia sorriu para mim, mas foi um sorriso forçado.

– Como vai você, Anya? – E me deu dois beijos no rosto. Suas bochechas me pareceram duras. – Temos pensado em fazer uma visita desde a sua volta, mas ficamos muito ocupados com Yuri. Como foi sua estadia fora? – Sophia baixou a voz. – Com meus primos?

– Amei seus primos – respondi. – Muito obrigada.

– Você e eu realmente precisamos colocar os assuntos em dia – disse ela. – Aconteceu muita coisa nesses últimos meses.

Quando estava de saída, fui parada por Fats.

– Annie – disse ele. – Você não esteve no meu bar desde que chegou.

– Não respondi. – Não estive.

– Você não precisa ter medo de mim – disse Fats. – Eu não estive envolvido nos ataques.

– Todo mundo que conheço diz que não esteve envolvido – falei. – E mesmo assim aconteceu, não foi?

– Escute, Annie. Eu realmente sinto muito por Leo, mas meu interesse está nos negócios. Mickey está levando a Balanchine à falência. Ele não é um cara do mal, mas não sabe o que está fazendo, assim como o pai. Trabalho com muita gente que vende nossos produtos. E eles precisam saber que os carregamentos vão chegar a tempo e em boas condições. Com Mickey à frente das coisas, ninguém mais acredita nisso. Perderam a confiança.

– Fats, não vou conseguir pensar em nada disso até descobrir o responsável...

– Escute o que estou dizendo, Annie! – Eu nunca ouvira Fats elevar a voz. – É isso que estou tentando falar. Não importa quem é responsável. Não existe tempo para você ir atrás de quem estava envolvido. Alguém precisa assumir a Balanchine Chocolate, e acho que eu devo ser essa pessoa.

Não respondi.

– Gostaria que me desse apoio. Significaria muito para mim.

Escolhi cuidadosamente as palavras.

– Do meu ponto de vista, atualmente, me parece que você tentou matar a mim, a Natty e a Leo para poder assumir esse controle.

Fats balançou a cabeça.

– Não. Não foi isso que aconteceu.

– Então, quem foi? Pode dizer, se souber.

– Menina, estou dizendo a você que não sei. Gostaria de saber. Mas o que eu acho é que alguém de fora das organizações quis trazer o caos. Exatamente como no episódio do envenenamento no ano passado.

– Você está falando de Yuji Ono?

– Não sei, Annie. Mas pode ser.

– Por que eu deveria apoiar você se sabe tão pouco?

– Tudo bem... Aqui vai uma coisa que me passou pela cabeça. – Ele baixou a voz e olhou para Sophia, do outro lado da igreja. – E se *ela* estiver envolvida? Seu sobrenome de solteira é Bitter, e Bitter é o quarto maior distribuidor de chocolates da Alemanha.

Olhei para Sophia Balanchine. Não me parecia razoável que tivesse me mandado para o México e expusesse a família da mãe a tanto risco, se fosse verdade. Naquele momento, tive a sensação de que Fats apontaria qualquer um para impedir que eu apontasse para ele.

Daisy Gogol colocou a mão no meu ombro.

– Tudo bem com você, Anya?

Fiz sinal positivo e disse que estava pronta para ir embora. Fats segurou meu braço.

– Lembro-me do dia em que você nasceu. Seu pai levou fotos suas para vermos na Piscina. Eu jamais faria alguma coisa que arriscasse a sua vida ou a dos seus irmãos. Você precisa saber disso.

A única coisa que eu sabia com certeza era que não sabia de nada.

XIV. encontro um antigo inimigo; recebo outra proposta; Win olha por baixo da embalagem

No aniversário de dezoito anos de Win, os pais fizeram uma festa no apartamento para ele. E quando digo pais de Win, na verdade estou querendo dizer mãe. O pai ainda andava "deprimido", e, segundo Win, não fizera nada para ajudar no planejamento das comemorações.

Scarlet foi para minha casa, para que nos arrumássemos juntas. Natty e Daisy Gogol também iam conosco.

Scarlet estava com seis meses de gravidez e, definitivamente, barriguda. Estava usando uma saia enorme preta de tule e uma jaqueta rosa mínima, que não conseguia abotoar. Seu cabelo louro crescera até a cintura e estava muito sedoso. Achei-a linda como sempre e disse isso a ela.

Scarlet me deu um beijo no rosto.

— Por que não posso me casar com *você*, Annie? É o marido perfeito para mim.

Depois de sete anos num colégio católico, Gable Arsley estava absolutamente determinado a se casar com Scarlet e fazer dela uma "mulher honesta".

Scarlet andava cansada demais para providenciar roupas para nós como fizera nos anos anteriores. Aprovou nossas escolhas. Natty usou aquele meu vestido vermelho (que fora da minha mãe), que Win sempre gostara em mim. Eu escolhi uma calça preta – estava numa fase calças – e o corpete que Scarlet usara para ir ao Little Egypt vários anos antes. Minha roupa era provocante na parte de cima e conservadora na parte de baixo. Mas a verdade é que estava gostando dos meus braços e das minhas costas depois da temporada na fazenda. Como Daisy Gogol ia conosco, resisti à vontade de usar meu machado como acessório. Daisy não cabia em nossas roupas, mas, no final das contas, tinha um guarda-roupa variado. Estava com um vestido esquisito, todo branco, e um capacete com chifres.

– Figurino antigo de ópera – disse ela. – Vai ser tão divertido! – Bateu palmas.

Fomos de ônibus para a casa de Win. O engraçado era que eu só tinha ido à casa dele duas outras vezes, já que, por razões óbvias – ou seja, Charles Delacroix –, Win e eu evitávamos seu apartamento.

Jane Delacroix era dessas pessoas capazes de fazer com que tudo ficasse lindo. Para decorar a casa, pendurara frutas no teto. Velas iluminavam o ambiente. E, claro, havia um bar e uma banda. A verdade é que eu duvidava que Win sequer desconfiasse do quanto sua mãe aliviava seu sofrimento. Ele era um menino e nunca vivera sem a mãe.

Quase todos da turma que deveria se formar comigo estavam lá, com exceção de Gable Arsley – graças à mãe de Win. Eu não via a maioria daquelas pessoas desde a noite da minha festa de boas-vindas de volta ao Trinity. Chai Pinter veio direto na minha direção e começou a balbuciar:

– Ah, Anya, você está linda! Estou tão feliz em vê-la! – Riu para mim como se fôssemos melhores amigas. – Fiquei tão preocupada com você esses meses todos. Por onde andou?

Como se eu fosse contar para a fofoqueira da turma por onde eu andara!

– Por aí. – Foi minha resposta vaga.

– Nossa, quanta discrição! Então, o que vai fazer no ano que vem?

Provavelmente organizar ataques a alguns dos meus parentes, pensei.

– Ficar por aqui – respondi.

– Legal. Entrei para a NYU, então vou ficar na cidade também! A gente tem que combinar de sair.

NYU? Minha mãe estudara na NYU. E, só de pensar na imbecil da Chai Pinter na NYU, fui tomada por um desgosto inexplicável. Eu sabia que deveria ficar feliz por ela. Por que eu não estava? Chai Pinter era fofoqueira, mas era boa menina e muito estudiosa...

– E você acha que vai querer terminar o colégio? – perguntou Chai.

– Tenho um tutor. Estou estudando para as provas.

– Que legal! Você vai se dar bem provavelmente. Sempre foi muito inteligente.

Disse a Chai que precisava buscar algo para beber. Atravessei a sala e fui impedida por Alison Wheeler.

– Annie – disse ela. – Então, acho que você já sabe que eu não era realmente a namorada dele, afinal de contas. – Alison

Wheeler estava com um vestido preto muito justo e sapatos amarelos de salto agulha. Era seu novo visual.

Ri.

– Vocês dois me enganaram direitinho.

Ela falou no meu ouvido:

– Eu quero dizer, gosto de Win, mas ele não é muito meu tipo. Prefiro você.

– Ah!

– Pelo menos no geral. Mas gosto especificamente da sua amiga Scarlet. Pena que o Trinity é tão tedioso e católico. Mal posso esperar para entrar na universidade. De qualquer maneira, só estava tentando ajudar na campanha de Charles Delacroix. Aquela Bertha Sinclair é um monstro.

Pelo menos eu não estava passando meus dias no Liberty.

– Ela é, Annie. Vai deixar a água acabar, está nas mãos de todas as grandes empresas, deixa que poluam tudo e não paguem impostos e é totalmente corrupta. Charles Delacroix não é perfeito, mas... ele é bom. – Ela apontou para Win, do outro lado da sala, falando com uma idosa. – Ele conseguiu, não foi?

– Acho que sim.

Alison começou a falar sobre faculdade porque aparentemente não existia nenhum outro assunto que valesse a pena no mundo. Entrara para Yale e planejava estudar Ciência Política e Engenharia Ambiental. Senti a mesma inveja crescente que sentira com Chai – sim, era isso que eu sentia. Precisei me desculpar e me afastar novamente.

Estava cansada de ouvir os planos de todos os meus colegas de sala para o ano seguinte. Pensei em ir para o quarto de Win e deitar, mas, quando cheguei lá, vi que estava ocupado. A mesma coisa acontecia com o quarto dos pais de Win – que nojo. Voltei para o andar de baixo. Sabia que o escritório do pai dele era território proibido. Mas também sabia que Charles Delacroix não estaria em casa naquela noite, então resolvi ir para lá. Retirei as cordas douradas que amarravam as maçanetas e entrei.

Sentei num dos sofás de couro. Tirei os sapatos e deitei. Cochilava quando alguém entrou.

– Anya Balanchine – disse Charles Delacroix. – Então nos encontramos novamente.

Precisei fazer um esforço para me sentar.

– Senhor.

Ele vestia um robe de flanela xadrez vermelha e tinha, de fato, deixado crescer a barba. A combinação fazia com que parecesse uma espécie de mendigo. Imaginei que se me expulsaria do escritório, mas ele não fez isso.

– Minha mulher insistiu em fazer esta festa – disse Charles Delacroix. – Agora que estou desempregado, minhas opiniões têm menos peso do que eu gostaria. Espero que esse inferno termine logo.

– Você está exagerando. É uma festa de aniversário. É só uma noite.

– Verdade. Coisas pequenas parecem me afetar mais ultimamente – admitiu Charles Delacroix. – Dá para ver que você parece estar se divertindo muito.

Gosto de ter seu filho só para mim.

– Foi por isso que invadiu meu escritório?

– Tirar uma corda não é invadir!

– Você pensa assim. Sempre teve... como dizer? Uma atitude flexível em relação à lei.

Eu tinha certeza de que Charles Delacroix estava me provocando.

Disse a ele a verdade – que estava cansada de ouvir meus colegas falando sobre seus planos para o ano seguinte.

– Veja bem, estou sem planos, dr. Delacroix. E você deve admitir que teve um papel nisso.

Charles Delacroix deu de ombros.

– Uma garota cheia de influências como você? Aposto que tem algumas cartas na manga. Vingar a morte do seu irmão e coisas do gênero. Tirar o controle do seu império de chocolate das mãos dos incompetentes de agora.

Não disse nada.

– Diga-me: toquei num assunto delicado?

– Você me deve desculpas, sr. Delacroix.

– Sim, acho que devo – disse ele. – Os três meses desde a última vez que nos vimos foram, sem sombra de dúvida, mais difíceis para você do que para mim. Mas você é muito jovem, vai se recuperar. Eu estou velho, pelo menos na meia-idade, e o cheiro do fracasso é mais forte e persistente nessa época da vida. E, apesar das minhas maquinações, e, diga-se de passagem, nenhuma delas contra a sua pessoa, você e Win ainda estão juntos. Você venceu, Anya. Eu perdi. Parabéns.

Charles Delacroix parecia amargo e sem esperanças, e eu disse isso a ele.

– Como poderia ser diferente? Você esteve com minha sucessora. Como foi sua libertação? Você teve que molhar a mão dela ou Bertha só queria o prazer de me humilhar uma última vez?

Admiti ter molhado a mão dela.

– Sabe o que ela diz de você? – perguntei.

– Somente coisas terríveis, imagino.

– Não. Disse que a campanha dela continuava insistindo na minha história com Win porque isso aborrecia você. Segundo ela, os eleitores ligavam menos para esse assunto do que você.

Charles Delacroix ficou em silêncio por alguns instantes. Franziu o cenho, depois riu.

– Possivelmente. Uma boa lição chegando tarde demais. Então, por onde você andou todos esses meses? O lugar lhe fez bem, é visível.

Disse que não poderia lhe contar.

– Algum dia você pode usar isso contra mim.

– Anya Balanchine, sempre fomos cuidadosos um com o outro. Você não sabe que agora não passo de um tigre sem garras?

– Por enquanto, sim. Mas mesmo um tigre sem garras tem dentes, e ainda não o vejo como carta fora do baralho.

– Muito gentil da sua parte – disse ele. – Não tem raiva de mim por ter mandado você de volta para o Liberty? Ou simplesmente enterrou seu ódio nas cavernas profundas do seu coração de menina, e, numa noite qualquer, vou acordar na minha cama com uma cabeça ensanguentada de cavalo?

– Gosto demais da sua mulher e do seu filho para fazer isso – falei. – Tenho uma lista enorme de inimigos, sr. Delacroix. Você certamente faz parte dela, mas não está nem perto do topo. – Fiz uma pausa. – Você costuma saber de tudo: o que sabe sobre Sophia Bitter?

Charles Delacroix franziu a testa.

– A nova esposa do seu primo Mickey. – Balançou a cabeça. – Alemã, eu acho?

— E mexicana. — Perguntei se havia alguma chance de estar na lista dos suspeitos do envenenamento por Fretoxin.

— Não. Suspeitamos que a coisa se deu nas fábricas, alguém de fora dos Estados Unidos, mas não tive recursos para investigar nada além de Nova York, que dirá fora do país. Depois, seu primo confessou, de maneira tão conveniente. — Charles Delacroix revirou os olhos.

— Você sabia que era mentira?

— Claro, Anya. Mas, por inúmeras razões, valia a pena para mim encerrar o caso do envenenamento. E também era uma ótima desculpa para prender Jakov por um bom tempo. Ele atirou no meu filho, tenho certeza de que você se lembra.

Verdade.

— Sou sentimental, o que posso fazer? — Charles Delacroix serviu-se de um drinque. Ofereceu-me um, mas recusei. — Então, Sophia Bitter. Imagino que você ache que ela organizou o envenenamento. Parece um palpite bastante razoável. Ela tinha interesses estrangeiros, além de um excelente acesso aos negócios da sua família, a cargo, na época, do próprio noivo.

Interrompi-o.

— Acho que ela matou meu irmão e tentou matar a mim e a minha irmã, também.

Charles Delacroix tomou um grande e longo gole de sua bebida, depois se serviu de mais uma. Encarou-me por uns instantes.

— Quando somos jovens, achamos que tudo deve ser resolvido em um mês. Mas nesse caso deve se planejar em longo prazo. Antes de dar um passo, tenha certeza, Anya. E, mesmo quando tiver certeza, mova-se com cuidado. E, lembre-se: você não deve fazer o que esperam que faça.

Mas aí é que estava o problema. Era impossível ter certeza.

– E, como eu posso ter certeza? Estou rodeada de mentirosos e criminosos.

– Ah, aí está o dilema. Se eu fosse você, perguntaria diretamente a Sophia Bitter. Veja o que ela diz.

Parecia um bom conselho.

– Gosto mais de você quando não está armando contra mim.

Nesse momento, Win abriu a porta.

– Pai. – Fez um gesto de cabeça em direção ao pai. – Annie – reclamou –, não vi você a noite inteira!

– Anya – disse Charles Delacroix quando eu saía do escritório –, venha me visitar novamente uma hora dessas.

Win segurou minha mão e voltamos para a festa.

– O que foi aquilo? – perguntou ele.

Beijei-o, e ele pareceu esquecer a pergunta.

– Não é ótimo podermos fazer o que quisermos na frente de todo mundo?

– Você é uma garota muito estranha – disse Win.

Não muito tempo depois, Scarlet, Natty, Daisy Gogol e eu fomos embora. Estávamos na metade da rua de Win e a caminho do ponto de ônibus quando uma silhueta apareceu, vinda de uma alameda.

– Scarlet! Scarlet! – chamou uma voz.

Natty gritou, e Daisy Gogol assumiu uma posição de agachamento que imaginei ter algo a ver com seus treinos de Krav Maga. De repente, ela deu um salto e envolveu o pescoço da silhueta.

– O que é que está acontecendo aqui? – disse a silhueta. Eu reconheceria aquela voz em qualquer lugar. Gable Arsley.

– Ah, Gable, francamente... vá embora! – disse Scarlet. – O que você veio fazer aqui?

– O cara da porta não me deixou entrar na porcaria da festa idiota de Win. Como se eu fosse horrível. O pai de Win fez coisas um milhão de vezes piores que eu, e olha ele lá. Não se pode deixar o passado para lá? – Arsley tentou se libertar, mas Daisy Gogol era mais forte. – Sério, Anya, fale com esse seu monstro para me soltar.

Daisy Gogol olhou para mim. Balancei negativamente a cabeça. Era bom deixar Gable Arsley sofrer um pouco mais.

– Que grosseria, Arsley. Só porque Daisy é mais forte, você não pode dizer que é um monstro – disse Natty.

– Cale a boca, Anya em miniatura – respondeu Arsley. – Sério, Scarlet, preciso falar com você. A gente não pode ir a algum lugar?

Daisy Gogol soltou o pescoço de Arsley, já que agora ficara óbvio que o conhecíamos.

Scarlet balançou a cabeça.

– Podemos conversar no colégio, Gable.

– Por favor! Um minuto só. Um minuto sem essa sua porcaria de comitiva. Estou desesperado. Vou acabar fazendo uma loucura!

– Qualquer coisa que você queira dizer para mim pode ser dita na frente delas – respondeu Scarlet.

Gable olhou para mim, depois para Natty, depois para Daisy.

– Tudo bem. Se é assim que tem que ser. Desculpa. Desculpa por tudo. Você não faz ideia do quanto eu estou arrependido. Gostaria de nunca ter tirado aquelas fotos idiotas.

Queria poder voltar no tempo e fazer tudo novamente porque sou um imbecil.

– Isso é verdade – acrescentei.

Gable me ignorou.

– Mas, se eu tivesse que ser envenenado e perder meu pé só para conhecer você de verdade, me apaixonar por você, faria tudo de novo. Você é perfeita, Scarlet. Absolutamente perfeita. Eu sou terrível. Faço coisas horríveis. Tenho uma índole ruim e vil.

– Também é verdade – acrescentei. Mas ninguém estava prestando atenção em mim.

– Por favor, Scarlet, você tem que me perdoar. Tem que me dar uma segunda chance. Tem que me deixar ajudar a criar nosso bebê. Vou morrer se você não deixar.

Eu não estava acreditando que aquele era Gable Arsley. Ele parecia uma menina. (*Esclarecendo: quando digo isso não pretendo ofender as garotas – afinal, faço parte do grupo.*) Queria muito tirar os olhos daquele *pas de deux*, mas não conseguia.

Gable ficou de joelhos. Era uma manobra estranha, por conta do seu pé mecânico. A respiração de Scarlet estava acelerada.

– Levante-se, Gable – ordenou Scarlet.

Ele ignorou as palavras dela. Enfiou a mão no bolso, e eu sabia o que ia acontecer.

– Scarlet Barber, você quer se casar comigo? – O anel era prateado e parecia um pedaço de arame terminando num laço.

Quis dizer: *ela não vai casar com você. Claro que não.* Mas não disse nada.

– Na última vez você disse que eu não poderia estar falando sério porque não tinha um anel. Agora, estou preparado – continuou Gable.

Scarlet suspirou.

– Gable, vá embora. Isso não é engraçado nem romântico. É só... – fez uma pausa. – Triste. Nunca mais vou amar você de novo.

– Por quê? – gemeu ele.

– Porque você é, de fato, horrível. Pensei que tivesse mudado, mas estava errada. Pessoas como você não mudam. Você era horrível antes do envenenamento e ainda é horrível. Vendeu fotos da minha melhor amiga...

– Mas não era você! – insistiu Gable. – Era ela! Eu nunca faria nada para ferir você.

Scarlet balançou a cabeça.

– Annie é parte de mim. Você não sabia disso? Por favor, Gable, vá embora. Já são quase onze horas, e não quero estar na rua depois do toque de recolher.

Gable se moveu em direção à mão de Scarlet, mas Daisy Gogol colocou-se entre os dois.

– Você ouviu o que ela disse – respondeu Daisy Gogol, depois rosnou em cima dele como se fosse um urso.

No ônibus, Scarlet e eu sentamos juntas, e Daisy e Natty ficaram algumas fileiras atrás. Pensei que Scarlet estivesse dormindo, porque sua cabeça estava encostada no vidro da janela e não disse nada durante todo o percurso. Quando estávamos a três pontos do meu prédio, ouvi uma série de soluços e fungadas de nariz.

– Scarlet, o que foi?

– Nada – respondeu ela. – Devem ser os hormônios. Pode ignorar. – Eu tinha um lenço na bolsa e dei-o a ela. Scarlet passou um quarteirão assoando o nariz. Parou um pouco, depois recomeçou. – Sou tão nojenta – falou. Respondi que não era, mas tinha certeza de que não estava nem me ouvindo. – Ah, Annie, o que eu vou fazer?

– Como assim? – perguntei.

– Eu não queria perturbar você com nada disso porque, obviamente, você já tem seus problemas. Mas tudo virou um completo desastre!

O desastre da vida da minha melhor amiga se desenvolvia assim:

1. Seus pais eram católicos, portanto não houvera dúvida quanto a manter a gravidez, mas Scarlet não tinha certeza de querer o bebê.
2. Seus pais diziam não querer pagar uma universidade ("e, certamente, menos ainda uma escola de teatro!"), agora que Scarlet estava manchada.
3. Sua mãe realmente queria que se casasse com Arsley e ameaçava expulsá-la, caso não o fizesse.
4. O grupo de teatro do colégio não permitiria que saísse na foto da formatura ("depois de tudo que fiz por eles!", disse ela, indignada).
5. Se Scarlet não tivesse o bebê antes da formatura, não poderia participar da cerimônia, segundo fontes do Holy Trinity.
6. Arsley a perseguia constantemente querendo voltar, e ela temia que ele a vencesse pelo cansaço.

Então, Scarlet suspirou.

Eu estava tentando não ser egoísta, tentando pensar sob o ponto de vista dela. Sugeri que talvez devesse voltar com Arsley, se ainda gostasse dele.

– Annie, eu odeio aquele garoto! Honestamente não sei o que deu em mim. – Fez uma pausa. – Estou começando a acreditar que sou realmente a garota mais idiota do mundo.

– Scarlet, não diga isso!

– É verdade. Às vezes olho para mim mesma no espelho e me acho tão gorda e nojenta que tenho de virar o rosto. Penso: "Scarlet Barber, você não fez outra coisa a não ser cometer um erro atrás do outro no ano passado."

Disse a ela que havia pouco tempo eu pensara a mesma coisa de mim.

– Mas sou um milhão de vezes pior que você! Porque você tem todo esse peso na sua cabeça. E eu fiz isso sozinha. – Fez uma pausa. – Eu odeio Gable, mas... a verdade nua e crua, a verdade triste e terrível é: estou sozinha. Tão sozinha, Annie. E Gable às vezes parece a única pessoa no mundo pelo menos um pouquinho feliz com a minha presença.

Envolvi minha amiga nos braços.

– Só para deixar registrado, sempre fico feliz com a sua presença – falei. – E, se acontecer o pior com seus pais, você pode morar comigo e com Natty. Você e o bebê.

Scarlet me deu um beijo no rosto.

– Jura, Annie? Você está falando sério?

– Claro. Essa é a melhor parte de não ter pais, nem mesmo um guardião. Eu decido as coisas agora. Você corre o risco de ser testemunha inocente de algum crime violento. Mas temos quartos suficientes.

– Odeio quando você é mórbida – disse Scarlet. – E acho que fiquei surpresa de ouvir você dizendo isso. Sempre foi tão reservada. Mesmo comigo.

Havia pouco tempo me dera conta de que essa não era a melhor maneira de viver.

– Vovó costumava dizer que "a família cuida da família". E você é família para mim, Scarlet. Muito mais do que o bando de criminosos com quem tenho laços de sangue. Nós duas somos amigas desde a alfabetização, quando fomos apresentadas na aula da srta. Pritchet...

– Balanchine, Anya. Barber, Scarlet.

– Natty e eu amamos você. Leo também amava...

Scarlet tapou minha boca com sua mão.

– Ah, por favor, por favor, por favor, chega! Não quero chorar mais, hoje. Eu vivo num estado permanente de lágrimas de dois anos para cá.

O ônibus chegou no ponto de Scarlet. A combinação entre o volume da saia, a barriga e o peso dos saltos muito altos fazia com que tivesse dificuldade para se levantar. Fiquei de pé e ofereci minha mão.

Bem mais tarde, naquela noite, Win apareceu na minha casa. Tínhamos acabado de nos ver, mas acho que a razão principal da visita surpresa era o fato de que ele podia fazer isso – agora passara oficialmente dos dezoito anos, o que significava que o toque de recolher da cidade não se aplicava a ele. Fomos para o meu quarto, para não acordarmos Natty, que já havia ido dormir. Estávamos os dois com fome, mas não tinha muita coisa para comer em casa. Win reparou na barra de chocolate ruim em cima da minha cômoda.

– O que é isso?

Respondi que comprara no parque.

– Pode comer se quiser, mas acho que deve ser horrível.

Fui até a cozinha pegar água. Por uns instantes, a torneira pareceu seca, e um eco terrível soou nos canos. Achei que talvez faltasse água. Mas, finalmente, a torneira voltou a funcionar.

Quando voltei para o quarto, encontrei Win estudando o chocolate. Tirara a parte de cima do embrulho e segurava a barra envolta em papel alumínio dourado.

– Não é Balanchine – falou. – O papel faz parecer que é, mas embaixo é outra coisa.

– É, achei que fosse o caso – respondi. – Comprei em frente ao Little Egypt. A parte de cima com a marca já estava meio desgastada, então imaginei que fosse uma imitação.

– Não é uma imitação. – Win ergueu a barra para que eu lesse na parte inferior do embrulho dourado: BITTER SCOKOLADE, HERGESTELLT FÜR BITTER SCHOKOLADEN GMBH, MÜNCHEN.

– No enterro, alguém estava dizendo que há séculos eles são a quarta maior família na indústria do chocolate na Alemanha – falei baixinho. – A família da mulher de Mickey. Você se lembra de Sophia...

Sophia Bitter Balanchine. Sophia M. Bitter Balanchine. Sophia Marquez Bitter Balanchine. Nome de solteira: Sophia Marquez Bitter, aquela de quem a irmã de Theo não gostava. Sophia Marquez Bitter, que já fora noiva de Yuji Ono...

Por onde eu passava, ela passara antes.

Bitter Chocolate numa embalagem da Balanchine Chocolate.

Quem teria tido a capacidade de orquestrar o envenenamento de fornecedores?

Quem teria tido a capacidade de orquestrar três atentados, em três países diferentes?

Quem Yuji Ono protegia acima de mim?

Deixei a barra cair no chão. Como era fina, barata e estava velha, partiu-se em vários pedaços.

Era tão óbvio. Como eu fora estúpida.

Mais uma vez.

Precisei sentar.

– Annie, tudo bem com você? – perguntou Win.

Tive vontade de mentir, de dizer para ele que não estava me sentindo bem e que nos veríamos no dia seguinte; de levá-lo até o elevador; depois voltaria para o meu quarto, fecharia a porta e desmontaria o quebra-cabeça sozinha. Mas a verdade é que não me dera muito bem usando esse método – ou seja, a solidão. Win sabia de muitas coisas assustadoras sobre mim e ainda estava ali.

Respirei fundo.

– E se Sophia Bitter foi a responsável pelo envenenamento de Fretoxin? Foi mais ou menos nessa época que ela chegou a Nova York para se casar com Mickey. E a irmã de Theo me disse que ela já foi noiva de Yuji Ono.

Win fez um gesto de concordância.

– Mas o Jack confessou que foi ele, não foi?

– Ninguém acredita realmente que foi ele – falei. – Acho que alguém da família convenceu Jack a confessar porque ele já ia para a cadeia de qualquer jeito mesmo, por conta do tiro no filho do promotor.

– Certo – disse Win. – No cara que achava que ia para o baile.

– Você. – Fiz uma pausa para beijá-lo na boca. – O fato é que Jacks ia ser preso de qualquer forma. Então, pode muito bem ter sido outra pessoa.

Natty apareceu na cozinha. Estava de pijama e esfregava os olhos cheios de sono.

– Se a Bitter Chocolate é realmente a quarta maior empresa de chocolates na Alemanha – disse Natty –, talvez Sophia pensasse que melhoraria sua posição se expandisse os negócios na América. Então ela se casa com Mickey só para ficar próxima o bastante para destruir os Balanchine. Ou, pelo menos, para assumir ela mesma as empresas.

– Quando foi que você acordou? – perguntei.

– Agora. Vocês estão falando alto. Oi, Win – disse ela.

– Natty, minha garota – respondeu Win. – A questão é: Mickey ajudou Sophia ou isso seria novidade para ele também?

– E será que ela mandou matarem Leo? – acrescentou Natty. – Será que tentou matar a mim e Annie?

– Fora Yuji Ono, acho que ela é a única pessoa capaz de planejar um ataque desse porte – falei.

Natty suspirou.

– O que a gente vai fazer? – perguntou Win.

A gente. Era uma presunção da parte dele, mas me fazia bem, ao mesmo tempo.

– Ainda não tenho certeza – falei. Se ela realmente era a responsável pela morte de Leo, talvez eu tivesse que fazer coisas muito difíceis. Mas, como Charles Delacroix dissera, primeiro eu precisava ter certeza. E seria necessário descobrir quem estava do lado dela. E também, apesar de ser agradável ter Win e Natty pensando comigo, eu não estava pronta para admitir para eles que talvez eu tivesse que matar alguém.

– Vou visitar Jacks – falei. – Talvez ele tenha alguma informação e anda me perturbando há meses, querendo que eu vá lá.

Fiquei de joelhos, peguei os pedaços do Bitter Chocolate no chão e joguei tudo no lixo. Peguei o papel dourado. Estava prestes a colocá-lo no bolso quando Natty tirou-o da minha mão. Dobrou-o ao meio, de forma que ficasse mais quadrado, depois fez mais várias dobras. Quando me devolveu, o papel tomara a fora de um dragão dourado, bem pequenininho.

– Ei, onde você aprendeu a fazer isso? – quis saber Win.

– No *campus* de gênios – respondeu ela.

Então, pensei, nem tudo foi em vão.

XV. vou ao rickers

Não havia horário de visita em Rickers Island nas segundas e terças. Não fui na quarta também, porque a escala de visitas era determinada pelo sobrenome. Depois de alguma pesquisa, entendi que o dia de Jacks era quinta-feira. Também tive que ler um código de vestimenta exaustivo: entre outras coisas, não se podia ir de roupa de banho, listras, transparências, nada colado ao corpo, chapéus, bonés ou uniformes. Também estava escrito que "visitantes devem usar roupas de baixo". (*P.S. Não havia a menor possibilidade de eu não usar roupas de baixo.*)

A proibição contra uniformes me lembrou do fato de que eu não era mais uma estudante do Holy Trinity. A vida era tão mais fácil de uniforme. Enquanto me vestia naquela manhã, ocorreu-me que precisaria descobrir um novo uniforme para minha própria pessoa. Mas o quê? Um uniforme servia para refletir seu estágio na vida. Eu não era mais uma futura universitária, nem mesmo uma estudante. Com uma longa lista de crimes sob meu nome, não era muito provável que me tornasse criminalista. Também não era mais interna do Liberty. Nem fazendeira de cacau. Não tinha mais que tomar conta do meu irmão. Nem da minha irmã. Natty parecia cada vez mais capaz de cuidar de si mesma.

Naquele momento, eu não passava de uma garota de sobrenome infame com uma ou duas vinganças pela frente.

Mas o que vestir para vingar a morte do meu irmão?

Precisei pegar dois ônibus para chegar ao Rickers, registrei-me, e finalmente fui encaminhada a uma sala com mesas e cadeiras grudadas ao chão. Preferiria ter visitado Jacks numa cabine com tela de plástico e telefone para contato, como as que se vê nos filmes antigos, mas acho que meu primo não era considerado perigoso o suficiente para merecer tais precauções.

Sentei, e, uns dez minutos depois, Jacks foi trazido à sala.

– Obrigado por ter vindo, Annie – disse ele. A aparência do meu primo estava bastante alterada desde a última vez que o vira. Ele raspara a cabeça. O nariz fora claramente quebrado em vários lugares, apesar de estar tratado, e uma de suas bochechas tinha um hematoma preocupante. Ele também tinha um corte recente logo acima da sobrancelha.

– Não sou mais o cara bonito que eu era, não é, prima?

– Você nunca foi tão bonito assim – respondi, apesar de não conseguir evitar sentir pena dele. Sempre fora tão vaidoso.

Jacks riu e sentou na cadeira à minha frente.

Eu queria algumas informações dele, é claro, mas a melhor forma de lidar com Jacks era deixá-lo falar.

– Você veio finalmente – comentou ele.

– Você andava me implorando há meses – respondi.

Jacks balançou a cabeça.

– Não, não foi por isso que você veio. Ninguém ama Jacks. Você provavelmente ainda está com raiva porque atirei no seu namorado. Certamente quer alguma coisa.

Olhei para o relógio.

– O que você poderia ter que eu quisesse?

– O que eu escrevi. Informações – disse Jacks.

Verdade.

– Seu pai morreu – disse a ele.

– Yuri, é, eu soube. E daí? Aquele homem não era um pai para mim.

Parecia difícil de acreditar que ele tivesse tão poucos sentimentos pelo próprio pai.

– Em setembro você disse que eu e Natty estávamos correndo perigo e talvez saiba que, desde lá, nós duas sofremos atentados, e Leo morreu.

– Leo morreu? – Jacks balançou a cabeça. – Não era para as coisas terminarem assim.

– O quê? O que você quer dizer com isso?

– Eu ouvi – Jacks baixou a voz – que alguém da Família ia tentar matar você e sua irmã. Assim, não teria mais ninguém do ramo de Leonyd Balanchine que pudesse interferir nos negócios. Mas ninguém ia tocar em Leo. Ele já estava longe, no lugar para onde você o mandou. Estava fora de cena.

– Quem, Jacks? Quero que diga de quem você está falando.

Jacks balançou a cabeça.

– Eu... eu não tenho certeza. Ok, o que eu penso é o seguinte: veja bem, eu não envenenei ninguém.

– Acredito em você.

– Jura? – Jacks fez uma pausa, surpreso. – E não queria atirar no seu namorado também. O que eu disse para você no ano passado era verdade. Eu só queria ferir Leo para poder mandá-lo de volta para Yuri. Mas por azar acabei atirando no seu namorado. Eu só pegaria uns meses de pena se só tivesse atirado em Leo, mas... Bom, você sabe como tudo aconteceu. Mas aí, Yuri e Mickey foram me procurar. Ele disse: "A prefeitura quer um nome dos Balanchine para assumir a culpa pelo envenenamento, para que a Família possa deixar esse assunto para trás." E aceitei.

– Em troca de quê?

– Mickey disse que tomaria conta de mim depois que eu saísse.

– Mas o que isso tem a ver comigo e com Natty?

Jacks revirou os olhos.

– Aí eu disse: "O que acontece se eu sair daqui e Anya e Natty já forem adultas? O que vai impedir que elas me deem um tiro na testa pelas coisas que eu fiz? E Mickey disse que cuidaria de você.

Jacks não sabia de nada sobre Sophia Bitter.

– Jacks, era isso que você queria me dizer? Isso não significa que Mickey atiraria em mim! Acho que queria que eu fosse sua parceira de negócios.

– Mas você disse que você e sua irmã sofreram atentados. Então...

– E a mulher de Mickey?

– Sophia, não. Duvido que estivesse envolvida. Ela é só uma mulher.

– Isso é machismo. – Fiquei de pé. Conversar com Jacks sempre fora uma perda de tempo.

– Espere! Anya, não vá embora! Agora que você falou, foi bem na época do envenenamento que vi Sophia pela primeira vez.

Voltei lentamente para a cadeira.

– Ela tinha chegado em Nova York uma semana, talvez duas, antes. Não achei nada estranho na época, mas talvez você tenha razão. Talvez a ideia de Mickey tenha sido um disfarce para protegê-la. – O rosto pálido de Jacks foi ficando vermelho. – Talvez aquela *pizda* seja a razão de eu estar aqui!

Ele me perguntou se eu tinha provas de que Sophia Bitter estava envolvida e falei do embrulho do chocolate e do fato de ela ser uma das poucas pessoas que sabia onde eu e meus irmãos estávamos.

– Ela não poderia fazer isso sozinha – disse Jacks. – Precisaria de um parceiro.

Eu sabia qual seria a aposta óbvia.

– Yuji Ono.

– Ele, sim, claro. Mas estou falando de alguém de dentro.

– O marido.

A conversa estava andando em círculos.

– É, mas o fato que talvez você não compreenda, Annie, é que os envenenamentos também atingiram Mickey. Ele era o próximo da sucessão para assumir o controle da Balanchine Chocolate. Os envenenamentos fizeram com que todos pensassem que ele e Yuri eram fracos. – Jacks passou os dedos no cabelo invisível. – E Fats? Não, Fats nunca faria isso. Ele ama chocolate. E ama vocês. E o advogado que trabalha para você?

– O dr. Kipling? – perguntei.
– Não. Simon Green.

Era o último nome que esperava ouvir Jacks dizer.

– De onde você conhece o Simon Green?
– Nós nos encontramos anos atrás nas empresas, quando ainda éramos crianças.
– Nas empresas? Aonde você quer chegar com isso?
– Lugar nenhum. Mas talvez eu não seja o único bastardo da família.
– O que você está dizendo?
– Você nunca suspeitou?
– Suspeitar de quê?
– Que Simon Green talvez tenha alguma relação com Yuri? Até mesmo com seu pai... E, se isso for verdade, pode confiar nele?

Levantei e dei um soco na cara feia e quebrada dele. Estava forte por causa dos meses de trabalhos manuais e senti alguma coisa em sua bochecha se quebrar debaixo da minha mão.

Um guarda veio até mim e me afastou de Jacks. Então, pediram que eu deixasse Rickers Island.

– Tudo bem, Anya! Desculpa! Eu não tive a intenção de desrespeitar seu pai – gritou desesperadamente Jacks. – Não posso ficar aqui! Você sabe que eu não tive nada a ver com os envenenamentos e não devia estar preso. Tem que me ajudar. Vou morrer aqui, Annie! Você pode pedir para o pai do seu namorado me ajudar!

Não me virei, porque um guarda me empurrava em direção à saída. Mesmo que fosse fisicamente capaz de me virar, não teria feito isso.

Este era o problema de Jacks: ele diria qualquer coisa. Papai costumava falar que as pessoas capazes de dizer qualquer coisa podem ser completamente ignoradas.

Mas o que meu pai sabia? Agora que eu estava mais velha, começava a me perguntar quanto do que ele me dizia era filosofia barata.

Olhem bem como fora bem-sucedida a injeção de veneno que Jacks dera na minha cabeça.

Daisy Gogol esperava por mim na saída dos visitantes.

No ônibus, a caminho de casa, não estava muito frio, mas comecei a tremer.

– O que foi, Anya? – perguntou ela.

Contei que o homem que fora ver dissera uma coisa insultante sobre meu pai.

– Esse homem... é obviamente um criminoso – disse Daisy.

Fiz sinal positivo.

– E mentiroso também?

Novamente fiz sinal afirmativo.

Daisy encolheu seus ombros enormes.

– Acho que você pode não acreditar no que ele disse.

Daisy me envolveu com seu braço pesado, puxando-me para perto de seu bumbum espetacularmente musculoso.

Ela estava certa. O que Jacks insinuara sobre meu pai não poderia ser verdade. Eu não queria fazer perguntas para o dr. Kipling sobre o assunto. Não queria ter que repetir aquilo. Não queria que minha irmã escutasse aquilo. Nunca. Queria apagar aquela informação do meu cérebro. Queria colocá-la na seção das coisas que aprendera na escola e jamais usaria: as falas de Hecate em *Macbeth*, o teorema de

Pitágoras e o assunto da fidelidade do meu pai. Longe, tudo longe de mim.

(*Nota: se eu tivesse uma filha, o primeiro conselho que lhe daria é que ignorância intencional é quase sempre um erro.*)

Quando cheguei em casa, estava precisando de alguma coisa que me ocupasse a cabeça ou, pelo menos, minhas mãos. Resolvi vasculhar e arrumar os pertences de Imogen. Ela não tinha muita coisa – livros, roupas, coisas de perfumaria –, mas imaginei que sua irmã quisesse ficar com tudo. Se fosse Natty, eu ia querer todas as suas coisas. (*O que será que aconteceu com as coisas de Leo?*)

Na mesa de cabeceira de Imogen, encontrei o exemplar de *Casa Abandonada* que Natty e eu havíamos dado para ela de aniversário. Isso parecia ter tanto tempo. Era um romance bem grande, e Imogen ainda estava na página duzentos. A pobrezinha nunca saberia o fim da história.

Eu estava prestes a jogar a bolsa de Imogen numa caixa quando percebi um livro de capa de couro dentro dela. Abri. Era o diário que Natty mencionara. Era a cara de Imogen manter um diário de papel. Eu não queria bisbilhotar, mas também queria saber como haviam sido seus últimos meses. Ela sempre fora uma boa amiga para mim e, bem, eu sentia sua falta.

Folheei o diário. Sua caligrafia me era familiar – letrinhas pequenas, femininas.

Aquele diário, especificamente, começara a ser escrito uns dois anos antes. Basicamente, ela detalhava suas leituras. Como eu não gostava muito de ler, achei tudo um pouco entediante.

Então, uma passagem de mais ou menos um ano atrás, fevereiro de 2083, chamou minha atenção:

G. está ficando cada dia mais doente. Pediu a mim e ao dr. K para que a ajudássemos a morrer.

Várias semanas depois:

Está feito. G. mandou as crianças para o casamento. Dr. K. cortou a energia do prédio por uma hora. Aumentei a medicação de G. para que não sofresse. Segurei uma de suas mãos. Dr. K. segurou a outra. Finalmente, seus olhos se fecharam e seu coração parou. Descanse em paz, Galina.

Joguei o diário longe e, quando caiu no chão, ouvi algumas páginas delicadas se rasgando. Imogen Goodfellow ajudara minha avó a cometer suicídio! E "dr. K." só podia ser o dr. Kipling.

Guardei o diário numa bolsa de lona, depois saí de casa e andei em direção ao apartamento do dr. Kipling. O céu passara a tarde toda tingido de um cinza ameaçador, mas a noite confirmara a ameaça e começava a chover muito forte. Nem eu nem Daisy Gogol, que insistira em ir comigo, havíamos levado guarda-chuva e chegamos encharcadas ao apartamento do dr. Kipling, em Sutton Place.

Eu raramente visitava o dr. Kipling em casa. A maioria dos assuntos de negócios podia esperar até o dia seguinte. Pedi ao porteiro para interfonar, mas ele me reconheceu e fez um aceno em direção ao elevador. Daisy Gogol decidiu ficar na portaria.

A mulher do dr. Kipling, Keisha, abriu a porta.

– Anya – disse ela, estendendo-me os braços. – Você deve estar congelando. Está ensopada. Entre. Vou buscar uma toalha.

Entrei no hall, molhando o chão de mármore.

Um pouco depois, Keisha voltou com uma toalha e o dr. Kipling.

O rosto dele demonstrava preocupação.

– Anya, o que houve? Aconteceu alguma coisa?

Disse que precisava conversar a sós com ele.

– Claro – disse o dr. Kipling. E me indicou o caminho para seu escritório.

Uma das paredes era coberta de fotografias. Na maioria, fotos da mulher e da filha, mas havia fotos do meu pai, da minha mãe, de mim, da Natty e do Leo, também. Atentei para uma ou outra de Simon Green.

Tirei o diário de Imogen da bolsa e coloquei-o sobre a mesa de madeira.

– O que é isso?

– O diário da Imogen – falei.

– Eu não sabia que ela tinha um – respondeu ele.

Eu disse que também não sabia.

– Ela escreveu coisas. – Fiz uma pausa. – Sobre você.

– Nós éramos amigos – disse o dr. Kipling. – Não posso saber do que você está falando a não ser que me conte.

– Você e Imogen mataram minha avó?

O dr. Kipling suspirou fundo e levou as mãos à cabeça careca.

– Ah, Annie. Galina quis assim. Estava sofrendo demais. Sentia dor o tempo todo. Estava enlouquecendo.

– Como você pôde fazer isso? Sabe o que a morte da minha avó nos trouxe? Leo brigou com Mickey no enterro, depois atirou em Yuri Balanchine e levou um tiro. E eu atirei em Jacks. E tive que ir para o Liberty. E todo o resto. Tudo de terrível que aconteceu começou com a morte da vovó!

O dr. Kipling balançou negativamente a cabeça.

– Você é uma menina inteligente, Annie. Acho que sabe que tudo começou muito antes disso.

– O que eu sei? Não sei de nada! Há um ano ando no escuro. Você me deixou assim. – Meu rosto estava vermelho, e minha garganta, seca. – Você me traiu! Minha avó e Imogen provavelmente estão no inferno! E você também vai para lá!

– Não diga isso. Eu jamais trairia você – insistiu dr. Kipling. – A verdade é que eu trabalhava para Galina antes de trabalhar para você. Como negar um pedido dela?

– Você devia ter falado comigo.

– Sua avó quis protegê-la. Não queria que fosse envolvida.

– Ela não estava sã. Não sabia o que queria. Você mesmo disse isso. Ou uma coisa ou outra.

– Annie, eu amo a sua família. Amava seu pai. Amava Galina. Amo você. Você precisa saber que fiz o melhor que pude. Fiz o que achava certo.

Ele deu a volta na mesa e passou o braço em volta do meu ombro, mas me afastei.

– Eu devia demiti-lo – sussurrei. Minha voz estava rouca e eu estava prestes a ter um surto. Passara o dia todo gritando com as pessoas.

– Me dê um voto de confiança. Só desta vez – implorou o dr. Kipling. – Amo você, Annie. Amo como se fosse sangue do meu sangue. Existem outros advogados, talvez melhores do que eu. Mas seus negócios não são negócios para mim. São a minha vida e o meu coração. Seu pai era o melhor homem que já conheci, e prometi a ele que tomaria conta de você, não importa o que acontecesse. Você sabe disso. Se eu trair sua confiança novamente, mesmo que sem querer, você tem permissão para me demitir imediatamente. Que Deus seja minha testemunha, eu mesmo me demitirei.

Virei o rosto para encarar o dr. Kipling. Ele estava estendendo os braços, como quem implora. Aproximei-me e deixei que me abraçasse. Por muitas razões, não consegui mencionar Simon Green.

XVI. vou à igreja

Tirando os enterros e velórios, eu não ia à igreja desde a véspera do natal. Primeiro, eu tinha bons motivos para tal – me esconder, o Liberty, a prisão domiciliar –, mas, mesmo depois de estar em liberdade, achava que não queria voltar. Provavelmente é forte demais dizer que havia perdido a fé, mas não consigo pensar em outra maneira de descrever o que sentia. Eu acreditara por tanto tempo, e o que a crença me trouxera? Leo estava morto, e eu sofrera de enjoos marítimos num navio de carga cruzando o Atlântico, mesmo com toda a minha fé.

(*Então, por que estava indo à igreja naquele domingo? Será que eu esperava reacender o fogo morto da minha crença religiosa? Com certeza, não, leitores.*) A razão de eu ir à igreja não tinha definitivamente nada a ver com Deus. Eu esperava encontrar Sophia Bitter. Decidira que Charles Delacroix, meu inimigo, estava certo. A melhor forma de resolver a questão sobre o envolvimento de Sophia era perguntar diretamente a ela. Mesmo que mentisse para mim, a mentira me diria alguma coisa. E ela não poderia tentar me matar numa igreja.

Natty me pedira para acordá-la para irmos juntas à igreja, mas não queria ninguém comigo. Saí cedo, para ir andando até a St. Patrick's em vez de pegar o ônibus.

Não prestei atenção à missa. Do balcão, vi Sophia Bitter. Estava sentada mais à frente e usava um chapéu vermelho com um ornamento rendado que parecia uma teia de aranha. Mickey não estava ao seu lado.

Assim que a missa acabou, desci até a nave para falar com Sophia Bitter.

Ela se virou sem pressa, como se dançasse uma valsa. Vendo de perto, o enfeite não era uma teia de aranha, mas dois laços vermelhos, um em cima do outro.

– Anya – cumprimentou-me Sophia. – Que bom ver você. Perdoe-me, mas estava indo me confessar.

Sophia se aproximou de mim e me deu dois beijinhos no rosto. Seus lábios estavam quentes e melados de gloss. Perguntei por Mickey, e ela respondeu que, desde a morte de Yuri, ele ia à igreja que o pai frequentava, quando ia.

– Bem – disse ela. – Devo entrar na fila para a confissão.

Perguntei se carregava algum pecado particularmente pesado na alma.

Sophia inclinou a cabeça e sorriu ligeiramente. Fez uma pausa para olhar-me nos olhos, e mantive o olhar amigável, mas sem muita expressão.

– Isso foi uma piada, não?

Falei em tom absolutamente calmo:

– Prima Sophia, aconteceu uma coisa muito estranha. Eu estava no Museum Mile e um homem vendia chocolate. Logicamente, perguntei se tinha Balanchine Special Dark. É meu favorito, sabe? E, desde que a vovó morreu e Jacks foi para a cadeia, não chega nenhum lá em casa. – Fiz uma pausa para observar Sophia. Sua expressão era tão vazia quanto a minha, mas penso ter visto um ligeiro dilatamento de suas pupilas. O que a professora Lau dizia sobre dilatamento das pupilas? – Então, comprei uma barra e me esqueci dela completamente, até que meu namorado, Win, não sei se lembra dele, ficou com vontade de comer chocolate. Mas, quando ele tirou a embalagem Balanchine, você não vai acreditar no que estava escrito embaixo. Era uma barra Bitter. Pensei: "Bitter. É a família da minha prima Sophia. Que estranho, um chocolate Bitter acabar sendo embrulhado com um papel da Balanchine."

Sophia abriu a boca para falar, e, por um segundo, até pensei que tivesse uma explicação perfeitamente lógica para o que acontecera. Outros fiéis passaram por nós. Ela fechou a boca, decidida. Sorriu mais abertamente.

– Deve ser culpa do mel – disse ela, com um risinho.

– Como assim?

– Deve ser culpa do mel. Só pode ser uma abelha, Anya. – Sophia ajeitou o chapéu ridículo, depois me inspecionou com olhos estreitos. – Então, estamos nos vendo pela primeira vez – disse ela. Tirou as luvas. – Que alívio. É óbvio que estou ciente dessa falha de que você está falando. Já aconteceu antes. Os funcionários sabem que devem retirar as duas camadas de papel da Bitter, mas são preguiçosos, Anya. Às vezes eles esquecem.

– Mas por que você está passando adiante barras de chocolate Bitter como se fossem Balanchine?

Sophia não me respondeu. Em vez disso, fez um barulho engraçado e estranho com a língua, quase como o de uma cobra cascavel.

– Você mandou alguém matar a mim e Natty?

Sophia não disse nada.

– Matou Leo?

– Um carro-bomba matou Leo. Foi isso que Yuji Ono disse. E eu não tive nada a ver com isso.

Tentei controlar minha voz.

– Então você mandou alguém matar Natty e eu.

– E se eu dissesse que só mandei matar *você*? O insulto seria menor? Você é uma menina tola, Anya Balanchine. Yuji Ono falou tão bem de você, e acho que é uma decepção.

– Não me importo que não goste de mim. Só preciso saber se devo matá-la ou não.

Sophia relaxou o lábio inferior, numa falsa expressão escandalizada.

– É domingo, Anya. Estamos na igreja! – Fez uma pausa. – Ninguém morreu, a não ser Leo, e talvez você devesse tomar isso como um aviso.

– E o seu primo? Theo está muito mal.

– Ele não devia ter tentado intervir. Sempre detestei esse lado da família, e eles sempre me detestaram. – Isso não devia ser verdade. Como seriam tão gentis comigo, alguém que acreditavam ser amiga de Sophia? – Mas isso tudo é passado, Anya. E o que é que você vai fazer agora? Se me matar, será um trabalho perdido. Meus parentes da Alemanha virão atrás de você e da Nataliya, e os Bitter farão com que os Balanchine pareçam coelhinhos de pelúcia.

Ela me envolveu com os braços e sussurrou no meu ouvido:

– Não tive nada a ver com a morte de Leo. Isso foi coisa do meu marido. Ele é um idiota sentimental. Como você não concordou em se casar com Yuji, Mickey aproveitou a oportunidade para descobrir, pelo próprio Yuji, onde Leo estava, e mandou matá-lo. – Sophia deu um passo atrás, depois aproximou-se novamente para me dar um selinho na boca. – Que desperdício. Yuri Balanchine era um homem velho, e Leo não estava perturbando ninguém no Japão.

– Não entendo. Por que matar qualquer um de nós? Nós não temos voz na Balanchine Chocolate.

Sophia riu.

– Você sabe qual é o problema da Balanchine Chocolate? Não é o crime organizado, mas a *des*organização da sua família. Não tem motivo para uma empresa tão caótica quanto a Balanchine Chocolate desfrutar de todo esse domínio de mercado. Você faz ideia de como tem sido difícil para mim? Achei que se me casasse com seu primo eu teria alguma chance de colocar o negócio em ordem novamente...

A Bitter Chocolate vinha mal das pernas há algum tempo, disse ela. O mercado alemão era muito competitivo e a única maneira de salvar a empresa era conquistar novos territórios. A perceptível instabilidade da Balanchine Chocolate desde a morte do meu pai fizera dos Estados Unidos uma escolha óbvia. Ela e seu colega de colégio, Yuji Ono, conceberam um plano para criar o caos no mercado americano para, depois, entrarem em cena e dividirem o lucro. Ela teve a ideia dos envenenamentos. O casamento de Sophia com Mickey Balanchine também fora parte da estratégia, engendrado por Yuji Ono. O produto da Balanchine deveria ser substituído por outro – por que não a marca Bitter? Eram muitos os depósitos repletos de chocolates Bitter que estavam fechados.

Só havia um problema: Yuji Ono mudara de ideia quanto à destruição da família Balanchine.

Então Sophia revirou os olhos.

– Ele enxergou potencial em você. E convenceu Mickey disso também. Então, em vez de derrubar a Balanchine Chocolate, Yuji Ono resolveu salvar a empresa. Para você, Anya. Por mais que eu achasse que estava errado. E aqui estou eu, estrangeira nesta cidade horrorosa, casada com esse homem chato. Então fiz o que pude.

– Você ainda não disse se tentou matar a mim e Natty.

Sophia balançou a cabeça.

– Vocês duas estão vivas, não estão? Então, que diferença atentados fracassados podem fazer? Coisas do passado, eu diria.

– Seu primo quase morreu! Minha amiga Imogen morreu! E para quê? – Coloquei minhas mãos em volta do pescoço dela, mas não apertei nem ela gritou.

– Em nome das coisas mais banais, Anya. Dinheiro. E um pouco de amor. – Fez uma pausa. – E se eu prometesse ir embora? E se eu voltasse para a Alemanha e anulasse meu casamento com Mickey? Você pode se vingar dele pela morte do seu irmão sem mim. Ou pode simplesmente deixar para lá. Um pai por um irmão. E se nós duas nunca mais nos víssemos?

– Por que eu simplesmente não mato você?

– Aqui? Na St. Patrick's Cathedral? Uma boa católica como você? Só acredito vendo. – Sophia riu. – Você não vai me matar, porque não é uma assassina. Foi o que eu disse para Yuji Ono depois do nosso primeiro encontro. A menina pode ser mais inteligente que os primos, mas não tem estômago para nosso tipo de trabalho.

– Não é bem assim.

– Você acha que é forte porque arrancou a mão daquele assassino. Não é demonstração de força ferir uma pessoa quando se teve a oportunidade de matá-la. No momento, *liebchen*, o passo inteligente a ser dado seria pegar o machado embaixo do seu casaco e me acertar no coração. Mas você não vai fazer isso. E não a invejo. Filha de uma policial e um criminoso. Como seu coração deve ser divido... Portanto, você vai me deixar ir embora. Acha que ainda está decidindo, mas a decisão já está tomada.

Tirei as mãos do pescoço dela, e Sophia começou a atravessar a nave da igreja, afastando-se de mim.

Corri até ela e pressionei o machado contra seu corpo, a lâmina encostando em seu casaco de casimira.

– Droga. Eu gosto desse casaco – disse ela.

– Só me diga uma coisa. Você teve ajuda de quem? Não pode ter orquestrado o envenenamento sozinha. Deve ter tido alguém aqui. Foi Fats?

Ela balançou negativamente a cabeça, e seu chapéu esquisito foi de um lado para outro.

– Foi Yuri? Mickey? Jacks?

Ela apertou os olhos, como se isso a ajudasse a me enxergar. Seus lábios se juntaram numa espécie de sorriso.

– O jovem advogado – sussurrou ela.

– Simon Green... ele não faria isso.

– Simon fez isso. Ele odeia seu pai, Anya. E também odeia você.

– Não acredito. Simon Green não me odeia. – Não consegui evitar a lembrança do que Jacks me dissera.

– As pessoas têm motivos para tudo. – Sophia deu de ombros. – Todas as cartas estão na mesa. Por que eu mentiria?

Ela se virou e saiu da igreja andando faceiramente. Desejei tê-la matado, mas Sophia tinha razão: eu ainda era católica o bastante para ser incapaz de fazer uma coisa dessas dentro de uma igreja.

Hesitei. Perguntei-me se conseguiria matá-la nos degraus do lado de fora.

Estava prestes a ir atrás de Sophia quando senti algo absurdamente pesado me atingir na nuca.

Apesar de minha formação católica, devo admitir que usei o nome de Deus em vão.

Virei a tempo de ver a bíblia vindo em direção à minha testa.

Imediatamente antes do golpe, Sophia riu.

Acordei numa cama de hospital. O que sentia era uma leve dor de cabeça e uma grande irritação. Deixara Sophia Bitter escapar. Quem saberia onde ela estava ou que confusão arrumaria a seguir? E eu também estava quase tão cansada de hospitais quanto estivera do Liberty.

Eu precisava seguir em frente, ir embora. Fiquei de pé, sentindo um pouco de tonteira. Não ficara muito tempo no hospital, então ainda estava com minha própria roupa. Encontrei meus sapatos (mas não meu machado) no armário. Fui ao banheiro para conferir meus ferimentos. Um galo enorme na testa e outro na nuca. Não conseguia ver o segundo, porque estava coberto pelo cabelo. Fora isso, eu parecia inteira.

Olhei o corredor pela fresta da porta. Não parecia haver nenhum enfermeiro nas proximidades, então fui em frente. Atravessei o corredor até a recepção. Ninguém notou a minha presença. Na sala de espera vi Daisy Gogol e Natty. O rosto da minha irmã estava vermelho de choro enquanto Daisy parecia pálida e tensa. Não queria ser interrompida, mas também não queria que se preocupassem demais.

Fui até elas.

– Shhh. – Fiz sinal de silêncio.

– Annie, o que você está fazendo fora da cama? – gritou Natty.

– Estou bem, mas tenho que sair daqui – disse a elas.

– Você não está no seu juízo normal – disse Natty. – Quem a atacou? O que aconteceu?

– Explico tudo mais tarde. Vai ficar tudo bem.

– Você não parece bem – insistiu Natty. – Não parece nem um pouco bem. Se não voltar agora para o quarto, Annie, eu juro por Deus que vou gritar.

Olhei para a recepcionista. Apesar da voz da minha irmã se tornar cada vez mais histérica, ainda não havíamos despertado muito interesse. Era um hospital cheio numa cidade tomada de crimes, e a equipe estava acostumada a filtrar os gritos dos mais agitados.

– Natty, eu preciso cuidar de um assunto que não pode esperar de jeito nenhum. – Voltei-me para Daisy. – Por acaso você ficou com meu machado?

Daisy Gogol decidiu não responder minha pergunta. Em vez disso, olhou para minha irmã.

– Estou me sentindo péssima, Anya. Não devia ter deixado você entrar sozinha naquela igreja. Achei que estaria tudo bem ali. Afinal de contas, era uma igreja.

– Tudo bem, Daisy.

– Compreendo se precisar me demitir – disse Daisy Gogol.

Eu não queria demiti-la, mas queria saber se ela estava com minha arma.

– Estou, Anya – respondeu ela. – Mas não posso entregá-la a você.

– Ah, pelo amor de Deus – falei.

– Eu sinto muito. Meu trabalho é proteger você, não facilitar as coisas.

Daisy Gogol me ergueu do chão, como se eu não pesasse nada – e, podem acreditar, eu pesava alguma coisa; talvez fosse pequena, mas era densa (sim, às vezes no outro sentido da palavra, também) –, e me carregou até a recepcionista.

– Esta moça sofreu um trauma e saiu do quarto – disse Daisy Gogol à enfermeira da recepção.

Ela nos encarou com ar completamente entediado, como se mulheres gigantes carregando mulheres menores fosse uma ocorrência normal. Instruiu Daisy para que me carregasse de volta ao quarto, onde um médico iria me ver em breve. Enquanto cruzávamos o corredor de volta ao quarto, pesei minhas opções. Não seria possível desafiar a força de Daisy Gogol, mas tinha certeza de poder correr mais.

Ela me colocou gentilmente na cama, como se eu fosse uma boneca querida.

– Desculpe, Anya.

– Eu entendo.

– Mas sei um pouco sobre traumas cranianos, e você precisa ficar sob observação por pelo menos mais um dia. O que quer que tenha acontecido pode esperar até que você esteja pensando com mais clareza...

Sentei-me e a empurrei o mais longe que pude. Não foi muito, mas ela ficou espantada o suficiente para que eu tivesse tempo de sair correndo do quarto.

– Leve Natty para casa! – gritei ao fugir.

Como não tinha meu machado em mãos, minha primeira parada foi o bar de Fats. Precisava de suporte antes de ir até Mickey e Sophia.

– Annie, o que traz você aqui? – perguntou Fats.

Eu fugira do hospital e estava um pouco sem ar.

– Você estava certo. Sophia Bitter planejou os atentados. E acho que ela é a responsável pelos envenenamentos – falei.

Fats serviu-se de um expresso.

– É, faz sentido. Você acha que Mickey está envolvido?

– Não tenho certeza. Sophia diz que foi ele quem matou Leo, por causa do que meu irmão fez com Yuri. A verdade é que ela pode estar mentindo para se livrar do peso da morte de Leo.

– E a maneira mais fácil de fazer isso é apontar para o próprio marido. – Ele fez uma pausa para olhar para mim. – Jesus, garota, o que aconteceu com sua testa?

– Fiquei entre uma pecadora e a bíblia – expliquei. – Quero ir confrontar Mickey e preciso que vá comigo.

Fats fez sinal afirmativo.

– Vou pegar minha arma.

Quando chegamos ao prédio de tijolinhos de Mickey, um empregado abriu a porta.

– O sr. e a sra. Balanchine acabaram de sair. Disseram que iam visitar parentes dela.

Falei para Fats que devíamos ir ao aeroporto, mas ele não concordou.

– Nem sabemos em qual aeroporto procurar. Talvez a melhor coisa seja mesmo esses dois irem embora da cidade. Pense, Anya. Se os dois ficassem aqui, teríamos uma guerra sangrenta nas mãos. Com eles fora de cena, voltamos aos negócios, e isso é uma boa coisa.

– Mas eu quero ter certeza de que Mickey matou meu irmão!

– Entendo isso, Annie. Mas qual a real importância de saber? Sophia disse que foi ele. E Mickey foi embora. Você os expulsou da cidade, aproveite essa conquista, porque essa é toda a verdade que vai conseguir por enquanto.

Isso me parecia incrivelmente ingênuo. O fato de terem deixado a cidade não significava que ficariam longe para sempre.

– Precisamos encontrar Simon Green – falei.

– O advogado? Por quê? – perguntou Fats.

Contei que Sophia dissera que ele estava envolvido no envenenamento.

– Fats, você alguma vez ouviu algum rumor sobre Simon Green ter, de alguma forma, relação com a nossa família?

Fats inclinou a cabeça e abriu a boca numa expressão de ligeiro escárnio.

– Annie, sempre existem rumores a nosso respeito. E a maioria é besteira.

Isso não seria o suficiente para me fazer mudar de ideia.

No prédio de Simon, subimos os seis lances de escadas. Minha cabeça começava a latejar, e desejei ter me precavido e pedido uma aspirina no hospital antes de fugir.

Encontramos a porta aberta, e o dr. Kipling estava de pé no centro da sala. Não devia estar ali há muito tempo, porque ainda estava sem fôlego por conta da escada.

– Ele foi embora – disse o dr. Kipling. – Simon Green desapareceu.

– Como você sabe? – perguntei.

Dr. Kipling fez um sinal para Fats, depois estendeu um pedaço de papel na minha direção.

Querido dr. Kipling,

Estou prestes a ser acusado de um crime e preciso ir embora agora, para poder limpar meu nome.

Você sempre foi um pai para mim.

Por favor, perdoe minha urgência.

Por favor, perdoe a mim também.

Simon Green

– Você sabia de alguma coisa? – perguntou-me o dr. Kipling. – Anya, o que aconteceu com sua cabeça?

Respondi com outra pergunta.

– Dr. Kipling, o que o senhor está fazendo aqui?

– Simon Green pediu que eu viesse. Devo perguntar a mesma coisa a você, eu acho.

Contei a ele o que Sophia Bitter dissera sobre o envenenamento e sobre o fato de Simon Green odiar meu pai e seus filhos.

O dr. Kipling olhou para Fats.

– Você se incomodaria de nos deixar um minuto a sós?

Fats concordou.

– Estou no hall se precisarem de mim.

O dr. Kipling balançou a cabeça.

– Não, Anya. Ela está errada. Simon Green ama você. E eu amo Simon.

Lembrei-me do dia em que tivera o enfarte.

– Você já se perguntou se tudo não passou de uma armadilha?

– Não. Não prestei atenção ao que comia e não cuidei de mim.

– Você devia ter ouvido Simon Green no tribunal naquele dia. E se ele estivesse sendo incompetente de propósito? E se quisesse que eu fosse mandada para o Liberty?

O dr. Kipling disse que aquilo parecia paranoia, loucura.

– Ele conhecia os segredos da empresa. Sabia onde todos nós estávamos. Sabia de tudo, dr. Kipling! E se estivesse trabalhando para Sophia Bitter o tempo todo?!

– Não! Ele nunca se aliaria a Sophia Bitter.

– Por quê?

– Ele nunca se aliaria a Sophia Bitter sendo quem ele é.

– E quem ele é, afinal? – perguntei. – Dr. Kipling, quem é Simon Green?

– Meu protetor – respondeu o dr. Kipling.

– Quem era Simon Green para o meu pai?

– Antes de ser meu protetor, ele era protetor do seu pai.
– Por que ele era protetor do meu pai?
– Anya, eu prometi... – disse o dr. Kipling.
– Ele é meu... – Não consegui completar. Não conseguia dizer as palavras. – Ele é meu meio-irmão?
– Isso faz muito tempo. Que diferença faz desenterrar essas coisas agora? – perguntou o dr. Kipling.
– Eu quero saber a verdade! – gritei.
– Eu... veja bem, Annie, existe uma razão muito forte para que Simon Green jamais possa ter estado envolvido em algo que lhe faça mal. – O dr. Kipling tirou seu minitablet do bolso. Virou a tela na minha direção. Ali estava meu pai, de pé ao lado de um menino. O menino era Simon Green. Reconheci pelos olhos. Azuis como os de Leo e os do papai. – Seu pai... bem, pode-se dizer que tenha adotado Simon. Ele o colocou debaixo da própria asa.
– Não entendo o que "pode-se dizer" significa. Adotou ou não adotou. Por que teria adotado e nunca nos contado?
– Eu... talvez ele planejasse fazer isso um dia, mas não viveu o suficiente. A história que me foi contada é que o pai de Simon Green trabalhou para seu pai. Morreu em serviço, e, quando a mãe morreu também, seu pai achou que era sua responsabilidade cuidar do garoto. Era um bom homem, o seu pai.
– E por que você diz "a história que me foi contada"? Chega de ser vago, dr. Kipling. – Eu estava ensopada de suor, e minha cabeça parecia prestes a explodir. Uma força estranha e terrível começava a crescer dentro de mim.
O dr. Kipling caminhou até a janela. Seu olhar estava distante.

– Quando você conheceu Simon, já fazia bastante tempo que ele queria conhecer você. Mas eu sempre o mantinha a distância.

– Por quê? Por que ele queria me conhecer? Quem era eu para ele?

– Você nunca notou a semelhança? – O dr. Kipling se virou. – Os olhos, a pele. Ele não se parece com seu primo Mickey, com seu primo Jacks? Não se parece com seu irmão? Seu pai? Green é o nome da mãe.

– Ele é filho do meu pai?

– Eu não tenho certeza, Anya. Mas cuidei de tudo para Simon. Educação. Este apartamento. E fiz todas essas coisas a pedido do seu pai.

Senti um enjoo.

– Você não tinha o direito de esconder isso de mim. – Sempre achei um absurdo quando, num filme ou história, alguém vomita logo depois de ouvir uma novidade dramática, mas realmente senti que talvez vomitasse. (*Obviamente, a sensação também devia ter a ver com a pancada que levara na cabeça.*) – Segundo Sophia Bitter, Simon Green ajudou a planejar o envenenamento no outono passado – falei.

– Simon é um bom menino – respondeu dr. Kipling. – Jamais faria uma coisa dessas. Conheço-o desde pequeno.

Olhei para a cabeça careca do dr. Kipling. Amava aquela cabeça. Era uma das coisas constantemente boas na minha vida. Isso significa dizer que o que precisei fazer em seguida não foi nada fácil para mim.

– Acho que você cometeu um erro de julgamento indesculpável, dr. Kipling, e não posso mais permitir que trabalhe para mim.

O dr. Kipling pensou sobre o que eu acabara de dizer.

– Eu compreendo, Anya – respondeu. – Compreendo.

Naquele momento, a gata de Simon entrou na sala.

– Aqui, Koshka – chamou o advogado. A gata se aproximou cautelosamente, e o dr. Kipling colocou-a numa caixa veterinária que estava em cima da cama de Simon. – Quando Simon ligou, me pediu que cuidasse da gata – explicou.

Deixei o apartamento de Simon Green. O dr. Kipling não tentou me deter.

– Então, qual o próximo passo? – perguntou Fats, enquanto atravessávamos a Brooklyn Bridge, voltando para Manhattan.

Balancei a cabeça. O sol se punha, a tarde fora infrutífera, e eu estava desanimada. Quisera uma grande cena, na qual confrontaria Mickey e Simon e da qual talvez somente um de nós saísse com vida. Em vez disso, os dois haviam desaparecido.

– Estou surpresa com a fuga de Mickey – admiti.

– Não sabemos o que Sophia contou para ele – disse Fats. – E você não estava por perto para saber, mas os distribuidores da Balanchine estão bastante frustrados com ele. – Fats olhou para mim. – Menina, não fique triste. Até onde essa história vai, esse é um final feliz. Você chutou os ovos estragados, mandou todos eles embora, e todo mundo sobreviveu.

– Menos Leo.

– Que Deus cuide de sua alma. – Fats fez o sinal da cruz. – Estou lhe dizendo, seu pai estaria orgulhoso. Ele não acreditava em violência.

Acho que deu um risinho.

– Algumas vezes precisou dela, mas essa era a última alternativa para ele.

– Só porque Mickey foi embora, não quero que a Balanchine Chocolate acabe. Não quero que a empresa do meu pai morra – falei. Eu sabia que a partida de Mickey e Sophia trazia mais vulnerabilidade ainda à Balanchine Chocolate.

– A chave agora é estabelecer uma nova liderança o mais rápido possível. Não podemos aparentar fraqueza.

– Fats, você realmente acha que pode fazer melhor do que Mickey se assumir a direção da empresa?

– Ninguém pode ter certeza, Annie. Mas, se me der suporte, vou dar o melhor de mim. Sou honesto e conheço as tribulações do chocolate melhor do que qualquer um.

Era verdade. Fats dirigia com sucesso seu bar havia anos e conhecia todos os revendedores. Percebia agora que Yuji Ono, Yuri e Mickey provavelmente vinham me elogiando para sugerir que eu devia dirigir a Balanchine Chocolate. Como eu era jovem e inexperiente, teriam a oportunidade de me usar para defender seus próprios interesses. Eu aceitara os elogios e acabara sendo tola mais uma vez. – Por que você se importa com o meu apoio?

– Você não conhece o ramo do chocolate, mas mesmo assim os acionistas se importam com sua opinião. Lembram-se de seu pai e viram seu rosto nos noticiários, e eu gostaria de ter o seu apoio.

– Se eu apoiá-lo, o que acontece comigo? – Provavelmente pareci infantil ou, pelo menos, muito adolescente.

Estávamos quase no final da Brooklyn Bridge, quase de volta a Manhattan. Fats colocou a mão no meu ombro.

– Olhe, Annie. Veja só essa cidade. Qualquer coisa pode acontecer nela.

– Não para mim – falei. – Sou Anya Balanchine. Primeira filha do mafioso do chocolate. Tenho um nome e uma ficha criminal a zelar.

Fats acariciou o cavanhaque.

– Não é tão mal assim. Termine a escola, menina. Depois venha me procurar de novo. Arrumo um emprego para você, se ainda quiser. Pode aprender a manha do negócio. Talvez até descubra o que fazem em Moscou.

Então, precisei saltar do bonde para pegar um ônibus que me levasse de volta para casa. Fats me disse que haveria uma reunião na Piscina no dia seguinte e que gostaria muito que eu fosse.

– Não tenho certeza se quero apoiar você – falei.

– É, deu para notar. O que eu acho que você deve fazer é o seguinte: durma bastante e bem e, quando acordar amanhã, imagine como seria se livrar da Balanchine Chocolate para sempre. Seu irmão está morto e os revendedores foram embora. Se resolver me apoiar amanhã, prometo que nunca mais ninguém mexe com você nem com sua irmã.

Cheguei em casa por volta das dez da noite. Daisy Gogol, Natty e Win estavam me esperando, e ninguém parecia muito satisfeito comigo.

– A gente devia levar você de volta para o hospital imediatamente – disse Natty.

– Eu estou bem – respondi, jogando-me no sofá. – Exausta, mas bem.

Daisy Gogol me lançou um olhar irado.

– Eu poderia ter impedido você, mas fiquei com medo de machucá-la. Não estou acostumada a ser empurrada pelas pessoas que devo proteger.

Pedi desculpas a Daisy.

– No hospital disseram que era importante observar Anya e não deixá-la dormir. – Natty se levantou do sofá e cruzou os braços. – Eu poderia fazer isso, mas, na verdade, não quero nem olhar para a cara dela.

– Eu faço isso – ofereceu-se Win, apesar de não parecer exatamente feliz com a tarefa.

– Natty, por favor, não seja tão dura comigo. Acho que sei quem tentou nos matar. – Então, contei a eles o que descobrira naquele dia.

– Você não pode continuar assim – condenou-me Natty. – Correndo por aí sem dizer a ninguém aonde está indo nem o que está acontecendo. Estou cansada disso. E, só para deixar registrado, não quero acabar sem irmão e sem... – sua voz falhou um pouco – ... irmã, Annie.

Levantei-me para abraçá-la, mas ela se afastou, depois atravessou depressa o corredor até o quarto. Segundos depois, ouvi a porta bater.

Voltei-me para Daisy.

– Você pode ir para casa agora se quiser.

Daisy balançou a cabeça.

– Não posso. O dr. Kipling ligou, dizendo que devo vigiar você dia e noite. Está muito preocupado com a sua segurança.

– Tudo bem, mas você precisa saber que demiti o dr. Kipling hoje à tarde.

– Eu sei – respondeu Daisy –, ele também me disse isso. E disse que pagaria pessoalmente meu salário.

Daisy foi para o corredor para se posicionar para a vigília.

Sentei novamente no sofá. Win foi até a cozinha e voltou com um pacote de ervilhas congeladas para colocar na minha testa.

– Provavelmente já passou da hora para isso – falei.

– Nunca é tarde demais para ervilhas congeladas – disse Win, animado.

– Você não está com raiva de mim, também? – perguntei.

– Por quê? Só porque você colocou sua vida em risco e não disse para ninguém o que estava fazendo? Por que eu deveria me importar? Não me preocupo nem um pouco com você.

Ele colocou as ervilhas na minha testa, como eu fizera tantas vezes com Leo. Gemi um pouco por conta do frio. Estiquei o corpo para beijá-lo, mas minha cabeça começou a latejar. Recostei-me novamente à almofada.

– Desculpa – falei.

– Você acha que eu ia querer um beijo seu? Você está terrivelmente deformada neste momento. – Inclinou-se na minha direção e me deu um beijo doce, leve. – O que eu vou fazer com você? – falou em tom baixo e suave.

Como eu ainda precisava entender e ordenar tudo o que acontecera, decidi relatar os acontecimentos estarrecedores do dia, finalizando com o pedido de Fats para que eu abrisse mão da posição de líder da Balanchine Chocolate.

– Isso seria tão horrível assim? – perguntou Win. – O que ele disse, basicamente, é que você poderia se afastar.

– Mas e Leo? – perguntei. – E meu pai?

– Nada que você faça pela Balanchine Chocolate vai trazer nem um nem outro de volta, Annie.

Era um bom conselho. A verdade é que a maneira mais rápida que eu tinha de destruir a Balanchine Chocolate e o legado do meu pai – como ele o deixara – seria entrar numa guerra com Fats pela liderança. Além do mais, o que eu sabia sobre comandar uma empresa de chocolates?

Coloquei o pacote de ervilhas sobre os olhos, que também começavam a doer. Senti paz, ali, debaixo do frio e do escuro.

Eu não ia à Piscina desde meu discurso antes de ir para o Liberty, no ano anterior. Fora Fats, muitas das pessoas que eu conhecia estavam mortas, foragidas ou presas, e, embora todos me fossem vaga ou absolutamente familiares, não os conhecia de fato, individualmente. Era essa a grande questão das famílias do crime organizado – não se devia se apegar demais a ninguém.

Fats me pedira para explicar o desaparecimento de Mickey, o envolvimento de Sophia nos envenenamentos e os atentados à minha família, e foi o que fiz. Depois, afirmei meu apoio a Fats em seu desejo de ser líder interino da Família Balanchine. Abraços mornos sucederam minhas palavras. O próprio Fats fez um breve discurso, falando sobre sua visão da família. Não parecia nada muito diferente dos chefes anteriores: na maioria, referências à garantia da qualidade do produto, à diminuição do atraso no fornecimento etc. Finalmente, Fats abriu a mesa para perguntas.

Um homem de bigode encaracolado e óculos redondos virou-se para mim e disse:

– Anya, meu nome é Pip Balanchine. Gostaria de saber como foi seu contato com a nova promotora até agora. Ela lhe parece antichocolate?

– Particularmente, não – falei. – Ela só se preocupa com dinheiro e promoção pessoal.

Os homens riram da minha declaração.

Um homem negro de cabelo avermelhado entrou no assunto.

– Você é um cara legal, Fats, mas comanda um bar e restaurante. Acha que pode, realmente, dirigir a Balanchine?

– Acho – respondeu Fats. – Acho, sim.

– Porque, pessoalmente, estou cansado dessa desestabilidade. Isso certamente não é bom para os negócios nem para o chocolate. Acho que nos conformamos muito rápido. O episódio dos envenenamentos deveria ter sido uma oportunidade para vistoriar a empresa, não...

A reunião foi demorada, mas minha presença me pareceu desnecessária. Daisy Gogol permaneceu atrás de mim, como era a convenção nesses encontros, e, de vez em quando, me cutucava. Mas o que eu poderia dizer? A verdade é que uma parte de mim realmente estava feliz por ter Fats à frente da empresa. Eu podia ter aprendido alguma coisa sobre cacau, mas ainda eram muitos os detalhes do negócio que eu desconhecia. E o caminhão de bobagens que Yuji Ono me fizera engolir, sobre eu ser "um catalisador" – bem, talvez eu não tivesse essa qualidade dentro de mim. Eu tentara falar com Yuji Ono um dia antes, para confrontá-lo sobre tudo o que Sophia Bitter dissera. Ainda tinha muitas perguntas. Ele ajudara a planejar o assassinato de Leo por amor à Sophia ou ódio de mim, ou as razões haviam sido completamente diferentes? Ele algum dia acreditara nas coisas que dissera ou apenas me elogiara porque eu era jovem e suscetível a elogios? O que ele sabia sobre Simon Green? Mas o número de telefone que eu tinha de Yuji Ono fora desconectado. Ele continuava sendo o mesmo mistério de sempre para mim.

    Sentada na ponta daquela piscina vazia, minha mente vagava. Pensei no México. A água lá era tão azul. Perguntei-me como estaria Theo. Estava envergonhada demais para entrar em contato. Se o fizesse por telefone, teria que confrontar uma das poderosas mulheres da família Marquez. Uma carta me parecia impossível – eu não era boa com as palavras.

    Um homem de terno roxo olhou para mim.

    – Anya, você pretende ter reuniões com Fats? Eu gostaria de saber que pelo menos um dos filhos de Leo Balanchine está por dentro das coisas.

    Prometi manter contato com meu primo. Depois, por respeito, baixei a cabeça numa mesura a Fats.

    – Anya sabe que minha porta está sempre aberta para ela – respondeu Fats. – E, quando for um pouco mais velha e souber um pouco mais, imagino que poderá se envolver mais nos negócios, se ela assim desejar.

    Não muito tempo depois, a reunião estava encerrada. Minha abdicação foi rápida e indolor. Como diria o professor Beery: "*O Mercador de Veneza*, não *Macbeth*."

XVII. tenho dúvidas

Um pouco antes da páscoa, ouvimos notícias de Mickey e Sophia. Estavam na Bélgica, onde pretendiam abrir uma filial da Bitter Schokolade. Na fotografia encontrada por Natty, reparei que sua comitiva incluía um gigante de uma mão só. Parecia seguro afirmar que o homem que eu ferira na Granja Mañana não sangrara até a morte numa floresta tropical mexicana. Eu ainda não tinha a mancha negra de um assassinato na alma.

No domingo de páscoa, Natty e eu fomos à igreja. Mesmo para uma católica não praticante em crise com a fé, a páscoa era um feriado importante demais para deixar de lado. Daisy Gogol fora passar o feriado em casa, mas uma segurança me parecia pouco necessária, já que Mickey e Sophia estavam na Bélgica e Jacks, ainda na cadeia. Natty e eu estávamos seguras. Pelo menos, éramos as últimas mulheres ainda de pé. Papai não dizia sempre que "aquele que sobrevive, vence"? Mas quem se importava com o que meu pai dizia?

Eu sempre amara a liturgia de páscoa. Amava as velas e a ideia de renovação. Mas naquele ano eu me sentia desconectada daquilo tudo. Não podia mais me permitir acreditar. Foi durante a renovação dos votos de batismo que senti isso mais fortemente. O padre perguntou à congregação: "Você está em cristo?" Resposta fácil. Sim, pensei, claro que sim. Depois, ele perguntou: "Arrepende-se de seus pecados?" Aí ficou mais difícil. Minha lista era grande. Por exemplo, eu poderia dizer honestamente que me arrependia de ter cortado a mão daquele homem? Se eu não tivesse feito isso, ele teria matado a mim e Theo. Apesar de tudo, eu estava feliz por estar viva. E definitivamente feliz por Theo estar vivo. E, lá para o final da liturgia, quando devíamos dizer "Acredito e confio Nele" várias vezes, eu disse porque todos a minha volta o faziam, mas não podia honestamente dizer que acreditava e confiava Nele. Eu rezava e era devota, mas do que isso adiantou? Leo estava morto. Meus pais estavam mortos. Minha avó estava morta. Imogen estava morta. Eu não me formaria. Agora tinha ficha criminal. Às vezes me parecia que toda a minha vida fora decidida na hora do meu nascimento, e, se fosse realmente isso, por que me preocupar com religião, orações e coisas do gênero? Talvez fosse melhor fazer o que se quer. Dormir com quem quiser no sábado. Dormir o domingo inteiro.

Naquele momento, Natty olhou para mim.

Eu amo você, Annie – disse ela – E lhe sou muito grata. Por favor, não vire uma pessoa amarga.

Balancei a cabeça.

– Também amo você – disse a ela. Essa era a única coisa que eu sabia ser verdade.

Depois da missa, voltamos andando com calma para casa. A tarde do fim de março estava úmida e cinzenta, mas havia uma pontinha de sol aparecendo num pedacinho do céu. Meu casaco era muito quente, então o desabotoei.

– Quero ir de novo para o *campus* de gênios no verão – anunciou Natty quando estávamos na metade do caminho.

– Ótimo. Você deve ir.

– Mas você parece... – hesitou, buscando a palavra – longe, Anya, com raiva, e fico preocupada de deixar você sozinha.

– Natty! – Eu tinha virado o Leo na vida dela? Alguém que sentia que precisava vigiar? – Natty, eu tenho amigos. E coisas para fazer. Você tem que ir ao encontro do seu destino. Deve ir para o *campus*.

– Quando você diz "coisas para fazer" está falando de dar conta de várias vinganças? – perguntou Natty.

– Não!

– Olhe só, Annie – disse Natty gentilmente – Leo morreu. E as pessoas que planejaram isso estão longe. Win vai para a universidade e é o cara mais legal do mundo, mas você tem que estar preparada, porque ele pode conhecer outra pessoa. A Scarlet vai ter um filho e talvez até se case com Gable Arsley. Você demitiu o dr. Kipling e o dr. Green. Tudo está prestes a mudar, e você precisa estar pronta para seguir em frente.

Claro que minha sábia irmã estava certa. Mas o que eu podia fazer? Não queria passar o resto da vida fora da lei – entrando e saindo do Liberty até estar velha demais para ir para lá, depois entrando e saindo do Rickers ou algum equivalente feminino para criminosas maiores de dezoito anos. Eu não queria terminar meus dias como Jacks ou meu pai, por isso concordara que Fats assumisse a empresa. Mas a verdade é que eu não me encaixava em nada mais. Sabia um pouco sobre chocolate, um pouco sobre crime organizado e tinha um sobrenome infame. Para onde tudo isso me levava?

– Então – continuou Natty –, se você quiser que eu fique para ajudar no verão...

– Natty, eu quero que você vá! Claro que eu quero que você vá.

Natty me olhou nos olhos, depois fez sinal afirmativo.

– Talvez você devesse procurar a professora Lau, que tal?

Balancei a cabeça.

– Toda vez que nos encontramos, ela pergunta de você.

Balancei novamente a cabeça.

– Está só sendo gentil.

Natty e eu entramos no elevador. Quando saímos no nosso andar, a porta do apartamento estava ligeiramente aberta.

Estendi o braço.

– Fique aqui – disse para Natty. Peguei meu machado embaixo do casaco.

Ela arregalou os olhos.

– Talvez fosse melhor a gente fugir – sussurrou.

Eu não era o tipo de pessoa que foge. Mandei que ficasse no corredor, perto da saída de incêndio.

– Se você me ouvir gritar, quero que desça as escadas o mais rápido que puder. Corra para a casa de Win. Não fale com ninguém até chegar lá.

Natty fez sinal de concordância.

Naquele momento, a porta da frente foi totalmente aberta.

De pé, ali, estava um fantasma.

Pensei que estava enlouquecendo.

– Annie – disse o fantasma, depois me abraçou.

O fantasma era de carne e osso.

– Leo – falei. – Leo, Leo. – Minha cabeça começou a latejar e fiquei sem ar. Agarrei suas bochechas, seus braços, apertando e cutucando para ter certeza de que ele era real. – Mas, como? – murmurei. – Como? – Olhei dentro dos olhos azuis de Leo. Puxei seu cabelo preto. Enterrei a cabeça em seu peito para sentir seu cheiro.

– Fingi que morri para poder voltar para Nova York – disse Leo.

– Você fez o quê? – Era uma coisa tão extraordinária para ser dita por ele.

– Eu estava sentindo muita falta de casa, Annie. Estava morrendo de saudade de você e Natty. E estava muito entediado também. Não podia ficar mais lá. Por favor, não fique com raiva.

Eu realmente tinha dificuldade de respirar. Estava prestes a desmaiar.

– Ah, Leo, você não devia ter feito isso. – Aquilo ia causar mais problemas para mim do que eu jamais podia imaginar, mas, mesmo assim, meu coração estava mais leve. – Natty! – chamei. – Venha aqui!

Natty apareceu na porta.

– Leo? – perguntou. Então, desmaiou.

Leo e eu a pegamos e levamos para dentro.

Na sala estavam Simon Green e uma menina japonesa que eu não conhecia.

– Ele me ajudou a planejar tudo – disse Leo. – Entrei em contato com Simon Green no outono, depois que Yuji Ono disse que você ia viajar. Eu não queria que Natty ficasse sozinha.

Isso significava que o ataque a Leo fora uma farsa? Ainda assim, eu sabia que os atentados contra mim e contra Natty haviam sido reais. Por que coordenar um ataque falso no mesmo dia de dois verdadeiros? O que isso significava?

Sentei no sofá.

– Simon, por que você não me contou que Leo estava vivo?

Simon tirou os óculos e limpou as lentes na camisa.

– Acho que imaginei que você não acreditaria em mim. Não depois da terrível coincidência das tentativas de assassinato a você e a Natty. Percebi que Sophia ficou sabendo de alguma maneira do meu plano com Leo e usou isso a seu favor.

A menina japonesa sorriu simpaticamente para mim. Apesar de ser claramente uma mulher, era do tamanho de uma criança, de seios pequenos e braços e pernas finíssimos.

– Desculpa – falei. – Quem é você?

– Essa é a Noriko – disse Leo. – Ela não fala direito inglês, mas está aprendendo. É sobrinha de Yuji Ono. E também é minha mulher.

– Você se casou? – Era muita coisa para processar. – Leo?

Noriko estendeu a mão. Nela eu vi uma aliança prateada. Natty acordou.

– Leo? – chamou. – Leo? – Começou a chorar.

– Ah, Natty, por favor, não chore. – Leo limpou suas lágrimas com a manga da camisa. Sentou do lado dela no sofá, e os dois se abraçaram por muito tempo.

Levantei para dar espaço a eles. Apesar de toda a felicidade por descobrir que Leo estava vivo, não podia me dar o luxo de extravasar minhas emoções naquele momento. Tinha muitas coisas para pensar e organizar. Fui até a varanda, e Simon Green se aproximou de mim.

– Você precisa enxergar, Anya, que eu jamais planejaria qualquer coisa que pudesse ferir você, Natty ou Leo.

– Sophia Bitter diz que você ajudou a organizar o envenenamento – disse a ele.

– Mentira!

– Por que ela diria isso se não fosse verdade?

– Ela é uma mentirosa, Anya, e imagino que estivesse simplesmente tentando salvar a própria pele. Apontando para qualquer um que julgasse vulnerável.

Olhei Simon Green nos olhos, olhos como os de Leo e do meu pai.

– Quem é você? – sussurrei.

– Eu não tenho certeza, Annie. Mas posso dizer no que passei a acreditar. – Segurou minha mão. – Acho que sou seu meio-irmão. Acho que foi por isso que seu pai providenciou para que não me faltasse nada.

– Ele sabe? – Indiquei Leo.

Simon Green balançou a cabeça.

– Não. Você é a cabeça da família e a decisão sobre quando contar para Leo e Natty é sua.

Respondi que ficava grata por isso.

– E por que Leo procurou você para ajudá-lo a forjar a própria morte?

– Ele não me procurou. – Simon Green então explicou que começou a planejar a saída de Leo do Japão assim que descobriu que eu recusara a proposta de casamento de Yuji Ono. – Achei que não seria mais seguro para ele ficar lá.

Perguntei-me se eu não compreendera mal o que Leo me dissera – ele afirmara claramente que forjara a própria morte, não?

Perguntei a Simon se o dr. Kipling sabia.

Simon Green balançou negativamente a cabeça.

– Por que meu pai nunca falou de você para nós?

– Pense bem, Anya. Sou oito anos mais velho que Leo. Acho que seu pai nem sabia até minha mãe morrer.

Papai deveria ter nos contado.

– Seu pai era um bom homem – continuou Simon Green. – Mas era só um homem.

Desviei o olhar da vista da cidade e voltei a mirar através das portas de vidro da sala, onde Leo apresentava Natty para sua esposa. Esposa!

Simon Green segurou minha mão.

– Quero que confie em mim, Anya. Quero ser seu parceiro. Quero ser o irmão que Leo não tem capacidade de ser. Quero que se sinta livre para jogar uma parte do peso nos meus ombros.

Balancei a cabeça.

– Por que não? Você não vê que arrisquei tudo para salvar Leo? Precisa saber que fiz isso por você.

– É muita coisa para assimilar de uma vez agora. Me dê um pouco de tempo – pedi. – Precisaremos tomar muitas providências em relação à situação legal de Leo – disse-lhe. – Não quero ter que escondê-lo dentro de casa. E certamente não podemos deixar que seja eternamente um fugitivo.

Simon Green concordou.

Vou procurar Bertha Sinclair assim que o feriado acabar.

– Talvez o dr. Kipling possa ajudar? – sugeri.

– Verdade, acho que posso dar um jeito nisso.

* * *

Depois que Simon Green foi embora e todos foram para cama, fui até a cozinha. Não conseguia dormir. Era muito tarde para ligar para Win (ele estava em Connecticut visitando a universidade com a mãe), e, mesmo que não fosse, eu nem conseguiria começar a explicar os acontecimentos daquele dia.

Peguei um copo d'água e sentei à mesa. A cozinha me parecia estranhamente clara. Estava diferente daquela manhã. De alguma forma, parecia mais colorida, e minha cabeça estava um pouco sensível. Eu tinha tantas coisas para resolver agora que Leo voltara...

Juntei as mãos e baixei a cabeça. *Obrigada, Deus, por trazer meu irmão de volta. Muito obrigada.*

– Acredito e confio Nele – sussurrei.

Então, Leo entrou na cozinha, vestindo calça de pijama e camiseta branca.

– Annie – disse. – Imaginei que estivesse acordada. – Ele sentou à minha frente.

Eu disse que esperava não tê-lo acordado.

– Você sempre me acorda – disse ele. – Exatamente como na noite com Gable Arsley. Eu sempre fico alerta por sua causa.

Sorri para ele.

– Leo, como você e Noriko voltaram para a América?

– De avião – respondeu Leo. – Simon Green foi nos buscar.

Eu ainda tinha muitas perguntas, mas não queria preocupar Leo com elas.

– Leo, você poderia me explicar uma coisa? Yuji Ono me disse que sua mulher era de uma vila de pescadores e que tinha sido assassinada com você. Mas nunca mencionou que ela era sobrinha dele.

Leo deu de ombros.

– Noriko é mesmo de uma vila de pescadores – disse ele. – Fui ficar com a família dela em outubro, depois que Yuji Ono disse que não era mais seguro ficar com os monges. Noriko é filha do meio-irmão de Yuji Ono.

Yuji Ono fizera Leo trocar de esconderijo? Certamente nunca me contara. E, se fosse verdade, isso não batia com a história de Simon Green, ou seja, que Leo não estaria seguro no Japão depois da minha recusa à proposta de casamento. E de quem eram as cinzas que Yuji Ono me enviara? E por que ele mentira dizendo ter visto o cadáver de Noriko? Balancei a cabeça. Precisava falar com Yuji Ono, mas ele ainda estava inalcançável e não tentara entrar em contato comigo.

Segurei a cabeça do meu irmão e beijei-o nas duas bochechas.

– Leo, posso perguntar uma coisa? Você acha que Yuji Ono é um bom homem?

– Acho – respondeu Leo. – Mas não o vejo há muito tempo. Em meados de janeiro, ele entrou em reclusão. Noriko acha que ele pode ter pegado alguma doença numa das viagens. Ninguém na família sabe, e Yuji Ono é muito reservado.

Segurei a mão de Leo. Ainda estava surpresa com a aliança prateada em seu dedo.

– Leo, você está apaixonado por Noriko.

– Estou! – respondeu ele. – Amo Noriko como nunca amei ninguém, fora você e Natty.

– Por quê?

– Bom, eu acho que ela é a garota mais linda do mundo, fora você e...

Interrompi meu irmão.

– Eu e Natty, eu sei. E concordo. Ela é muito linda. E o que mais, Leo?

O rosto de Leo ficou sério.

– A verdade, Annie, é que ela não me trata como se eu fosse um imbecil. Você talvez não acredite, mas ela acha mesmo que sou inteligente. – Vi lágrimas nos olhos de Leo. – Me desculpe, Annie. Me desculpe por todos os problemas que causei a você no ano passado. Sei de tudo que fez por mim. Yuji Ono me disse que até para a cadeia você foi por minha causa.

Eu disse a ele que faria tudo novamente. Era meu irmão e eu faria qualquer coisa por ele.

– Leo, Yuri morreu e Mickey foi embora. Mas a gente precisa acertar sua vida com as autoridades para que você e Noriko possam viver aqui em paz.

Leo concordou.

– Você talvez também tenha que passar um período na prisão.

– Ok – disse Leo, com tanta firmeza que não pude deixar de me perguntar se ele entendera o que eu dissera. – Contanto que Noriko possa ficar aqui, com você e com Natty. Você precisa tomar conta dela.

– Claro, Leo. Ela é minha irmã agora – falei.

O mundo era um lugar incrível, na verdade. Eu começara o dia com uma irmã e terminara com uma irmã, uma cunhada, um irmão e um meio-irmão.

Eu começara o dia sem fé, e agora meu coração estava feliz.

XVIII. vou à festa de fim de ano do colégio; ninguém leva tiro

Em troca de mais uma modesta propina para a Campanha de Reeleição de Bertha Sinclair, Leo recebeu uma sentença de sete meses de reclusão no Hudson River Psychiatric Facility e dois anos de condicional. Ele sairia a tempo para o feriado de Ação de Graças.

No terceiro sábado de abril, dr. Kipling, Daisy Gogol, Noriko e eu levamos meu irmão para lá. Ele beijou sua esposa (esposa!), acenou para nós e foi isso. Noriko chorou durante as três horas da viagem de volta. Tentamos reconfortá-la, mas ela quase não falava inglês, e nós não falávamos japonês, então duvido que tenhamos sido capazes de ajudar.

Por coincidência, naquela noite seria a festa de fim de ano da escola. Eu não queria ir, mas Win me convencera de que devíamos comparecer, no mínimo para nos redimirmos do desastre do ano anterior.

– Você acha que vão me deixar entrar no *campus*? – perguntara para ele. E Win me lembrou de que, tecnicamente, eu não fora expulsa da última vez.

Não me preocupei em comprar um vestido novo para a ocasião, então fui vasculhar as roupas velhas da minha avó e da minha mãe. Escolhi um vestido azul-marinho de mangas cavadas, decote alto e cintura baixa. Achei que estava bom, mas, quando Noriko me viu, deu um grito.

– Não!

– Não? – perguntei.

– Ruim – disse ela, já abrindo o zíper das costas. – Roupa de velha.

Noriko foi até o quarto do Leo e voltou com um vestido branco. A peça era rendada e devia ficar num cumprimento decente em Noriko, mas ficaria curto para mim. Eu pareceria uma noiva maluca.

– Você veste – disse Noriko. Sorria. Era a primeira vez que sorria no dia, e pensei na promessa que fizera a Leo de cuidar da sua mulher. Eu realmente não me importava com a questão da roupa, então concordei em usar o vestido.

Eu me olhei no espelho. O vestido estava um pouco apertado em cima, mas, fora isso, vestia surpreendentemente bem.

Noriko ficou atrás de mim e ajustou o laço na cintura.

– Bonita – falou.

Balancei a cabeça. Natty saiu do quarto para me ver.

– Você parece... – Fez uma pausa. – Meio louca, mas atraente. Uma maluca atraente. – Beijou-me no rosto. – Win vai adorar.

Win me encontrou em casa. Prendeu um *corsage* de orquídea no meu pulso. Esperei que fizesse uma piada sobre meu vestido maluco, mas ele não pareceu perceber que alguma coisa estava esquisita.

– Você está linda – disse Win. – Espero que ninguém leve um tiro este ano. Vai ser difícil tirar as manchas de sangue desse vestido.

– Tecnicamente, acho que ainda é um pouco cedo para esse tipo de piada – falei.

– Ah, e quando é a hora certa? – perguntou ele.

– Provavelmente nunca – respondi. – Interessante sua escolha de casaco, aliás. – Era um paletó branco de listrinhas finas pretas. Bem verão. Cafona.

– Quando você diz "interessante" quer dizer que não gostou? Porque quem tem telhado de vidro, e com isso estou me referindo a gente que vai a festas de formatura vestidas de noiva, não deviam...

– Não foi o que eu quis dizer. É que... eu não esperava.

Ele disse que o smoking antigo se perdera no hospital no ano anterior. Respondi que, com certeza, fora arrancado do corpo dele.

– Isso explica tudo, então – disse Win. – Esse paletó é do meu pai. Uma gravata preta e uma branca como opções. Escolhi a branca para ninguém me confundir com outra pessoa.

Na festa, meus colegas de sala pareceram felizes com a minha presença, e a administração me tolerou. O tema era "O Futuro", mas o comitê de organização não fora muito criativo. Os membros não tinham conseguido descrever o tema em termos decorativos. Havia muitos enfeites que faziam reflexo e muitos relógios, além de um banner digital que lançava a pergunta: ONDE VOCÊ ESTARÁ EM 2104? A visão deles de futuro era bastante vaga, e achei tudo aquilo bem angustiante. Eu não fazia ideia de onde estaria no ano seguinte, quanto mais dali a vinte. De fato, a única resposta que me ocorreu depois de ler aquele banner foi: *Morta. Em 2104 eu provavelmente estarei morta.*

Fui interrompida em meus mórbidos pensamentos pela Scarlet. Ela estava com quase oito meses de gravidez e estava linda e infeliz com seu enorme vestido cor-de-rosa. Chegara sozinha. Fazer companhia a ela fora outra desculpa usada por Win para me convencer a ir àquela festa ridícula.

– Annie, amei o seu vestido! – Claro que ela amou. Scarlet e Noriko provavelmente se dariam muito bem quando as apresentasse. Scarlet me beijou, e Win foi buscar bebidas. – Estou tão feliz que você veio. Leo chegou bem em Albany?

Fiz um gesto afirmativo.

– E você, como vai? – perguntei.

– Péssima – respondeu ela. – Provavelmente eu não deveria ter vindo. Não existe nada mais triste do que uma garota enorme de grávida numa festa de fim de ano de colégio. Odeio esse vestido e estou gorda demais para dançar.

– Isso não é verdade.

– Bom, de qualquer forma, ninguém vai querer dançar comigo, fora Gable Arsley.

Respondi que eu dançaria com ela, mas Scarlet balançou negativamente a cabeça.

– Nós não temos mais doze anos, Anya.

– Não fique com pena de si mesma. A diretora não para de olhar torto para mim, e esse tema do "futuro" está me deixando nervosa – falei.

Scarlet riu, melancólica.

Win voltou com bebidas.

– Eu danço com você – disse ele para Scarlet.
– E eu sou o quê? Uma solteirona de quem todo mundo sente pena? – perguntou ela em tom falsamente horrorizado.
– Não. Ela odeia dançar. – Win apontou para mim. – E você é a garota grávida de quem eu tenho pena. Vem. – Win ofereceu a mão para Scarlet. – Sério, vai ser legal dançar com alguém que não preciso paparicar nem persuadir.
– Eu devia jogar isso em você – respondeu Scarlet para Win enquanto me entregava sua bebida. Fiquei observando os dois a caminho da pista de dança.
Mesmo grávida, Scarlet ainda se movia muito bem. Assisti à dança dos dois com certo grau de divertimento, apesar de não conseguir deixar de me sentir saudosa. Olhei para Scarlet, e o tamanho de sua barriga me lembrava o ano inteiro que eu perdera enquanto estava... Bem, vocês sabem o que eu andara fazendo. Digamos simplesmente: o ano que eu perdera enquanto estava presa a outros compromissos. Ainda me maravilhava com a doçura amarga de tudo aquilo quando Gable Arsley sentou numa cadeira ao lado da minha.
– Anya – cumprimentou-me ele.
Retribuí com um leve cumprimento de cabeça e tentei não olhar para ele. Como acontece quando encontramos um animal selvagem na natureza, esperei que Gable fosse embora se não fizéssemos contato visual.
– Não esperava encontrar você aqui – disse ele.
– Eu fui convidada – respondi.
– Eu não quis ofender você – disse ele. – Eu... você precisa conversar com a Scarlet para mim.
Olhei para ele de canto de olho, depois ergui a sobrancelha.

– E por que cargas-d'água eu faria uma coisa dessas?

– Porque ela está esperando um filho meu! Porque não está sendo razoável. – Fez uma pausa. – Eu sei que, se ela achar que você aprova, talvez me perdoe.

Balancei a cabeça negativamente.

– Eu não aprovo, Arsley. Você vendeu fotos minhas. E essa foi só a última barbaridade numa lista enorme de ofensas.

– Eu só fiz isso porque precisava do dinheiro – protestou Gable.

– Como se isso resolvesse o problema.

Gable segurou minha mão.

– Não toque em mim – falei e puxei a mão. – Estou falando sério.

Gable segurou minha mão de novo. Senti as pontas metálicas de seus dedos através da luva.

– Não quero fazer uma cena aqui. – Puxei novamente minha mão.

– Você tem que convencer a Scarlet a se casar comigo – disse Gable, de maneira insana.

– Não posso fazer isso.

– Você pode dizer que me perdoou!

– Mas eu não perdoei, Arsley.

Ele se encolheu na cadeira. Cruzou os braços.

– Eu ainda posso processar você, sabia? Devia ter feito isso. Nunca mais precisaria trabalhar. E teria dinheiro à beça para cuidar de Scarlet e do bebê.

– Quanta nobreza. Veja bem, Gable, se você realmente quer processar alguém, devia processar Sophia Bitter. Ela é a responsável pelos envenenamentos.

– Sophia Bitter? – perguntou Gable. – Quem é essa?
Win e Scarlet voltaram para a mesa.
– Oi, Arsley – disse Win, em tom duro.
– Ele está perturbando você? – perguntou Scarlet.

Era ótimo o fato de meus amigos pensarem que Gable Arsley não passava de uma perturbação para mim agora. Preso na minha coxa, debaixo do vestido escandaloso de Noriko, estava minha lembrança preferida do México.

Gable se levantou e se afastou, mancando, em direção ao lugar de onde saíra.

Começou a tocar uma música lenta e Scarlet insistiu que eu e Win deveríamos dançar pelo menos uma vez.

– É a festa do último ano de colégio, gente!

Na pista, Win me puxou para perto e, rapidamente, imaginei como o ano teria sido se tudo fosse diferente.

Senti seu corpo enrijecer quando sua coxa pressionou meu machado.

– Você tem que carregar isso o tempo todo? – perguntou ele.

Senti meu rosto corar.

– Desculpe. Mas essa sou eu, Win.

Ele fez um gesto de concordância.

– Eu só estava provocando você. Eu sei disso. – Afastou uma mecha de cabelo da minha testa.

– O machado ou Daisy Gogol – brinquei. – Ninguém vai atirar no meu namorado na festa deste ano.

Win apalpou o machado por cima do vestido.

– Agora entendi por que você fez tanta questão que a gente entrasse pela porta dos fundos.

– Detector de metais.

– Bom, eu agradeço. Gostaria de fazer parte da sua vida por muito tempo, e vai ser bem mais fácil se eu continuar vivo.

A música se fundiu a outra mais rápida, e Win concordou que já havíamos sofrido o suficiente para uma festa de colégio. Scarlet planejava passar a noite na minha casa, então fomos buscá-la antes de sair para pegar o ônibus.

Do lado de fora, vi muitos meninos de paletó preto, mas o meu era o único de branco.

XIX. eu me formo e assisto a mais uma proposta

No começo de maio, enquanto Natty estudava para as últimas provas e meus ex-colegas de sala experimentavam roupas e chapéus de formatura, fiz as provas do New York State GED. O teste era aplicado no departamento de educação de Nova York, na West Fifty-Second Street. Por puro sentimentalismo, vesti meu velho uniforme do Trinity. Na sala sem janelas, olhei para os outros fazendo o teste. Não pareciam particularmente estúpidos ou oprimidos, nem mesmo velhos, então não pude deixar de imaginar os motivos que os levavam àquela sala. Que erros teriam cometido? Em quem haviam confiado equivocadamente? Ou será que haviam nascido na hora errada e no lugar errado? Talvez eu estivesse sendo pessimista. Talvez terminar o colegial numa sala sem janelas e com ar-condicionado quebrado não fosse tão ruim assim. No mínimo, aquelas pessoas tinham sobrevivido a quaisquer que fossem seus passos em falso, porque estavam ali, do outro lado.

O dr. Kipling contratara um tutor para mim, e, apesar de eu ter sido apenas parcialmente consistente em meus estudos, o teste estava bastante fácil. Levaria umas três ou quatro semanas até que eu soubesse se passara ou não, mas, se tudo corresse bem, seria o fim dos meus anos de colegial. Um pouco sem graça, não? No entanto... eu passara por muitos momentos emocionantes no ano anterior e, certamente, já tivera a minha cota de conflito e ação. Eu suportaria um pouco de anticlímax. Não seria muito comum alguém levar um tiro nos momentos de resolução e anticlímax. (*O GED tinha uma seção de termos literários, se é que vocês estão questionando minha terminologia.*)

Em casa, um e-mail esperava por mim. Quando vi de onde vinha, México, senti vergonha. Como era, pelo menos parcialmente, responsável pelos ferimentos de Theo, andava muito constrangida para telefonar ou escrever para os Marquez. Mesmo assim, uma pessoa realmente boa encontraria uma maneira de se comunicar.

Querida Anya,

Oi. Espero que não tenha se esquecido de seu melhor amigo, Theo. Estou escrevendo porque você não escreveu. Por quê? Você não sabe que seu grande amigo Theo sente sua falta? Não liga a mínima para ele?

Vai gostar de saber que estou indo bem, eu acho. Mas talvez você esteja sem-graça em perguntar. Bem, você deve se sentir muito culpada, Anya, porque andei muito mal. E só tive permissão para voltar ao pomar na semana passada. Estou melhor agora. Minha irmã, minha mãe e as *abuelas* estão sendo duríssimas, como você pode imaginar. Descobrimos que a prima Sophia foi a responsável pelo atentado a minha vida e à sua. Ela sempre foi uma mulher estranha e nunca foi muito querida na nossa família por várias razões que ficaria feliz em detalhar para você pessoalmente. (Isso é um convite, caso queira tomar como um.) Mas o motivo de eu estar escrevendo hoje é porque as *abuelas* se sentem responsáveis pelo atentado que você sofreu. Elas acham que não amaram Sophia o suficiente. (Mas elas sempre acham que todos os problemas do mundo podem ser atribuídos à falta de amor.) Para consertar as coisas, me pediram para passar a você a receita do chocolate quente da Casa Marquez. Traduzi para você, mas não é uma tradução literal, embelezei-a em algumas partes para divertir você (veja o anexo). Abuela me pediu para lembrá-la de que é uma receita muito poderosa e antiga, cheia de benesses para o espírito e para a saúde. "Por favor, Theo", ela me implorou, "diga para ela não deixar que a receita caia em mãos erradas".

Anya, quando estávamos juntos, sei que perdi muito tempo reclamando das minhas responsabilidades com a fazenda e com as fábricas. Como eu desejava a liberdade. É estranho, porque, em todos os meses que fiquei doente, a única coisa que eu queria era voltar para as fábricas e para o pomar. Então, acho que foi bom ter levado um tiro quase fatal. (Isso foi uma brincadeira. Ainda sou a pessoa mais engraçada que você conhece, aposto.)

Espero que você volte a Chiapas um dia. Você tem um talento natural para o cultivo do cacau, mas eu ainda posso lhe ensinar muita coisa.

Besos,
Theobroma Marquez

Li a receita, depois fui para a cozinha. Não tínhamos pétalas de rosas nem chili, mas era sábado, dia de mercado, então resolvi pegar o ônibus até a Union Square para comprar ingredientes. Era folga de Daisy, e Natty estava ocupada com seus estudos, então decidi ir sozinha.

As rosas foram fáceis de encontrar, mas tive dificuldade de achar o chili e já estava quase desistindo quando vi uma banca vendendo, segundo dizia o cartaz: ERVAS MEDICINAIS, TEMPEROS & MISTURAS. Puxei uma cortininha e entrei. O ar cheirava a incenso. Estantes de madeira estavam repletas de potes de vidro com rótulos escritos a mão.

O proprietário rapidamente localizou o pote com o chili.

– É só isso, garota? – perguntou. – Pode dar uma olhada no resto. Talvez você goste de outros produtos, e, se comprar dois, o terceiro sai de graça. – O proprietário tinha um olho de vidro, usava uma capa de veludo e uma bengala, parecendo um mago. O olho de vidro era de muito boa qualidade. A única pista de que não era real era o movimento: não me seguia enquanto andava pela tenda como o outro.

Na prateleira mais baixa, vi um pote de grãos de cacau. Quando segurei o pote nas mãos, senti uma lufada de nostalgia da Granja Mañana. Ergui o pote em direção ao dono.

– Como é que o senhor consegue vender isto? Sem ser preso, eu quero dizer.

– É totalmente legal, posso garantir a você. – Fez uma pausa e me encarou com um olho reprovador. (Literalmente, olhou-me só com ele.) – Você trabalha para as autoridades?

Balancei negativamente a cabeça.

– Muito pelo contrário.

Ele me olhou, inquisitivo, mas não tive vontade de contar a história da minha vida. Em vez disso, falei que era uma entusiasta do chocolate, e ele pareceu acreditar nas minhas palavras.

O homem usou sua bengala para apontar para a palavra *medicinal* escrita na placa da tenda.

– Mesmo num país corrupto como o nosso eu posso vender quanto cacau eu quiser se o propósito for medicinal. – Tirou o pequeno pote da minha mão. – Mas acho que não posso vender esse produto a você se não tiver uma receita médica.

– Ah – falei. – É claro. – Só por curiosidade, perguntei que tipo de doença me permitiria uma prescrição médica.

O proprietário deu de ombros.

– Depressão, eu acho. Cacau dá ânimo. Osteoporose. Anemia. Não sou médico, senhorita. Conheço algumas pessoas que usam cacau para produzir cremes para a pele.

Saí da posição de agachamento em que me encontrava e entreguei a ele o pote de chili.

– Acho que, então, vou levar só isso mesmo.

O homem fez sinal de aquiescência. Enquanto eu pagava, ele me disse:

– Você é a menina Balanchine, não é?

Filha paranoica da máfia que eu era, revistei rapidamente o lugar com os olhos antes de responder.

– Sou.

– É, foi o que pensei. Venho acompanhando seu caso de perto. Andaram sendo bastante injustos com você, não acha?

Disse a ele que tentava não ficar remoendo o assunto.

No ônibus de volta para casa, o aroma das rosas me invadia. Olhei na sacola e descobri que o homem que não era um mago havia colocado ali dentro alguns grãos de cacau junto com o chili.

Desde o acidente, eu ainda ficava um pouco tensa nas viagens de ônibus, mas o ar perfumado pelas rosas me trouxe uma sensação de calma e – me arrisco em dizer – de clareza. Minha mente relaxou. Meu cérebro ficou leve e vazio, depois foi preenchido por imagens. Primeiro, vi a Nossa Senhora de Guadalupe e soube que era ela, porque havia rosas em volta dela e porque sua imagem era muito proeminente na Granja Mañana. Mas depois vi que não era uma pessoa real, mas uma pintura numa parede, e debaixo da pintura estavam as palavras: *Não tema doenças ou vergonha, ansiedade ou dor. Não sou sua Mãe? Você não está sob minha sombra e minha proteção? Não sou a fonte da vida? Você precisa de mais alguma coisa?* E a parede ficava nos fundos de uma pequena loja. E havia barras de chocolate Balanchine estocadas em prateleiras de mogno manchadas. E o chocolate era vendido às claras, até mesmo exposto na vitrine. E a placa na frente da loja dizia:

Barras de Chocolate Medicinal Balanchine
Chocolate para sua saúde — somente com apresentação de receita —
Médico nas imediações

Endireitei-me no banco.

Eu não era minha irmã. Ninguém jamais sugerira me mandar para um *campus* de gênios, e eu não costumava ter ideias brilhantes. Se eu tinha alguma genialidade, diria ser provavelmente no que se refere à sobrevivência, nada mais. Mas isso me pareceu que podia dar certo. O cacau talvez jamais fosse legalizado, mas e se houvesse brechas legais que me permitissem vendê-lo? Coisas que meu pai, tio Yuri e Fats jamais consideraram?

O ônibus estava a mais ou menos um quarteirão da casa de Win. Eu não quis esperar. Queria saber o que ele achava disso. Apertei o botão indicando que queria saltar e saltei.

Toquei a campainha do apartamento de Win. Charles Delacroix abriu a porta. Win e a mãe ainda estavam fora, mas ele imaginava que fossem chegar em breve, caso eu desejasse esperar. Charles Delacroix não estava barbeado, mas pelo menos se vestira para passar o dia.

Ele me encaminhou para a sala. Eu ainda pensava na minha visão.

– Como vai você? – perguntou ele.

– Dr. Delacroix, o senhor é advogado.

– Você está com um jeitão de mulher de negócios, Anya. Sim, sou advogado. Desempregado, no momento.

– Já ouviu falar em gente que vende cacau medicinal? – perguntei.

Charles Delacroix riu de mim.

– Anya Balanchine, em que você se meteu agora?

– Em nada – respondi. Percebi que meu rosto corava. – Só me perguntei se alguém poderia vender cacau medicinal legalmente na cidade. Ouvi por aí que se pode vender se a pessoa que comprar tiver prescrição.

Charles Delacroix me estudou por uns instantes.

– É, teoricamente, acho que sim.

– E, se isso for verdade, o proprietário poderia vender barras de chocolate para a saúde, ou, digamos, vitaminas de chocolate quente, desde que fosse com receita médica?

O dr. Delacroix fez que sim.

– Mas eu teria que estudar detalhes do assunto.

– Se você fosse o promotor da cidade, teria perseguido quem estivesse vendendo cacau medicinal em lojas em Manhattan?

– Eu... essas pessoas teriam provocado meu interesse, sim, mas, se tivessem um bom advogado que garantisse que estava tudo em ordem, duvido que nos preocupássemos com o assunto. Anya, você está me parecendo muito animada no momento. Não me diga que você conhece um desses proprietários hipotéticos?

– Dr. Delacroix...

Win e a mãe entraram em casa.

– Vejam só como vocês dois estão amigos – disse a sra. Delacroix.

Win me beijou.

– A gente combinou de se encontrar? Achei que você estivesse fazendo o teste do GED.

– Fui até o mercado e resolvi parar aqui e ver se você estava em casa. – Ainda estava segurando a sacola com as rosas, o chili e os grãos de cacau. Disse a ele que meu amigo do México mandara uma receita que planejava preparar. A mãe de Win quis saber de que se tratava. Uma coisa era fazer perguntas hipotéticas ao pai de Win, outra bem diferente era admitir consumo recreativo de cacau na frente dele. – Uma bebida antiga, saudável, lá de Chiapas – respondi.

Charles Delacroix ergueu a sobrancelha. Eu não o enganava.

– Está quase de noite – disse Win. – Vou levar você em casa.

– Tchau, Anya – disse Charles Delacroix.

Quando já estávamos na rua, Win segurou minha sacola e enlaçou meu braço.

– Sobre o que você e meu pai estavam conversando? – perguntou ele.

Eu parara na casa de Win com a intenção de contar a ele minha ideia, mas, agora que estava do meu lado, não consegui dizer nada. Não queria ver suas sobrancelhas tensionadas e seus lábios espremidos se pensasse que eu era uma tola. Eu só passara mais ou menos uma hora pensando naquilo, mas, naquele pequeno espaço de tempo, já ficara absolutamente apegada ao conceito. Pareceu-me algo grande, o tipo de ideia que talvez mudasse a minha vida. Tive esperança, pela primeira vez em muito tempo.

– Annie?

– Não foi nada. – Fui enfática. – Estava esperando você.

Ele parou de andar e olhou para mim.

– Você está mentindo. É muito boa nisso, mas esqueceu que eu conheço a sua cara quando está escondendo alguma coisa.

Qual era a minha cara quando mentia? Algum dia teria que perguntar a ele.

– Não estou mentindo, Win. Eu tive uma ideia, só isso, mas ainda não estou pronta para conversar sobre ela – falei. –

Enquanto eu esperava você, perguntei umas coisas para o seu pai, porque precisava tirar umas dúvidas sobre a legislação.

– Bom, com certeza ele lhe deve conselhos grátis.

Ele enlaçou meu braço novamente, e voltamos a caminhar. Num dado momento, começamos a falar dos nossos planos para o resto do fim de semana.

– Win, você se importaria se um dia a gente fosse a uma passeata pela legalização do cacau? – perguntei.

– Não... mas por que você quer fazer uma coisa dessas?

– Curiosidade, eu acho. Talvez fosse bom ver como é estar do outro lado.

Win fez um gesto de concordância.

– Isso tem alguma coisa a ver com a conversa que teve com meu pai?

– Ainda não tenho certeza – admiti.

Quando cheguei em casa, descobri que o próximo encontro do pessoal do Chocolate Agora aconteceria na próxima quinta-feira à noite.

A parte dura era que eu não queria ser reconhecida. Queria ver como era sem me expor a uma cena. Noriko nos emprestou perucas e ajudou com a maquiagem. Usei um cabelo liso e louro e passei batom vermelho. (Já abandonara meu bigode no México, claro, não que quisesse revelar minha persona bigoduda para Win.) Win foi de *dread* e boné, uma versão modificada do disfarce que usara para me visitar no Liberty.

Win e eu pegamos o ônibus para a biblioteca abandonada no centro da cidade, onde seria o encontro.

Estávamos um pouco atrasados, então permanecemos no fundo.

Umas cem pessoas estavam ali. De pé atrás do atril, Sylvio Freeman já começara seu discurso introdutório.

– A dra. Elizabeth Bergeron vai falar sobre os benefícios à saúde produzidos pelo cacau.

A dra. Elizabeth Bergeron era uma mulher pálida, magra, de voz aguda. Vestia uma saia longa, de *tie-dye*.

– Sou médica – começou dizendo –, e é através dessa perspectiva que falarei esta noite. – Sua palestra abordava muitas das coisas que Theo me dissera em Chiapas. Olhei Win para ver se estava entediado. Não parecia estar.

– Então, por que – continuou ela – é ilegal, se o cacau tem tantos benefícios? Nosso governo permite a venda de inúmeras substâncias completamente tóxicas. Deveríamos usar o bom senso, e não o dinheiro, para determinar o que se pode consumir.

As pessoas do Cacau Agora não me impressionaram. Eram desorganizadas, e seus principais planos eram se plantar na frente de prédios do governo e distribuir panfletos.

Quando estávamos voltando para casa, Win começou a falar sobre o ano seguinte.

– Andei pensando em fazer medicina – falou.

– Medicina? – Nunca ouvira Win falar sobre isso. – E a sua banda? Você é tão talentoso!

– Annie, odeio dizer isso, mas eu sou apenas mediano. – Olhou para mim, envergonhado. – A banda ainda não tem nome e, se você estivesse por aqui, saberia que mal tocamos durante o ano. Primeiro, porque eu estava ferido, depois, porque não tive tanta vontade. E, bem, muitos caras que têm banda na escola se dariam melhor fazendo outra coisa na vida adulta. Tenho interesse em outras coisas, também, sabe? Nunca ia querer fazer o que meu pai faz, mas gostaria de ajudar as pessoas. Aquela médica... Fiquei ouvindo o que ela dizia e pensando que deve ser muito legal fazer isso.

– Isso o quê, exatamente?

– Ajudar as pessoas a serem menos ignorantes em relação à saúde, eu acho. – Fez uma pausa. – Além do mais, se eu ficar com você, conhecimentos médicos provavelmente vão ser muito úteis. Todo mundo acaba se machucando quando você está por perto.

– Se...

Enquanto o ônibus estava parado no sinal vermelho, estudei discretamente o rosto de Win. As luzes da rua iluminavam partes diferentes das que eu estava acostumada a enxergar.

A duas filas de nós, Daisy Gogol, que nos acompanhara a distância durante toda a noite, falou:

– Pensei que ia ser cantora, mas agora sou feliz por ter feito Krav Maga.

– Obrigado pelo apoio, Daisy – respondeu Win. – O que você acha que o pessoal do Cacau Agora devia fazer? – perguntou para mim.

– Eles pensam pequeno. Deviam ter advogados. E dinheiro, muito dinheiro. Ficar plantado na porta do tribunal com o cabelo sujo, distribuindo panfletos, não vai ajudar em nada. Eles precisam de anúncios. Precisam convencer as pessoas de que elas merecem chocolate e que nunca houve nada de errado com isso, para começo de conversa.

– Anya, você sabe que a apoio, mas não acha que existem questões maiores no mundo do que chocolate? – perguntou Win.

– Não sei se é bem assim, Win. Só porque um problema é pequeno, isso não significa que não deve ser encarado. Pequenas injustiças encobrem grandes injustiças.

– Isso é uma das coisas que seu pai costumava dizer?

Não, eu disse a ele. Era minha própria sabedoria, algo que aprendera com a experiência.

Domingo, depois da igreja, fui falar com Fats na Piscina. Seu estômago estava distendido e seus olhos, vermelhos. Fiquei preocupada que pudesse ser um envenenamento.

– Está se sentindo bem? – perguntei.

Ele balançou a cabeça.

– Nada que possa preocupar sua cabeça bonitinha. Andei virando a noite, trabalhando no bar e aqui durante o dia. Digamos que existem motivos para um cara na minha posição não viver muito tempo.

Fats pontuou o comentário com uma gargalhada, então imaginei que fosse uma piada. Lembrei a ele que meu pai fora "um cara naquela posição."

– Não quis desrespeitar ninguém, Annie. Então, o que anda se passando nessa sua cabeça? – perguntou.

– Tenho uma proposta a fazer – falei. – Uma proposta de negócios.

Fats fez um gesto afirmativo.

– Sou todo ouvidos, menina.

Respirei fundo.

– Você já ouviu falar em cacau medicinal?

Fats fez que sim lentamente.

– Acho que sim.

Descrevi o que aprendera nas conversas com Charles Delacroix e o homem do mercado.

– Então, qual é a grande ideia? – perguntou Fats.

Respirei fundo novamente. Não queria admitir para mim mesma o quanto acreditava na ideia. Antes de me acertar na cabeça, Sophia Bitter dissera que eu era filha de uma policial e um criminoso, alguém que sempre estivera em guerra consigo mesma. Era uma coisa cruel, mas acontece que também era verdade. Era cruel *porque* era verdade. Sentia-me assim em todos os poros, e estava cansada. Essa ideia, para mim, era uma maneira de encerrar a guerra.

– Bem, andei pensando que, em vez de vender o chocolate Balanchine no mercado negro, poderíamos abrir uma loja medicinal de cacau. – Olhei para Fats a fim de ver o que ele pensava da ideia, mas seu rosto estava inexpressivo. – Em algum momento, poderíamos ter uma cadeia de lojas – continuei. – Seria tudo às claras. Contrataríamos médicos que fizessem as prescrições. E talvez até nutricionistas para nos ajudar com as receitas. E, é claro, o único chocolate que usaríamos seria Balanchine. Também precisaríamos de cacau puro, mas conheço um lugar de onde podemos importar. Se isso for um sucesso, talvez até possamos mudar a opinião pública e convencer os legisladores de que o chocolate jamais deveria ter sido ilegal. – Lancei mais um olhar para Fats. Ele fazia pequenos gestos de concordância. – Vim até você porque sabe tudo sobre restaurantes e, logicamente, porque é o chefe da Família agora.

Fats me encarou.

– Você é uma boa menina, Annie. Sempre foi. E tenho certeza de que pensou bastante nessa ideia, que é, definitivamente, interessante. Fico feliz por ter me procurado. Mas preciso dizer a você, do lado de cá das coisas, isso nunca vai dar certo.

Eu não estava pronta para deixar minha ideia de lado.

– Por que não daria?

– Simples, Annie. As engrenagens da Balanchine Chocolate estão programadas para servir a um mercado no qual o chocolate é ilegal. Se o produto se tornar legal, ou se houver uma maneira popular de lidar com sua ilegalidade – no caso das lojas medicinais que você propõe –, a Balanchine Chocolate pode falir. Nós existimos para servir ao mercado negro, Anya. Eu só sei gerenciar um restaurante, se você prefere chamar assim, ou qualquer outro tipo de negócio, sob a condição da ilegalidade. Se o chocolate for legalizado, eu ficarei obsoleto. Talvez um dia o chocolate acabe sendo legalizado de novo, mas honestamente eu espero estar morto.

Não falei uma palavra.

Fats me encarou com olhos tristes.

– Quando eu era criança, minha avó costumava ler histórias de vampiros para mim. Você sabe o que é um vampiro, Anya?

– Acho que sim. Não tenho certeza.

– Eles são seres mais que humanos que gostam de beber sangue humano. Eu sei que não faz sentido, mas a vovó Olga era louca por eles. Então, eu me lembro de uma dessas histórias de vampiros. Talvez eu só me lembre porque era a mais longa. A garota humana se apaixona por um menino vampiro; ele também é apaixonado por ela, mas, ao mesmo tempo, também tem vontade de matá-la. Isso acontece durante muito tempo. Você não faz ideia! Ele deve beijá-la ou matá-la? Bem, ele acaba beijando bastante a garota – você não faz ideia! Mas, no fim das contas, acaba matando e transformando a menina numa vampira...

Interrompi-o.

– Aonde você quer chegar, Fats?

– O que quero dizer é que um vampiro é sempre um vampiro. Nós, os Balanchine, somos vampiros, Annie. Sempre seremos vampiros. Vivemos na sombra. No escuro.

– Eu discordo. A Balanchine Chocolate já existia antes da proibição do chocolate. Meu pai não foi sempre um criminoso. Era um empresário honesto, lidando com dificuldades. – Balancei a cabeça. – Tem que existir uma maneira melhor de viver.

– Você é jovem. Seria até errado se pensasse de outra maneira – disse Fats. Estendeu a mão em cima da mesa. – Volte a me procurar quando tiver outra ideia brilhante, menina.

Voltei andando da Piscina para casa. Era uma longa caminhada, passava pelo Holy Trinity e atravessava o parque. O parque parecia estar como da última vez que eu passara ali – seco, cheio de mato. Atravessei correndo o Great Lawn e já estava perto do Little Egypt quando ouvi o grito de uma menininha. Ela estava em frente à estatua de bronze grafitada de um urso. Descalça, só vestia uma camiseta. Fui até ela.

– Tudo bem com você? Posso ajudar?

Ela balançou a cabeça e começou a chorar. Foi então que um homem me segurou por trás. Senti seu braço apertar meu pescoço.

– Pode me dar todo seu dinheiro – disse ele. Obviamente, ele e a menina eram uma dupla. Era tudo armado. Só posso atribuir minha imprudência ao fato de que estava preocupada e decepcionada com a rejeição de Fats à minha ideia.

Eu só tinha dinheiro trocado e entreguei ao homem. Estava com meu machado, mas não mataria alguém por causa de tão pouco dinheiro.

– Pare – gritou uma voz rouca. – Eu conheço essa garota.

Olhei na direção da voz. Uma menina de cabelo castanho curto olhou para mim. Minha antiga colega de quarto, Mouse.

– Ela é legal – disse Mouse. – Estivemos juntas no Liberty.

O homem soltou meu pescoço.

– Jura? Ela?

Mouse veio até mim.

– É – disse Mouse para seu comparsa. – Essa é Anya Balanchine. Você não vai querer confusão com ela. – Mouse cheirava mal, e seu cabelo estava sujo. Suspeitei que andava dormindo na rua.

– Mouse – falei. – Você está falando.

– Estou. Fiquei curada, graças a você.

Não precisei perguntar o que ela andava fazendo. Obviamente, era membro de algum grupo de criminosos juvenis.

Perguntei se alguma vez procurara Simon Green.

– Procurei – respondeu ela. – Mas ele não sabia quem eu era e, basicamente, me dispensou. Você não tem culpa. Estava com muita coisa na cabeça.

– Eu sinto muito – falei. Se eu puder fazer alguma coisa para ajudar...

– E aquele emprego? – perguntou Mouse.

Disse a ela que estava fora dos negócios da família, mas talvez pudesse ajudá-la financeiramente.

Mouse balançou a cabeça.

– Não aceito esmolas, Anya. Como disse a você no Liberty, trabalho para me sustentar.

Eu realmente lhe devia uma.

– Talvez meu primo Fats possa lhe dar um emprego.

– É? Eu gostaria muito.

Perguntei como poderia entrar em contato com ela.

– Estou por aqui – disse ela. – Durmo atrás da estátua do urso.

– É bom poder falar com você, Kate.

– Shh – disse ela. – Esse nome é segredo.

Quando cheguei em casa, a primeira coisa que fiz foi ligar para Fats. Ele ficou surpreso de ouvir minha voz em tão pouco tempo, mas disse que ficaria feliz de dar um emprego para minha amiga. Apesar do fato de ter rejeitado sumariamente a ideia que eu achava que nos salvaria, Fats era um cara legal.

Win foi à minha casa naquela noite.

– Você está quieta – disse ele.

– Pensei que tinha tido uma ideia genial – falei. Descrevi o que pensara para ele, depois enumerei as razões pelas quais Fats respondera que não daria certo.

– Então foi por isso que quis ir ao encontro sobre cacau e por isso estava tão cheia de segredos – disse Win.

Fiz um gesto afirmativo.

– Eu realmente queria que desse certo.

Win segurou minha mão.

– Espero que não me interprete mal, mas estou um pouco feliz porque não deu certo. Mesmo que existisse uma maneira legal que justificasse a venda do chocolate, você acabaria indo parar no tribunal o tempo todo. Estaria em guerra com a prefeitura e com a opinião pública, até mesmo com sua família, me parece. Por que assumir isso tudo? Não ter o que fazer depois do colegial não é razão suficiente.

— Win! Não é essa a razão! Você acha que eu sou idiota? — Balancei a cabeça. — Pode parecer bobagem para você, mas uma parte de mim sempre quis ser a pessoa que levou a Balanchine Chocolate de volta para o lado da lei, eu acho. Pelo meu pai.

— Escute, Annie. Você entregou o negócio nas mãos de Fats. Sophia e Mickey foram embora. Yuji Ono também. Você realmente pode ser livre agora. É um presente, se quiser olhar dessa forma.

Ele me beijou, mas eu não estava com vontade de ser beijada.

— Está com raiva de mim? — perguntou Win.

— Não. — Mas estava.

— Deixe eu ver seus olhos.

Olhei para ele.

— Meu pai é igualzinho.

— Não me compare a ele.

— Ele não fez nada nos últimos seis meses, porque perdeu as eleições, e, na verdade, perder as eleições foi um presente para todos nós. Eu. Você. Minha mãe. E especialmente para ele, se conseguisse simplesmente abrir os olhos para enxergar.

Não falei nada por tanto tempo que Win finalmente mudou de assunto.

— Quarta que vem é a formatura. Você vai? — perguntou ele.

– Você quer que eu vá? – respondi com uma pergunta.

– Tanto faz – respondeu ele.

Mas era óbvio que queria que eu fosse, já que estava tocando no assunto.

– Vou ser um dos oradores, se é que isso interessa – continuou Win.

– Claro. Você é inteligente. Eu me esqueço disso, às vezes.

– Ei. – Sorriu.

Perguntei se já sabia o que iria dizer.

– Vai ser uma surpresa – prometeu.

Foi assim que eu, Natty e Noriko fomos parar na formatura do Trinity.

O discurso de Win foi em parte direcionado a mim, em parte ao pai, eu acho. Falava sobre questionar o que a sociedade diz e se posicionar diante da autoridade e outras coisas que, provavelmente, já foram ditas em incontáveis discursos de formatura. Ele herdara do pai o talento para a oratória; portanto, em termos de resposta do público, não importava tanto o que dizia. Bati tantas palmas como qualquer pessoa presente.

Senti uma pontinha de inveja dos meus colegas em cima do palco? Sim, senti. Na verdade, mais do que uma pontinha.

Scarlet acenou para nós quando recebeu seu diploma. Depois de algumas idas e vindas, a administração da escola aceitou que ela participasse da formatura, mesmo grávida. O traje da ocasião era basicamente um vestido de grávida, então Scarlet acabou não chamando muita atenção. E, do ponto de vista do Trinity, era muito pior interromper a gravidez do que continuar. Gable foi encontrá-la do outro lado do palco para ajudá-la a descer os degraus.

Quando chegaram ao chão, Gable se ajoelhou.

– Ah, não – disse Natty. – Acho que Gable vai fazer o pedido novamente.

Rejeitei a ideia.

– Gable não faria isso aqui.

– Está fazendo. Olhe, está tirando uma caixinha de joias do bolso – disse Natty.

– Romântico – falou Noriko. – Muito romântico. – E pensei que realmente me pareceria romântico se não conhecesse os personagens envolvidos.

– Pobre Scarlet – falei. – Deve estar tão constrangida.

Naquele momento, um grito animado percorreu o ginásio. Estávamos sentadas mais para o fundo, não conseguia mais ver Scarlet nem Arsley.

– O que foi? – perguntei. – O que aconteceu? – Fiquei de pé.

Scarlet e Arsley estavam se beijando. Ele a envolvia nos braços.

– Talvez ela esteja dando um fora nele? – perguntei. Mas, mesmo enquanto falava, sabia que não era isso que acontecia.

Quando acabou a cerimônia de formatura, fui até a frente do ginásio para encontrar Scarlet, mas ela já tinha ido embora. Vi que estava do lado de fora com os pais. Estavam junto aos pais de Gable Arsley. Agarrei a mão de Scarlet e puxei-a para longe.

– Qual é o seu problema? – perguntei, assim que fiquei a sós com ela.

Scarlet deu de ombros.

– Desculpe, Annie. Eu sabia o que você ia pensar, mas... com o bebê a caminho, eu simplesmente cansei. – Suspirou. – Estou exausta. Estou até sem salto. Quem ia me imaginar...

— Eu disse que você podia ficar comigo!

— Será? É uma oferta generosa, Annie, mas não acho que daria certo. A mulher de Leo está lá. E Leo vai voltar. Não teria lugar para mim e para o bebê.

— Teria, sim, Scarlet! Tem, eu arrumo um espaço.

Ela não respondeu. Mesmo sem salto era mais alta que eu. Olhou por cima da minha cabeça. Parecia se concentrar em não olhar diretamente para mim. Sua expressão era vazia, e sua boca estava firme.

— Scarlet, se você vai realmente se casar com Gable Arsley, nós duas não vamos mais ser amigas.

— Não precisa ser dramática, Annie. Nós sempre vamos ser amigas.

— Não vamos, não – insisti. – Eu conheço Gable Arsley. Se você se casar com ele, sua vida está arruinada.

— Bom, então está arruinada. Já estava arruinada – disse ela calmamente.

Gable veio até nós.

— Imagino que esteja nos parabenizando, Anya.

Estreitei os olhos em sua direção.

— Não sei como você enganou minha amiga, Gable. O que você fez para que ela mudasse de ideia?

— Isso não tem a ver com a Scarlet. Tem a ver com você, Anya. Como sempre tem que ser – disse Gable calmamente.

Não pela primeira vez na vida, tive vontade de dar um soco na cara dele. De repente, senti a mão de Natty na minha.

— Vamos embora – sussurrou ela.

— Tchau – disse Scarlet.

Senti o maxilar tremendo como um banquinho de três pernas, mas não chorei.

– Anya, não somos mais crianças! – disse Scarlet.

Naquele momento, odiei-a – por sugerir que a razão pela qual eu era contra seu casamento com aquele sociopata tinha a ver com meu choque diante da interrupção da infância. Como se eu não tivesse sido forçada a abandonar as coisas infantis anos atrás.

– Você está dizendo isso porque a gente se formou ou porque está grávida? – Enquanto dizia isso, sabia o quanto estava sendo cruel.

– A gente não se formou! – gritou Scarlet. – Eu me formei. E, para deixar registrado, minha profissão não é Melhor Amiga Profissional de Anya Balanchine!

– Se fosse, você estaria demitida!

– Ok – disse Natty. – Vocês duas precisam parar agora. Estão sendo horríveis. – Natty foi até Scarlet e abraçou-a. – Parabéns, Scarlet, por... é.... por tomar decisões que vão fazer você feliz, eu acho. Vamos, Annie. Temos que ir andando.

Depois da formatura, Natty e eu fomos a um almoço de celebração na casa de Win. Eu ainda estava preocupada com minha discussão com Scarlet e passei o almoço inteiro remoendo o assunto. Logo antes da sobremesa, o pai de Win bateu com a faca no copo e se levantou para fazer um discurso. Charles Delacroix gostava de fazer discursos. Eu já o ouvira bastante na vida, então não vi necessidade de prestar atenção naquele em particular. Finalmente, parecia que já estávamos ali havia tempo suficiente e não seria grosseiro ir embora.

– Não vá ainda – disse Win. – Você vai chegar em casa e só vai conseguir pensar nessa história de Scarlet com Arsley.

– Não vou.

– Até parece – disse ele. – Você acha que não a conheço nem um pouquinho? – Ele passou a mão na minha testa para desfazer a ruga de preocupação que se formara ali.

– Não é a única coisa em que estou pensando, sabia? – objetei. – Sou muito profunda e tenho muitos problemas.

– Eu sei. Mas pelo menos nenhum deles é o fato de ter um namorado se mudando para uma universidade.

Perguntei o que queria dizer com aquilo.

– Você prestou alguma atenção no discurso do meu pai? Resolvi fazer faculdade em Nova York. Isso significa que vou seguir os passos do papai, e ele fica muito feliz com isso. Preferiria não fazer nada que o agradasse, mas... – Win deu de ombros.

Recuei um passo.

– Você não pode estar querendo dizer que vai ficar aqui por minha causa, não é?

– Claro que sim. Uma escola é uma escola.

Não respondi. Em vez disso, mexi na minha gargantilha.

– Você parece menos feliz do que eu esperava.

– Mas, Win, eu não pedi para você ficar aqui. Não quero que você faça nada que não queira fazer. Esses dois últimos anos me ensinaram que é melhor não fazer muitos planos além do presente.

– Isso é bobagem, Anya. Você não acha isso. Está sempre pensando em qual vai ser seu próximo passo. Essa é uma das coisas de que gosto em você.

Claro que ele estava certo. A razão verdadeira pela qual eu não queria que ele ficasse era muito dura para dizer em voz alta. Win era um cara decente – talvez o mais decente que eu já conhecera – e eu não queria que ficasse em Nova York por sentir pena de mim ou por conta de algum sentimento equivocado de obrigação. Se fizesse isso, acabaria se arrependendo mais tarde.

Desde que ficara sabendo sobre Simon Green, refletira um bocado a respeito do casamento dos meus pais. Minha mãe e meu pai brigaram muito no ano anterior à sua morte. Um dos maiores pontos de conflito entre eles era o fato de que ela se ressentia por ter deixado o emprego na polícia de Nova York e queria voltar a trabalhar – o que era obviamente impossível, considerando o que meu pai fazia da vida. Meu ponto era que não queria que Win acabasse se ressentindo comigo da mesma maneira.

– Win – falei. – Foram meses tranquilos para nós, mas não tenho como saber o que vai acontecer comigo daqui a uma semana, quanto mais daqui a um ano. Nem você pode.

– Acho que vou ter que pagar para ver. – Win estudou meu rosto. – Você é uma menina engraçada – disse, depois riu. – Não estou pedindo que se case comigo, Anya. Só estou tentando ficar perto de você.

Diante da menção a casamento, gemi.

– E me saí muito bem disfarçando a notícia do casamento de Scarlet.

Revirei os olhos.

– O que há de errado com ela?

Ele deu de ombros.

– Nada. Fora o fato de que a vida é dura. E complexa.

Perguntei a ele se estava do lado dela, e Win respondeu que não existiam lados.

– Se tem uma coisa que sei sobre Scarlet Barber, é que ela é sua amiga.

Scarlet Barber podia ter sido minha amiga, mas em breve seria Scarlet Arsley.

A mãe de Win me arrastou para conversar com alguns convidados do almoço. Ele fez com que eu prometesse ficar um pouco mais. Natty parecia se divertir – conversava com um primo gatinho de Win –, então caminhei até o jardim. O dia estava absurdamente quente para a estação, e não havia ninguém lá fora. A última vez que estivera naquele jardim fora naquele dia distante de primavera, quando terminara tudo com Win.

Sentei no banco. A sra. Delacroix andava usando treliças para cultivar ervilhas e das plantas brotavam pequenas flores brancas, o que me fez lembrar as floradas do cacau no México. Estava feliz em Nova York – sem precisar ficar escondida –, mas também sentia saudade do México. Talvez não do lugar em si, mas dos meus amigos de lá e da sensação de fazer parte de algo que vale a pena. Theo e eu havíamos sido criados no meio do chocolate, mas a vida dele fora completamente diferente da minha. Como o produto não era ilegal no México, ele vivera às claras, enquanto eu vivia escondida e envergonhada. Acho que era por isso que me sentia tão atraída pela ideia do cacau medicinal.

Estava prestes a ir embora quando Charles Delacroix apareceu no jardim.

– Como você aguenta o calor? – perguntou ele.

– Eu gosto – respondi.

– Eu imaginava isso de você – disse ele. O dr. Delacroix sentou-se ao meu lado no banco. – Como vai o negócio do cacau medicinal?

Disse a ele que passara a ideia aos poderosos da Balanchine Chocolate, e ela fora absoluta e terminantemente rejeitada.

– Sinto muito – disse Charles Delacroix. – Achei que era um bom conceito.

Olhei para ele.

– Achou?

– Sim.

– Achei que você pensava que era uma espécie de traição.

Ele balançou a cabeça.

– Você não entende muito bem os advogados. Nós vivemos para as zonas cinza, intermediárias. – Fez um aceno de cabeça e coçou a barba. – Vivemos delas, na verdade.

– Algum dia você vai se barbear? Fica parecendo um desses mendigos que moram no parque.

Charles Delacroix me ignorou.

– Imagino que a ideia seja ameaçadora para seu primo Sergei, ou "Fats". Dizem por aí que ele é quem anda gerenciando o negócio, agora, não? Estou fora de forma, mas me esforço para ficar em dia com as coisas. E provavelmente ele disse que o modelo de negócio da Balanchine era baseado na ideia do fornecimento ilegal, o que é obviamente verdade.

– Alguma coisa do gênero. – Fiz uma pausa. – Você sempre acha que sabe de tudo, não é?

– Não, Anya. Se fosse assim, estaria fazendo discursos no centro da cidade em vez de numa festa de formatura. Quanto ao seu primo? Posso prever a resposta porque ela é absolutamente previsível. Ele é um rapaz que se fez sozinho, foi promovido, tem o próprio bar. É, estou sabendo disso. Claro que sei. O que você propôs assusta um cara desse tipo.

Nada disso importava agora.

– Faça, de um jeito ou de outro – disse Charles Delacroix.

– O quê? – Levantei-me do banco.

– É uma grande ideia, talvez até mesmo visionária, do tipo que não aparece todo dia. É uma oportunidade de mudar realmente as coisas, e acredito que possa dar dinheiro também. Você é jovem, o que é bom. E, graças a mim, sabe uma coisa ou outra sobre chocolates. Um dia vai ter que me contar sobre sua viagem ao México.

Ele sabia do México? Tentei manter meu rosto inexpressivo, mas não devo ter conseguido. Charles Delacroix sorriu para mim.

– Anya, por favor, eu praticamente coloquei você dentro daquele barco, não foi?

– Dr. Delacroix, eu...

– Preocupe-se em contratar seguranças, aquela mulher enorme é um bom começo, e um advogado melhor. O dr. Kipling não vai dar conta. Você vai precisar de alguém com conhecimentos em direito civil, societário e...

Naquele momento, Win apareceu no jardim.

– Papai está aborrecendo você novamente?

– Anya estava me contando seus planos para o ano que vem – disse Charles Delacroix.

Win olhou para mim.

– Que planos, exatamente?

– Seu pai está brincando – falei. – Eu não tenho nenhum plano.

Charles Delacroix fez sinal afirmativo.

– Bem, é uma pena.

Win me defendeu.

– Nem todo mundo vai para uma universidade assim que termina o colégio, pai. Algumas das pessoas mais interessantes do mundo nem sequer fizeram faculdade.

Charles Delacroix disse estar consciente do fato de existirem muitas formas na vida de se adquirir conhecimento.

– Viagens internacionais, por exemplo.

Depois que Charles Delacroix voltou para dentro de casa, Win comentou:

– É impressionante como você consegue ser civilizada com ele, depois de tudo o que fez no ano passado.

– Ele só estava fazendo o que sabe – respondi.

– Você acha mesmo? É muito mais capaz de perdoar do que eu.

– Sou. – Fiquei na ponta dos pés e me inclinei para beijá-lo. – Meu maior erro foi me apaixonar pelo filho do promotor. – Afastei-me. – Mas você errou vindo atrás de mim.

Ele me beijou.

– Muito.

– Por que você fez isso, na verdade? Veio atrás de mim. Eu tenho certeza de que disse mil vezes para você se afastar.

Win fez que sim.

– Bom, na verdade é muito simples. Vi você pela primeira vez quando jogava aquela bandeja de espaguete...

– Era lasanha – corrigi.

– Lasanha. Na cabeça de Gable Arsley.

– Não foi meu melhor momento.

– De onde eu estava sentado, gostei da sua aparência. E gostei de você defender o que pensa.

– Simples assim?

– É, simples assim. Essas coisas normalmente são simples, Annie. Ali ficou claro que você e seu namorado estavam separados. Sabia que você iria parar na sala da diretoria no fim do dia, então arrumei uma razão para estar lá também.

– Muito esperto da sua parte.

– Sou filho do meu pai – disse ele.

– E valeu a pena? Você acabou levando um tiro. – Abracei sua cintura.

– Aquilo não foi nada. Uma ferida na carne. E para você, valeu a pena? Todos os problemas que causei na sua vida? Eu me sinto quase... – Fez uma pausa. – Culpado, às vezes.

Pensei sobre isso.

Amor.

Existem tantas formas de amor. E algumas delas são para sempre, como meu amor por Natty e por Leo. E as outras? Bem, eu seria uma tola se tentasse imaginar quanto tempo durariam. Mas mesmo aquelas que não duram necessariamente para sempre fazem sentido.

Porque, no final das contas, quem e o que você ama constituem sua vida. E, no que diz respeito ao amor, eu não podia negar que recebera mais do que uma porção: minha avó, papai, minha mãe. Leo, Natty, Win, até mesmo Theo. Scarlet. *Scarlet*.

Franzi o cenho.

– Você está fazendo careta – disse Win.

– Acabei de me dar conta de que vou ter que perdoar Scarlet. – Olhei para Win, e ele me olhou de volta.

– O que eu quero dizer é que tenho que pedir a ela que me perdoe.

– Acho sensato da sua parte.

– Gostei do seu discurso hoje – falei.

– Que bom – respondeu ele. – Você realmente não quer que eu fique em Nova York?

– Claro que quero que você fique... eu só não quero que acabe tendo ódio de mim.

– Eu não poderia acabar com ódio de você. Isso é tão impossível quanto bater uma porta giratória. Vou levar você e Natty em casa.

Ele pegou um botão de flor da trepadeira e colocou no meu cabelo. O verão estava ali.

xx. planejo o futuro

Meu pai detestava o verão, porque achava a pior época do ano para o ramo do chocolate. O calor era um desafio para a distribuição do produto. O atraso de uma máquina ou problemas de refrigeração de um caminhão poderiam representar a perda de um lote inteiro de chocolates derretidos. Papai sempre dizia que as pessoas deixavam de gostar de chocolate no verão – diziam que era um alimento feito para o frio, que as pessoas prefeririam tomar sorvete ou até mesmo comer melancia no calor. O custo das entregas, alto o ano todo, era mais exorbitante ainda no verão. Segundo meu pai, a única coisa capaz de facilitar as coisas nos meses de calor seria a possibilidade de fazer chocolate fora dali. "Claro que podemos vender aqui, mas quem se importa onde é feito?" Eu sabia que meu pai costumava fantasiar a possibilidade de os chocolates Balanchine sofrerem um intervalo entre maio e setembro. Mas, assim que dizia isso, balançava a cabeça. "Não é para acontecer, Annie. Se forçarmos as pessoas a passarem três meses sem chocolate, elas podem perder completamente o gosto pelo produto. O consumidor americano é tão instável quanto o coração adolescente." Eu ainda não era adolescente, então não me senti ofendida com a analogia.

Apesar de estarmos em junho, eu não pensava em nada disso. Minha preocupação mais imediata era ajudar Natty a fazer as malas para seu segundo verão no *campus* de gênios. Estava dobrando uma camiseta quando o telefone tocou.

– Você soube da novidade? – Ele não se incomodou em apresentar-se, mas eu estava mais acostumada a reconhecer a voz de Jacks do que antes.

– Telefonemas são caros, Jacks. Você não devia perder seu telefonema da semana com alguém que não quer ouvir sua voz.

Jacks me ignorou.

– Dizem por aí que a Balanchine Chocolate não vai fornecer mais durante o verão. Fats acha que sai caro demais. Está dizendo por aí que acha que o chocolate deve ser um negócio de estação. Os negociadores estão querendo matá-lo.

Respondi que meu pai sempre dissera a mesma coisa e que, fosse um negócio de estação ou não, não era o *meu* negócio.

– Você não pode estar falando sério. Fats está levando a empresa à falência, e você acha que isso não é da sua conta. Vou explicar uma coisa, você apoiou a pessoa errada, ficando do lado de Fats. A única coisa com que esse cara se preocupa é o bar...

– Estou fora, Jacks. O que você quer que eu diga?

– Você sabe que não tenho mais para quem ligar, não sabe? Agora que Mickey está incomunicável e Yuri morreu, ninguém mais atende as minhas ligações. E eu gostaria de ter um emprego para o qual voltar quando sair daqui.

– Talvez você devesse considerar uma outra linha de trabalho, não acha?

– Você está achando fácil continuar a vida, Annie? Será um bilhão de vezes mais difícil para mim, sabia?

– Você não é problema meu – falei e desliguei o telefone.

Voltei ao quarto de Natty e encontrei-a dobrando uma capa de chuva. Quis saber quem era no telefone.

– Ninguém – respondi.

– Ninguém? – repetiu ela.

– Jacks. Ele está preocupado com Fats... – Deixei que minha voz falhasse. Se Fats estava levando a Balanchine Chocolate à falência, isso não era, necessariamente, problema meu, mas poderia, definitivamente, ser uma oportunidade para mim. – Desculpe, Natty, preciso dar um telefonema.

Fui até a cozinha. Se tentaria realizar minha ideia, precisaria de um advogado. Pensei em falar com o dr. Kipling, mas não andávamos no melhor dos momentos desde a volta de Simon Green. Pensei em Simon Green, mas não confiava nele. O grande problema do dr. Kipling e de Simon Green era que os dois haviam passado todo o tempo de carreira defendendo gente do lado errado da lei, e eu precisava agora de gente que trabalhava para as pessoas certas.

Pensei em ligar para Charles Delacroix. As inconveniências eram o fato de ele já ter me mandado para um reformatório duas vezes e saber que Win detestaria isso.

Realmente fazia muito mais sentido procurar o dr. Kipling. Havíamos tido nossas dificuldades, mas ele era um bom homem e sempre estivera do meu lado. No mínimo, o dr.

Kipling poderia me apontar o tipo de advogado que eu imaginava que precisaria contratar.

Peguei o telefone. Estava prestes a discar o número dele quando me flagrei pressionando as teclas com o telefone da casa de Win. Ele atendeu.

– Alô – disse.

Não respondi.

– Alô – repetiu Win. – Tem alguém aí?

Eu poderia ter abandonado a ideia imediatamente. Poderia simplesmente ter perguntado se Win queria vir na minha casa. Poderia, pelo menos, ter dito a ele em que estava pensando. Mas não fiz nada disso.

Pode parecer golpe baixo a vocês, mas resolvi disfarçar minha voz. Falei em tom baixo e rouco, com sotaque novaiorquino acentuado.

– Gostaria de falar com Charles Delacroix – ronronei. Não era boa em mudar de voz e parte de mim esperava que Win caísse na gargalhada e dissesse: "Annie, que brincadeira é essa?"

– Pai! – ouvi-o chamar. – Telefone!

– Vou atender no escritório! – gritou em resposta Charles Delacroix.

Segundos depois, Charles Delacroix atendeu a ligação e ouvi Win desligar.

– Sim?

– Sou eu, Anya Balanchine – falei.

– Bem, isso é uma surpresa – respondeu Charles Delacroix.

– Vou fazer o negócio – falei. – Vou abrir a loja de cacau medicinal.

— Que bom, Anya. É uma atitude muito diligente — disse. — O que fez você mudar de ideia?

— Vi uma janela, uma oportunidade boa demais para deixar passar — respondi. — Acho que você deve ser meu advogado nesse negócio.

Charles Delacroix pigarreou.

— E por que eu faria isso?

— Porque tem expertise nos trâmites do governo na cidade, porque não tem nada mais para fazer e porque eu sei que você acha a ideia boa.

— Vamos nos encontrar — disse, finalmente, Charles Delacroix. — Não tenho mais escritório fora de casa, e me parece que você não quer dividir essa informação com seu namorado, meu filho, então...

Concordamos que a reunião fosse no meu apartamento. Apesar de já ter me encontrado com Charles Delacroix muitas vezes, e em circunstâncias muito mais desafiadoras, ainda assim fiquei nervosa. Levei algum tempo até decidir o que vestir. Não queria parecer uma menina de colégio, mas também não queria parecer uma menina brincando de se vestir de adulta. Finalmente, escolhi uma calça comprida cinza que talvez tivesse sido do meu pai, apesar de não ter certeza; e uma camiseta preta que Scarlet esquecera na minha casa em algum momento. A calça estava grande demais e usei um cinto abaixo da cintura para apertá-la. Olhei-me no espelho atrás da porta e concluí que o traje era tolo. A campainha tocou — tarde demais para mudar.

Convidei o dr. Charles Delacroix a entrar na sala. Ele ainda não retirara a barba, mas parecia tê-la aparado.

— Quero saber quais são seus planos. — Charles Delacroix sentou no sofá e cruzou as pernas.

– Bom, você já conhece a ideia básica. Fiz algumas pesquisas desde então. – Liguei meu tablet. Tinha muitas anotações ali, mas, ao repassá-las, me pareceram menos detalhadas do que eu lembrava. – Então, você obviamente sabe que o Rimbaud Act de 2055 proibiu o cacau, especialmente o chocola...

– Eu me lembro de quando isso aconteceu, Anya. Era um pouco mais novo do que você e Win.

– Certo. Mas, bem, a lei impedia que empresas do ramo da alimentação produzissem chocolate. A maioria das cidades, inclusive a nossa, ainda permite a venda de cacau puro em pequenas quantidades, desde que por razões medicinais. Imagino que isso inclua produtos de beleza e também qualquer coisa relacionada à saúde. Então, o que pensei foi: começar com uma loja pequena, menos de cento e cinquenta metros quadrados, talvez em alguma parte daqui de cima mesmo, para não competir com Fats. Eu contrataria um médico e uma garçonete e venderia bebidas saudáveis à base de cacau e chocolate. Mas a diferença em relação ao bar do Fats é que seria tudo às claras. Eu não precisaria me esconder.

– Hmmm – respondeu ele. – É inteligente, mas, como já disse a você, está pensando muito pequeno.

Perguntei o que queria dizer.

– Trabalhei muito tempo para o governo. Sabe o que fazer para que a prefeitura deixe você em paz? Seja o maior negócio da cidade. Seja um elefante plantado no centro de Midtown. Seja popular. Dê às pessoas os produtos que desejam e a cidade inteira ficará do seu lado. Todos serão gratos a você por tornar legal o que achavam que jamais deveria ter sido ilegal em primeiro lugar. – Fez uma pausa. – Além do mais, uma loja de cacau medicinal não tem apelo. As pessoas nem saberão do que você está falando. Contrate médicos e nutricionistas, mas você precisa fazer com que sua empreitada seja atraente.

Considerei suas palavras.

— O que você está descrevendo pode custar uma fortuna. — Eu precisava pensar em Natty e Leo.

— Verdade, apesar de poder também trazer uma fortuna para você. E, em relação ao espaço, isso não custará muito, já que o que não falta na cidade são lugares gigantescos abandonados. Como você acha que os criminosos que gerenciam o Little Egypt conseguem? Você também deveria dançar, diga-se de passagem.

— Dançar? Você está sugerindo que eu abra uma boate?

— Bem, desse jeito a ideia soa quase indecente. Que tal um lounge? Ou simplesmente um club? Estou pensando em voz alta. Se fosse um club, todos os membros precisariam de prescrição médica para se associar. Seria um pré-requisito para se tornar membro. Isso, assim você não precisaria de um médico no local.

— Essas são ideias interessantes. Você certamente me deu muito em que pensar.

Charles Delacroix não disse nada por um tempo.

— Ando pensando no assunto desde que me telefonou e quero ajudá-la a realizar isso. Como eu a respeito, vou ser bastante aberto sobre minha motivação em ajudar. Não é porque goste de chocolate nem de você. O que importa é: hoje eu sou um fracasso. Mas, se eu devolver o chocolate às pessoas, serei um herói. Que melhor plataforma eu poderia ter para concorrer à promotoria, ou, quem sabe, a um cargo ainda mais alto?

Fiz um gesto de concordância.

– Então, por que você quer a minha ajuda? – perguntou Charles Delacroix.

– Você ainda não sabe? Sempre sabe de tudo.

– Surpreenda-me.

– Porque você tem boa reputação por ser ético e sempre se colocar ao lado do bem, e, se você disser que isso é legal, as pessoas vão acreditar. O que aprendi durante meus meses fora daqui foi que não quero, de jeito nenhum, passar a vida me escondendo, dr. Delacroix.

– Ótimo – disse ele. – Isso faz sentido. – Ele ia me oferecer a mão para que a apertasse, mas retirou-a. – Antes de concordarmos em embarcar nessa aventura, você precisa saber uma coisa. Acho que ninguém sabe o que vou dizer agora, mas, se isso vazar depois, não quero que fique chocada. Eu envenenei você no outono passado – disse, como se me pedisse para passar o açúcar.

– Como?

– Envenenei você no outono passado, mas não vejo nisso uma razão para não trabalharmos juntos. Posso garantir que minhas intenções eram as melhores, e você nunca correu nenhum perigo real. Talvez tenha sido errado da minha parte, mas eu queria tirar você do dormitório das meninas e do Liberty, queria que fosse para a enfermaria, lugar que acreditava ser mais propício para que você planejasse uma fuga.

– Como? – gaguejei.

– A água que dei a você quando discutimos na solitária estava salpicada com uma substância que simula um ataque cardíaco.

Apesar de surpresa, estava menos chocada do que vocês podem imaginar. Olhei para ele.

– Você é implacável.

– Um pouco. Agirei da mesma maneira por você.

Se existira um vilão oficial na minha vida nos últimos dois anos, ele era Charles Delacroix. O que meu pai me disse, um dia? "O jogo muda, Anya, assim como mudam os jogadores." Oferecí minha mão àquele homem, e ele a apertou. Começamos a listar todas as coisas que precisaríamos fazer.

De manhã, embarquei Natty num trem com destino ao *campus* de gênios e, de tarde, Charles Delacroix me telefonou. Disse que apesar de ser ainda muito cedo para tomar certas decisões, e apesar de não estar nos nossos planos iniciais, ficara sabendo de um lugar disponível em Midtown.

– Fortieth com Fifth – disse ele.

– Fica bem no meio da cidade – falei.

– Eu sei – respondeu ele – A ideia era essa. Encontro você na porta.

Fora o tamanho, a coisa que mais chamava atenção do lado de fora do lugar era o par de estátuas grafitadas de leões inclinados.

– Ah, eu conheço esse lugar – falei. – Era uma boate, o Lion's Den. A gente não gostava de ir, porque era horrível e o Little Egypt era mais perto.

Charles Delacroix disse que o lugar era aparentemente tão horrível que fechara as portas.

Subimos vários lances de uma escadaria enorme, depois passamos por um grupo de colunas. Uma corretora nos encontrou lá dentro. Vestia um terninho vermelho e tinha um cravo pálido preso na lapela. Ela me encarou, incerta.

– Essa é a cliente? Parece uma criança.

– É – respondeu Charles Delacroix. – Esta é Anya Balanchine.

A corretora se assustou ao ouvir meu nome. Depois de alguns segundos, estendeu a mão.

– Então, não podemos alugar o espaço todo pelo valor proposto, mas temos um cômodo que talvez atenda às suas necessidades.

Ela nos levou ao terceiro piso. O lugar tinha mais de dois mil metros quadrados, e pé direito bastante alto. Graças às janelas em arco, o espaço parecia mais amplo. O teto era abobadado, com detalhes em madeira escura. O que mais gostei de ver ali foram os murais pintados no teto: céus azuis e nuvens. O efeito do lugar era tal que a sensação era de estar ao ar livre dentro de um espaço fechado. Apaixonei-me imediatamente porque era reservado o bastante para acomodar meus negócios, mas também dizia: *Chocolates podem e devem ser vendidos abertamente.* Pareceu-me um lugar sagrado, como se eu estivesse na igreja.

Precisava de reparos – havia janelas com vidro quebrado, buracos nas paredes –, mas nada parecia impossível de ser consertado.

A corretora disse:

– O antigo inquilino tinha uma cozinha do lado de fora. E também existem banheiros.

Fiz um gesto afirmativo.

– O que funcionava aqui, antes?

– O Lion's Den. Uma espécie de boate – respondeu a corretora com uma careta.

– Antes disso – especifiquei. – Qual era o propósito original do lugar?

A corretora ligou seu tablet.

– Vou ver. Talvez fosse uma biblioteca? Sabe, livros de papel, alguma coisa assim. – Torceu o nariz ao dizer "livros de papel". – Então, o que você achou?

Eu não era exatamente o tipo de gente que acredita em sinais, mas as estátuas dos leões do lado de fora me lembravam de Leo, e os livros de papel, Imogen, é claro. Eu sabia que aquele era o lugar para mim, mas queria fazer um bom negócio, então mantive o rosto sem expressão.

– Vou pensar no assunto – disse.

– Não espere muito tempo. Alguém pode chegar na frente – avisou a corretora.

– Duvido muito – respondeu Charles Delacroix. – Não é fácil se livrar de ruínas antigas assim. Eu trabalhei para o governo, sabe?

Charles Delacroix e eu saímos do prédio e encaramos o ar úmido de junho em Nova York.

– Então? – perguntou ele.

– Eu gostei – respondi.

– O ponto é bom, e o lugar tem uma espécie de significado histórico, o que é bacana. Mas o principal é a atitude: se você assume um espaço, ele se torna real para as pessoas, deixa de ser só uma ideia. Duvido que você tenha muita concorrência para alugar.

– Vou falar com o dr. Kipling – falei. O dr. Kipling controlaria minhas finanças até 12 de agosto, quando eu completaria dezoito anos. Até então, eu não sentira necessidade de explicar meus planos empresariais para ele.

Quando voltei para casa, mandei uma mensagem para o dr. Kipling, dizendo que precisava encontrá-lo no escritório. Não o via desde a volta de Simon Green.

Quando cheguei ao seu escritório, ele me cumprimentou carinhosamente, depois me abraçou.

– Como você vai? Estava pensando em telefonar para você. Veja só o que chegou ontem.

Ele me entregou um envelope por cima da mesa. Era meu GED. Devo ter colocado meu endereço comercial na inscrição.

– Eu não sabia que o resultado sairia em papel – falei.

– As coisas importantes ainda são colocadas no papel – disse o dr. Kipling. – Parabéns, minha querida!

Peguei o envelope e guardei-o no bolso.

– Talvez esteja na hora de falar dos seus planos pós-formatura? – sugeriu cautelosamente o dr. Kipling.

Disse a ele que era exatamente esse o motivo da minha visita, depois descrevi o projeto do negócio que pretendia abrir e o espaço que queria alugar em Midtown.

– Preciso que faça dois pagamentos. O primeiro é um depósito para o advogado da empresa que contratei – não mencionei, propositalmente, quem era o advogado –, e o segundo é para o espaço que pretendo alugar.

O dr. Kipling me escutou cuidadosamente, depois disse exatamente o que temia que dissesse:

– Não tenho muita certeza de nada disso, Anya.

Apesar de eu não ter pedido, começou a listar suas objeções: primeiro, a ideia poderia acordar a ira do *semya*, depois, um negócio de qualquer modalidade era uma empreitada de alto risco financeiro.

– Um restaurante é um ralo de dinheiro, Anya.
Disse a ele que se tratava de um club, não de um restaurante.
– Você pode dizer que sabe exatamente onde está se metendo? – perguntou.
– Alguém pode? – Fiz uma pausa. – Honestamente, você não acha uma boa ideia?
– Talvez seja. Eu não sei. O que acho realmente uma boa ideia é você ir para a faculdade.
Balancei a cabeça.
– Dr. Kipling, uma vez você me disse que eu jamais escaparia do chocolate e que, portanto, não fazia sentido odiá-lo. É isso que estou tentando fazer. Acredito nessa ideia.
O dr. Kipling não disse nada. Em vez disso, passou os dedos no cabelo imaginário.
– Posso não ser mais seu advogado, mas ainda cuido do seu dinheiro, Anya.
– Daqui a dois meses eu faço dezoito anos e não vou precisar pedir sua permissão – lembrei a ele.
O dr. Kipling olhou para mim.
– Então eu acho que deve esperar dois meses. Isso vai lhe dar mais tempo para pesquisar o assunto.
Informei a ele que já fizera um plano de negócios detalhado.
– Ainda assim, se é mesmo uma boa ideia, continuará sendo daqui a dois meses.
Dois meses. Eu não tinha dois meses. Quem sabe em que situação a Balanchine Chocolate estaria em dois meses? Quem sabe onde eu estaria? A hora era agora. No coração, eu sabia disso.
– Posso levar você ao tribunal – falei.

O dr. Kipling balançou a cabeça.

– Isso seria uma besteira. Você gastaria dinheiro, e o assunto não estaria resolvido antes de agosto de qualquer maneira. Se eu fosse você, esperaria.

O dr. Kipling segurou meu braço. Afastei-me.

– Só estou fazendo isso por amor – disse ele.

– Amor? Também foi por amor que matou a minha avó, certo?

Deixei o escritório do dr. Kipling sentindo desânimo, mas também determinação. Tentei pensar em alguém que pudesse me emprestar o dinheiro necessário para o depósito do aluguel. Eram só cinco mil dólares para segurar o espaço. Não conseguia pensar em ninguém, ou pelo menos em ninguém a quem desejasse que minha empresa nova em folha devesse dinheiro. Pensei em algo meu que tivesse valor de venda, mas nada tinha muito valor naqueles dias.

Estava à beira do desespero quando o dr. Kipling me ligou.

– Anya, sei que tivemos nossas diferenças este ano, mas pensei no assunto. Vou autorizar os pagamentos, se isso é algo que você realmente quer. Tem razão quando diz que, de qualquer forma, o dinheiro será seu mesmo em dois meses. Mas, enquanto isso, quero que se inscreva em algum curso de extensão de legislação comercial, medicina ou gerenciamento de restaurantes. Esse é meu preço para liberar esses ou quaisquer outros pagamentos.

– Obrigada, dr. Kipling. – Dei a ele o nome da corretora e o valor do depósito.

– Você mencionou um advogado? Essa pessoa tem um nome?

– Charles Delacroix. Acho que o senhor não precisa que eu soletre.

– Anya Pavlova Balanchine, você perdeu o juízo? Só pode estar brincando!

Disse a ele que pensara bastante e que, por inúmeras razões, Charles Delacroix era a pessoa que melhor atendia minhas necessidades.

– Bem, é uma escolha arriscada – disse ele, depois de um tempo. – Certamente inesperada. Seu pai provavelmente aprovaria. Você vai precisar de uma conta corporativa.

– O dr. Delacroix disse a mesma coisa.

– Claro, ficarei feliz em ajudar nisso ou em qualquer coisa que precise, Annie.

A caminho da boate anteriormente conhecida como Lion's Den, lugar onde encontraria Charles Delacoroix para assinar o contrato de aluguel, passei pela St. Patrick's Cathedral. Resolvi entrar para uma oração rápida.

Não que eu tivesse dúvidas exatamente. Mas sabia que, uma vez assinada a papelada, tudo se tornaria real. Acho que pensei ser uma boa ideia pedir bênçãos para minha nova empreitada.

Fiquei de joelhos diante do altar e baixei a cabeça. Agradecia a Deus pela volta de Leo e pela segurança de Natty. Agradeci a Deus por minhas questões com a lei serem águas do passado. Agradeci a Deus pela temporada no México. Agradeci a Deus por meu pai, pessoa que me ensinara tantas coisas no breve período que tivemos juntos. E agradeci a Deus por minha mãe e pela vovó também. Agradeci a Deus pela existência de Win, porque ele me amara mesmo quando eu me achava absolutamente indigna de amor. Agradeci a Deus por ser Anya Balanchine e não outra garota qualquer. Porque eu, Anya, era feita de matéria muito dura, e Deus nunca me dera mais do que fora capaz de suportar. Depois, agradeci a Deus por isso também.

Fiquei de pé. Após depositar uma pequena oferenda na cesta, deixei a igreja e peguei a direção sul, para assinar o contrato de aluguel.

Na segunda sexta-feira de junho, resolvi fazer uma pequena reunião no meu novo estabelecimento para contar aos amigos o que faria no ano seguinte. Antes de convidar qualquer um, eu sabia que teria de contar a Win sobre o envolvimento de seu pai.

Naquele verão, numa tentativa de mostrar que Nova York não era uma cidade tão terrível assim, o prefeito preparara uma mostra de filmes antigos ao ar livre, no Bryant Park. Win queria ir. Como toda pessoa rica e privilegiada, gostava de fazer coisas potencialmente perigosas. Disse a ele que iria, mas, como era de se esperar, levaria meu machado comigo.

Ninguém nos abordou durante a mostra – a presença maciça da polícia era realmente impressionante para um evento recreativo. Ainda assim, mal consegui prestar atenção ao filme, porque não parava de pensar no que teria que contar para Win.

No caminho para casa, Win ainda falava sobre o filme.

– Aquela parte em que a garota cruza a água a cavalo? Incrível. Eu queria poder fazer aquilo.

– É – falei.

Win olhou para mim.

– Annie, está prestando atenção?

– Eu... eu preciso lhe contar uma coisa. – Falei do negócio, do contrato de aluguel que assinara e, finalmente, disse o nome do advogado que contratara. – Vou fazer uma festinha de inauguração na semana que vem. Eu realmente gostaria que você fosse.

Win não falou durante o percurso de um quarteirão.

– Você não precisa fazer isso, Annie. Só porque assinou um contrato não tem que fazer isso.

– Eu tenho que fazer isso, Win. Você não vê? É uma forma de redimir o meu pai. É a maneira que tenho de mudar as coisas na cidade. Se eu não fizer isso, vou passar o resto da vida na sombra.

– Você acha que tem que fazer, mas não tem. – Ele segurou minha mão e me virou bruscamente para si. – Você tem ideia de como vai ser difícil?

– Tenho. Mas preciso seguir em frente de qualquer jeito, Win.

– Por quê? – perguntou ele, num tom duro que eu jamais o vira usar. – Seu primo assumiu a Balanchine Chocolate. Você está fora!

– Nunca vou estar fora. Sou filha do meu pai. E, se não fizer isso, vou me arrepender para sempre.

– Você não é filha do seu pai. Eu não sou filho do meu pai.

– Eu sou, Win. – Disse a ele que negar isso era negar quem eu era intimamente, e eu não podia mudar de nome nem de sangue. Mas ele não estava ouvindo.

– Por que você tinha que contratar o meu pai? – perguntou baixinho, num tom ainda mais assustador do que quando elevara a voz.

Tentei explicar, mas ele balançou negativamente a cabeça.

– Eu sabia que você era teimosa, mas nunca imaginei que fosse tola.

– Eu tenho meus motivos, Win.

Win me encostou a um muro.

– Eu tenho sido leal. Se você fizer isso, não estarei do seu lado. Podemos ser amigos, nada mais. Vou me afastar de você o máximo possível. Não vou ficar assistindo enquanto você se destrói.

Balancei a cabeça negativamente. Meu rosto estava úmido, então percebi que devia estar chorando.

– Eu preciso, Win.

– Eu significo tão pouco para você?

– Não... mas não posso ser alguém que não sou.

Win me encarou com expressão de desgosto.

– Você sabe que ele foi o responsável pelo seu envenenamento no ano passado, não sabe?

Então Win sabia.

– Ele me disse.

– Você sabe exatamente que tipo de homem ele é e, mesmo assim, insiste em continuar! Se ele está ajudando, é porque vê alguma vantagem pessoal.

– Sei disso, Win. Seu pai está me usando, e eu estou usando seu pai.

– Então, vocês se merecem. – Win balançou a cabeça. – Acabou – disse ele.

– Não faça isso, Win. Não aqui, não agora. Pense um pouco no assunto. – Por mais constrangedor que fosse, eu me ajoelhei e juntei as mãos em oração.

Ele disse que não precisava pensar.

– Não vou ser minha mãe. Não vou passar a vida sofrendo.

Então, foi embora. Fiquei de pé para ir atrás dele, mas tropecei e caí com os joelhos na calçada. Quando me levantei, Win já pegara o primeiro ônibus que passara.

Assim que cheguei em casa, tentei ligar para Win.

– Ele já foi dormir – disse, friamente, a sra. Delacroix. – Você gostaria de falar com Charlie, em vez disso?

Disse a ela que não seria necessário. Estava em contato constante com Charles Delacroix.

Isso se repetiu durante muitos dias (desculpas apropriadas às várias horas do dia), até que, finalmente, a sra. Delacroix me disse que Win fora visitar amigos em Albany.

Talvez eu devesse pegar o primeiro trem para Albany, mas simplesmente não podia. Eu não sabia o que diria. A verdade era que ele provavelmente estava certo. Eu não considerara seus sentimentos quando iniciara a minha busca, fosse ela qual fosse, e não era capaz de explicar a ele o motivo. Ou melhor, se eu explicasse, suspeitava de que não gostaria da resposta: Win era presente, leal, gentil e tudo de bom, mas isso não era o suficiente. Para o bem ou para o mal, meu desejo de ser bem-sucedida no que meu pai não conseguira era maior do que meu amor por Win.

Então, não, não fui atrás do meu namorado em Albany. Estava ocupada com minha nova empresa e terminando os preparativos para a festa de lançamento no sábado.

O telefone tocou. Apesar de tudo, esperei que fosse Win, mas não era.

– Feliz de ouvir a voz de um velho amigo? – perguntou Theo.

Eu mandara uma mensagem para ele dias antes, pedindo conselhos às *abuelas* sobre o que usar como substituto para o cacau num chocolate quente gelado, a bebida que escolhera para servir na festa de inauguração.

– As *abuelas* disseram que nada pode substituir o cacau! Querem saber por que você cometeria uma blasfêmia dessas.

Contei a ele como era meu negócio.

– Vamos fazer uma festa de pré-inauguração, mas meu sócio não acha bom servir uma coisa ilegal, já que a ideia toda é estar acima de qualquer suspeita.

– Entendi. Bom, então talvez você pudesse tentar usar pó de algaroba, que tal? É um substituto meio fraco, mas...

Agradeci.

– Avise-me se eu puder ajudar em mais alguma coisa – disse Theo.

– Que tal me oferecer o cacau da Granja Mañana por um bom preço? – sugeri. – Vou precisar de um fornecedor.

– O melhor acordo possível – disse Theo. – Estou orgulhoso de você, Anya Barnum-Blanchine. Parece que você fez as pazes com tudo.

– *Gracias*, Theo. Você sabe que é a única pessoa que me diz isso.

– É porque eu a conheço, Anya. No fundo do coração, eu e você somos iguais. – Theo fez uma pausa. – Como vai seu namorado?

– Com raiva de mim – respondi.

– Ele vai superar.

– Talvez. – Mas eu não tinha certeza de que isso aconteceria desta vez.

Conversamos mais um pouco, e Theo prometeu me visitar quando pudesse. Perguntei se poderiam ficar sem ele na Granja Mañana, e ele disse que Luna andava muito mais prestativa desde que ele ficara doente.

– Acho que posso agradecer por você ter me feito levar um tiro.

– Infelizmente, você não é a primeira pessoa que me diz isso.

A sexta-feira chegou e, com ela, a festa. Eu ainda não tivera notícias de Win. Passei o dia limpando e arrumando o espaço, preparando os recipientes para o chocolate gelado, assim como o restante do lugar. Convidara todas as pessoas do meu círculo de amizades – apesar de não ter chamado ninguém da Família –, e Charles Delacroix convidara gente também, inclusive investidores potenciais.

Scarlet e Gable estavam entre os primeiros a chegar. Ela estava grávida de milhões de meses, e eu não tinha nenhuma certeza se conseguiria ir. Mas, quando enviei a mensagem, ela respondeu em segundos: *Muito feliz por ter um motivo para sair de casa e muito feliz com o convite! P.S. Isso significa que não estamos mais com raiva uma da outra? Ando muito sozinha sem você.* Quando chegou, ela me abraçou.

– Vocês dois já estão casados? – perguntei.

– Estamos pensando em esperar até o bebê nascer – respondeu Gable.

Scarlet balançou a cabeça.

– Eu não poderia me casar sem você, Anya.
– Que lugar incrível – disse Gable. – O que você está planejando fazer aqui mesmo?
– Já, já vocês vão saber – falei. – Ei, Gable. Está planejando tirar alguma foto hoje à noite? – perguntei.
Gable rosnou, dizendo que Scarlet escondera seu telefone com câmera.
– Cadê seu namorado? – quis saber.
Fingi não ouvir a pergunta e fui em direção a outros convidados.

Quando a maioria das pessoas já havia chegado, fui até o pódio montado na frente da sala. Olhei em volta, na esperança de que Win tivesse aparecido. Ele não aparecera. Sem ele, Natty ou Leo, eu me senti um pouco à deriva e certamente não fiz o melhor discurso da minha vida. Abordei ligeiramente os pontos principais a respeito do bar que pretendia abrir, o que planejava servir e os motivos que faziam tudo aquilo estar dentro da lei. Enquanto descrevia o negócio, senti o ambiente ficar cada vez mais silencioso, mas o silêncio não me assustava.

– Hoje, vocês vão beber versões da bebida medicinal que servirei no próximo outono, feitas com pó de algaroba. O gosto vai ser muito melhor depois, prometo.

Ergui minha caneca, mas não tinha me lembrado de enchê-la antes de começar a falar. Como pareceria estranho não fazer o movimento, fingi que bebia o conteúdo.

– Alguém me disse uma vez que meu inimigo do ano passado poderia muito bem se tornar meu amigo no ano seguinte, então, com isso em mente, gostaria de apresentar a vocês meu novo conselheiro legal.

Charles Delacroix assumiu o pódio. Barbeara-se para a ocasião, gesto que apreciei.

– Perdoem-me se parecer um pouco enferrujado. Ando fora de forma – começou Charles Delacroix, com um risinho de falsa modéstia. – Sete meses atrás, minha carreira política chegou ao fim. Não é preciso falarmos dos motivos. – Olhou longamente para mim, o que fez com que as pessoas rissem. – Mas, esta noite, estou aqui para falar do futuro. – Pigarreou. – Chocolate – disse ele. – É doce. Bastante saboroso. Mas não vale a pena morrer por ele e certamente não vale a pena perder uma eleição por ele. Bem, tive bastante tempo para pensar sobre o chocolate ultimamente, por razões óbvias – olhou novamente para mim –, e aqui está o porquê da importância do chocolate. Não porque eu perdi as eleições ou porque o crime organizado seja ruim. O motivo importante é que a legislação que proibiu o chocolate é ruim.

"Como uma cidade em decadência se transforma na cidade do futuro? Essa é uma pergunta que me fiz quase todos os dias nos últimos dez anos. E a resposta a que cheguei foi esta: precisamos repensar as leis. As leis mudam porque as pessoas exigem mudanças ou porque encontram novas maneiras de enxergar velhas leis. Minha amiga, e acho que posso chamá-la assim, Anya Balanchine, descobriu uma maneira nova de fazer as duas coisas.

"Senhoras e senhores, vocês estão presenciando o começo de algo muito maior do que uma boate. Eu vejo um futuro em que a cidade de Nova York volta a brilhar, uma cidade em que as leis fazem sentido. Vejo um futuro em que as pessoas virão até aqui para comprar chocolate, porque será o único lugar do país a ter tido o bom senso de legalizá-lo. Vejo uma bonança econômica para esta cidade, esta cidade do chocolate. – Fez uma pausa. – Mesmo quando não somos eleitos, podemos encontrar meios de estar a serviço. Acredito nisso e foi por esse motivo que concordei em ajudar Anya Balanchine da maneira que pudesse. Espero que vocês, amigos, se juntem a nós.

Foi um discurso muito melhor do que o meu, apesar de ser preciso ressaltar que Charles Delacroix tinha muito mais prática nesse assunto do que eu. Também era preciso ressaltar que as metas do meu colega eram muito mais amplas que as minhas. Ele jamais falara para mim de uma cidade do chocolate. O termo me pareceu absurdo.

Abri caminho entre as pessoas, parando rapidamente para falar com a professora Lau. Então, vi o dr. Freeman, do movimento Cacau Agora. Ele apertou minha mão.

– Não tenho palavras para agradecer o convite. Você *precisa* vir falar para nós neste verão. Isso é visionário, Anya. Visionário!

Assim que cheguei à mesa das comidas, uma garçonete que eu contratara para a noite me disse que uma pessoa perguntava por mim do lado de fora. Eu estaria mentindo se dissesse que não esperava que fosse Win.

Fui até o corredor, que estava deserto. Desci as escadas. No último degrau, estava meu primo, Fats. Estava suado e de rosto corado. Nem é preciso dizer que não fora convidado. Um lance abaixo, estavam seus seguranças. Isso era novidade. Fats costumava andar sozinho.

– Fats – falei, em tom leve. Quando me aproximei mais, ele me beijou. Seus lábios encostaram quase com violência no meu rosto. – O que o traz aqui?

– Fiquei sabendo que tinha uma festa – disse ele. – Fiquei magoado por não ter sido convidado, depois de todo o tempo que você e seus amigos passaram no meu bar ao longo dos anos.

– Achei que você não estaria interessado – respondi, tolamente.

Fats espichou o pescoço na direção do andar de cima.

– É aqui que... como é mesmo que você diz? Vai ser a loja de cacau saudável?

– Eu procurei você. Você não gostou da ideia.

– Pode ser. Acho que não pensei que fosse seguir em frente e fazer de qualquer maneira – disse Fats. Puxou-me para sussurrar no meu ouvido. Seu hálito úmido e quente encontrou minha pele. – Você tem certeza do que está fazendo, Annie? Tem certeza de que quer esse peso na sua vida? Ainda dá tempo de mudar de ideia. Tem que pensar no seu irmão. Na sua irmã mais nova também. E eu sei que você já tem muitos inimigos. Yuji Ono. Sophia Bitter. Mickey Balanchine. Você realmente quer que eu seja mais um?

Afastei-o. Ele estava blefando, eu tinha certeza. E, mesmo que não estivesse, o estabelecimento ainda levaria meses para ser inaugurado, o que significava que eu tinha meses para tentar algum acordo de paz, caso fosse necessário. Talvez fosse tolice minha, mas eu realmente acreditava que podia fazê-lo mudar de ideia. Fats amava meu pai, e eu sabia que estava fazendo o que meu pai gostaria. Simplesmente não queria entrar nesse assunto com ele naquela noite.

– Está feito – respondi. – Boa noite para você. Eu realmente preciso cuidar dos convidados.

Subi rapidamente a escada e não olhei para trás.

Finalmente, fui até um dos recipientes de bebida. Abri a torneira para encher meu copo, e Charles Delacroix se aproximou.
– Você está se saindo muito bem – disse ele. – Esta é uma grande noite. É aqui que tudo começa.
– Se você está dizendo... Então, cidade do chocolate, hein?
– Achei que tinha um bom apelo dramático. As pessoas gostam de drama, Anya. Reconhecem o drama.

Provei a bebida. Eu seguira as instruções de Theo ao pé da letra, mas o sabor era forte, se não um pouquinho amargo. Apesar de ninguém na festa parecer perceber, algo dera errado na mistura. Talvez Theo tivesse razão quando dissera que não havia um bom substituto para o chocolate. Mesmo assim, metade dos recipientes estava vazia, então talvez eu estivesse sendo muito sensível. Tomei um segundo gole. Quando olhei para cima, vi Win de pé do outro lado da sala, perto de Scarlet e Gable. Não o vira chegar. Apesar de tudo, ele viera, por mim. Naquele momento, meu coração, meu coração anêmico, solitário, não se lembrava de nada mais importante do que aqueles olhos, aquelas mãos, aquela boca. *Perdoe-me*, eu quis dizer para ele, *eu sabia que feriria você, mas fui adiante mesmo assim. Não sei por que sou do jeito que sou. Por favor, Win, não desista de mim. Quero que me ame um pouco, mesmo que eu seja cheia de falhas.*

– Obrigada – foi o que consegui sussurrar. Ele não podia ouvir, mas eu tinha certeza de que vira o movimento dos meus lábios. Não atravessou a sala na minha direção. Não respondeu, nem mesmo sorriu. Eu ainda não fora perdoada. Depois de uns instantes, ele ergueu seu copo. Imitei seu gesto antes de beber aquela bebida amarga até o fim.

Impresso na Gráfica JPA Ltda.,
Rio de Janeiro – RJ